Christiane Gohl

# Pferdegeschichten



cbj

## DIE AUTORIN

Dr. Christiane Gohl wurde 1958 in Bochum geboren. Die promovierte Pädagogin arbeitet als freie Fachjournalistin und Werbetexterin. Seit ihrem zehnten Lebensjahr beschäftigt sie sich mit Pferden und reitet in verschiedenen Disziplinen. Pferdefreundliches Reiten und artgerechte Haltung sind ihr dabei besonders wichtig. Mit ihren Sachbüchern und Romanen avancierte sie in kurzer Zeit zu einer Bestseller-Autorin der Pferdebuchszene. Sie lebt in Spanien.

Christiane Gohl

# *Pferde-geschichten*

cbj

Der Verlag weist ausdrücklich darauf hin, dass im Text enthaltene externe Links vom Verlag nur bis zum Zeitpunkt der Buchveröffentlichung eingesehen werden konnten. Auf spätere Veränderungen hat der Verlag keinerlei Einfluss. Eine Haftung des Verlags für externe Links ist stets ausgeschlossen.

MIX
Papier aus verantwortungsvollen Quellen
FSC® C014496

Verlagsgruppe Random House FSC® N001967

1. Auflage
Erstmals als cbj Taschenbuch April 2017

Die Originalausgaben erschienen 2005 unter dem Titel »Sophie – Heimliche Ausritte« und 2006 »Sophie – Rivalen auf dem Reiterhof« bei cbj.

Umschlagbilder: shutterstock/Zuzule,
Blumen: Vecteezy.com
Umschlaggestaltung: Sandra Filic, München
cl · Herstellung: lw
Satz: Uhl + Massopust, Aalen
Druck: GGP Media GmbH, Pößneck
ISBN: 978-3-570-22635-3
Printed in Germany

**www.cbj-verlag.de**

# Heimliche Ausritte

# Inhalt


Neue Schüler . . . . . . . . . . . . . . . . . . 9
Wilde Jagd . . . . . . . . . . . . . . . . . . . 20
Das Glück der Erde . . . . . . . . . . . . . 34
Zwei Traumpferde . . . . . . . . . . . . . . 44
Absolut unmöglich . . . . . . . . . . . . . 54
Rodeo . . . . . . . . . . . . . . . . . . . . . . . 65
Hoffnungslose Fälle . . . . . . . . . . . . 79
Jagdfieber . . . . . . . . . . . . . . . . . . . 94
Ertappt! . . . . . . . . . . . . . . . . . . . . . 108
»Muttertag« . . . . . . . . . . . . . . . . . 117
Vollendete Tatsachen . . . . . . . . . . . 136

Nachgefragt… . . . . . . . . . . . . . . . . . 155

# Neue Schüler

Wenn die Ampel an der Abzweigung zum Reitstall jetzt bloß nicht auf Rot zeigte! Sophie trat mit aller Kraft in die Pedale und schimpfte im Geist auf ihre Musiklehrerin. Die Chorstunden bei Frau Lohmeier machten zwar Spaß, aber die eifrige junge Musiklehrerin konnte nie pünktlich Schluss machen. Und dann musste Sophie sich abhetzen, um rechtzeitig zu ihrer Dienstagsreitstunde zu kommen.

Die Ampel leuchtete zum Glück in einladendem Grün, sodass Sophie ihre rasende Fahrt nicht abbremsen musste. Sie sauste über die Kreuzung und nutzte den Schwung für die letzte kleine Steigung vor der Reitschule Silberhuf. Erst kurz vor der Einmündung zum Stall musste sie wieder trampeln – und ließ sich dabei nicht von dem blauen Hinweisschild *Achtung Reiter* irritieren. Jetzt um halb vier Uhr nachmittags benutzte garantiert niemand vom Stall die als Reitweg gekennzeichnete Schotterstrecke.

Aber was war das? Sophie zog erschrocken die Bremse an, als sie rechts der Straße Huftritte hörte. Da schienen sich tatsächlich Pferde zu nähern und nicht etwa im Schritt! Stattdessen erkannte sie den Dreitakt einer raschen Galoppade auf dem steinigen Weg – und dann tauchten in Windeseile zwei Ponys auf. Ein Schecke und ein größerer Grauer lieferten sich offensichtlich ein Rennen, dahinter folgte, etwas abgeschlagen, ein dicker Fuchs. Die drei Reiterinnen schauten weder links noch rechts und kamen erst recht nicht auf den Gedanken, das Tempo zu drosseln, als sie nun über die Asphaltstraße galoppierten. Gleich danach machte der Feldweg eine Kurve und die Reiter verschwanden.

Sophie rieb sich die Augen. Hatte sie das womöglich nur geträumt? Aber für Geisterreiter hatten die Ponyhufe zu gut sichtbare Spuren auf dem Asphalt hinterlassen. Sophie schüttelte den Kopf. Na ja, darüber konnte sie später nachdenken. Jetzt galt es erst mal, die verlorene Zeit aufzuholen! Sie setzte ihr Rad wieder in Gang und brachte die letzten Meter im Rekordtempo hinter sich. Jetzt nur noch das Fahrrad abstellen und die Schultasche in ihrem Fach im Privatstall in Sicherheit bringen. Sophie rief ihrem Pflegepferd Pensy, das im Auslauf neben dem Stall stand, einen raschen Gruß zu, hastete durch den Stallgang und warf ihre Sachen auf das Sammelsurium von schmutzigen Gamaschen und Decken, das in Pensys Ecke herumlag. Nach der Reitstunde musste sie hier dringend noch Ordnung machen. Pensys Besitzerin Frau Neuhaus erwartete, dass Sophie ihr diese kleinen Arbeiten abnahm. Dafür durfte sie die dunkelbraune Vollblutstute dreimal in der Woche umsonst reiten. Heute war allerdings kein »Pensy-Tag«. Stattdessen nahm Sophie an einer ganz normalen Reitstunde auf Schulpferden teil. Die Pferde wurden gerade verteilt, als sie schließlich auf die letzte Minute in den Schulpferdestall eilte.

Klementine Winter, die Reitlehrerin, lächelte Sophie zu. »Na, konnte deine Chorleiterin wieder kein Ende finden? Nun atme erst mal tief durch, wir fangen schon nicht ohne dich an. Also wo war ich? Ja: Franziska nimmt wie gesagt Maja, Wendy Amigo und Wally Cracker. Ines Arwen und Sophie Gazelle. Ach ja, und bringt doch Dolly und Jodie auch gleich mit rein. Wir haben zwei neue Reiter in dieser Abteilung, aber anscheinend haben die noch nicht ganz mitgekriegt, dass Satteln und Zäumen hier zum Unterricht gehören.«

Dem sommersprossigen Gesicht der Reitlehrerin war deutlich anzusehen, was sie davon hielt. Klemme, wie ihre Schüler sie scherzhaft nannten, hatte sicher nicht versäumt, die neuen Schüler und ihre Eltern auf diese Regel hinzuweisen. Zu allen Anfängerstunden in der Reitschule Silberhuf hatte man eine halbe Stunde früher zu erscheinen und auch die Fortgeschrittenen waren meist rechtzeitig im Stall. Vielleicht wurde ihnen ja ein Pferd zugeteilt, das erst für die zweite oder dritte Stunde des Nachmittags gesattelt werden musste.

Sophie und die anderen Mädchen griffen sich die Stallhalfter für ihre Pferde und gingen schwatzend hinaus zur Schulpferdeweide. Klemmes Pferde standen nur nachts im Stall, tagsüber konnten sie sich auf der Weide oder in großen Winterausläufen frei bewegen. Jetzt im September stand noch ausreichend Gras zur Verfügung. Gazelle, eine dunkelbraune, leicht gebaute Stute im Arabertyp, schaute ziemlich missmutig, als Sophie sich ihr zum Aufhalftern nähern wollte. Sie hatte offensichtlich keine besondere Lust zum Arbeiten. Dafür näherte sich Dolly, Sophies Lieblingspferd. Die Haflingerkreuzung stupste das Mädchen zutraulich an und tastete mit ihrer überaus beweglichen Oberlippe nach Leckerli in Sophies Hosentaschen.

»Pech gehabt, Dolly, da ist nur mein Fahrradschlüssel

drin!« Sophie lachte. »Zum Leckerli-Auffüllen hatte ich noch keine Zeit. Aber im Stall habe ich welche.« Geschickt zog sie Dolly das Halfter über. Das erregte nun auch Gazelles Aufmerksamkeit. Gab es hier womöglich Möhren? Sophie nutzte ihre Chance und legte ihrem Reitpferd rasch den Führstrick um den Hals. Gazelle gab sich daraufhin geschlagen und hielt ihr den Kopf zum Aufhalftern hin.

Cracker, ein lebhafter Fuchs, machte es den Zwillingen Wally und Wendy nicht so leicht. Er schlug vergnügt ein paar Haken auf der Weide, bevor er sich endlich greifen ließ. Ohne Hilfe ihrer Schwester hätte Wally sicher noch länger hinter ihm herlaufen müssen. Der rundliche Schimmel Amigo trottete dagegen bereitwillig auf Wendy zu.

»Amigo ist mir ein Rätsel«, sagte Ines, ein untersetztes blondes Mädchen. Sie hatte die elegante Schimmelstute Arwen sofort einfangen können und führte sie nun neben Sophie mit Dolly und Gazelle her. »Beim Aufsatteln ist er immer der Erste, aber beim Reiten schläft er fast ein.«

Amigo war der Faulpelz unter den Schulpferden und entsprechend wenig beliebt bei den Reitschülern.

»Er denkt eben weiter.« Sophie grinste. »Die Reitstunde bringt er so Kraft sparend wie möglich hinter sich und dann gibt's Hafer. Aber ist es nicht seltsam, dass Wendy ihn heute kriegt und nicht eine von den Neuen?«

Im Allgemeinen mussten sich neue Schüler erst mal auf den ruhigen Pferden Amigo, Jacinta oder Maja bewähren, bevor Klemme ihnen sensiblere Tiere wie Dolly oder gar Jodie und Cracker zuteilte.

Ines nickte. »Darüber hab ich mich auch schon gewundert. Die Neuen bekommen Jody und Dolly, obwohl sie

Klemme schon verärgert haben, bevor sie hier aufgetaucht sind. Sie hat garantiert nicht vergessen, ihnen das mit dem Satteln zu sagen. Bringst du Jodie mit, Franziska?«

Jodie, eine bildhübsche, zierliche Rotschimmelstute, versteckte sich hinter der dicken Haflingerdame Maja. Sie ließ sich aber brav aufhalftern, als Franziska sich näherte. Jodie war immer mustergültig artig. Karen, Klemmes Tochter, ritt sie turniermäßig und die beiden errangen praktisch jedes Wochenende Schleifen in Dressurprüfungen. In den Reitstunden wurde Jodie so wenig wie möglich eingesetzt, und es galt als Hauptgewinn, sie zugeteilt zu bekommen. Umso verwunderlicher, dass dieses Privileg nun einer Neuen zuteil werden sollte.

Als die Mädchen ihre Pferde auf der Stallgasse anbanden und zu putzen begannen, waren die neuen Reitschüler immer noch nicht eingetroffen. Klemme schaute inzwischen schon recht verärgert drein. Der Reitlehrerin waren ihre Stimmungen leicht am Gesicht abzulesen. Sie hatte das lebhafte Temperament vieler rothaariger Menschen und hielt mit ihrer Meinung selten hinter dem Berg. Trotzdem rang sie sich ein Lächeln ab, als sich die Stalltür endlich für die neuen Kunden öffnete. Eine kräftige blonde Frau in Jeans und Pulli schob ein vielleicht zwölfjähriges Mädchen und einen etwas jüngeren Jungen in den Stallgang. Beide Kinder trugen Reitzeug und brachten Reitkappen und Gerten mit.

»Tut mir Leid, dass wir ein bisschen spät dran sind«, entschuldigte sich die Frau, bevor Klemme etwas sagen konnte. »Aber Mischa musste wieder mal herumtrödeln und Ann-Kathrin hatte die Hausaufgaben noch nicht fertig.«

»Ein bisschen spät« war eine ziemliche Untertreibung. In Wirklichkeit war es inzwischen fünf Minuten vor vier und Dolly und Jodie warteten längst gesattelt auf ihre Reiter.

»Beim nächsten Mal aber bitte pünktlich, Frau Müller-Riel«, sagte Klemme. »Gerade wenn die Kinder so bald wie möglich eigene Pferde haben sollen, müssen sie sich an die Arbeiten drumherum gewöhnen. Dies ist kein Stall, in dem man seine Pferde gesattelt in Empfang nimmt!«

»Das weiß ich ja…«, meinte Frau Müller-Riel nervös und fuhr sich durch ihr weißblondes, kurz geschnittenes Haar. »Und ihr habt es jetzt auch noch mal gehört, Kinder. Also seht zu, dass ihr beim nächsten Mal eher in die Gänge kommt! Aber jetzt – hopp, hopp, aufs Pferd! Wen soll Ann-Kathrin denn nehmen?« Begierig wandte sie sich den Pferden zu. Ihre Kinder näherten sich dagegen eher zögerlich.

Klemme warf noch einmal einen prüfenden Blick auf die neuen Schüler. »Sie sagen, die beiden haben Reiterfahrung?«, vergewisserte sie sich. »Dann nimmt Ann-Kathrin Jodie, das ist die Rotschimmelstute, und Mischa versucht es auf Dolly, der Füchsin mit der hellen Mähne.«

Sophie blutete das Herz, als der rundliche Junge ungeschickt nach Dollys Zügeln griff. Wenn schon jemand anders ihr Lieblingspferd reiten musste, dann sah sie es lieber unter der leichten Wendy oder der stämmigen, aber reiterlich geschickten Ines. Diesen missmutig blickenden Jungen hatte Dolly ihrer Ansicht nach nicht verdient. Auch das Mädchen war nicht gerade die Traumbesetzung für die hypersensible Jodie. Ann-Kathrin war zwar größer und schlanker als ihr Bruder, aber sie fasste so vorsichtig nach Jodies Zügeln, als hätte sie Angst, sich zu verbrennen.

Sophies Blick traf sich über Jodies Rücken mit Ines'. Das blonde Mädchen verdrehte in gedanklichem Einverständnis die Augen.

Dann hatten aber alle genug damit zu tun, die Pferde in die Reithalle zu führen, die Bügel zu verstellen und aufzusteigen. In der ersten Viertelstunde ließ Klemme ihre alten Schüler selbstständig abreiten und konzentrierte sich ganz auf die Neuen. Das war auch nötig. Mischa saß im Sattel wie ein nasser Sack, und Ann-Kathrin war zwar geschickter, ritt aber so vorsichtig, dass kaum Hilfen erkennbar waren. Überhaupt wirkte das Mädchen etwas farblos und schien ziemlich schüchtern zu sein.

Frau Müller-Riel machte dafür umso mehr Wind. Sie hatte auf einer Bank in der untersten Tribünenreihe Platz genommen und rief ihren Kindern fortwährend Anweisungen zu.

»Treiben, Mischa, treiben! Sitz da nicht einfach nur drauf, guck mal, wie die anderen das machen! Und du mal wach werden, Ann-Kathrin! Nicht träumen, das Pony läuft nicht von alleine!«

Klemme ging das nach spätestens drei Minuten auf die Nerven.

»Frau Müller-Riel, vielleicht einigen wir uns mal darauf, wer hier Reitstunden gibt«, sagte sie mit schiefem Lächeln. »Nach meinen Erfahrungen macht es die Kinder nur nervös, wenn sich die Eltern einmischen. Warum gehen Sie nicht einfach einen Kaffee trinken, während Mischa und Ann-Kathrin reiten?«

Frau Müller-Riel hielt sich erschrocken die Hand vor den Mund. »Oh … äh … Entschuldigung, das passiert mir immer wieder. Wenn ich die Kinder auf den Pferden sehe, geht es sozusagen mit mir durch. Verzeihen Sie. Aber jetzt werde ich still sein, Ehrenwort!«

Das schaffte sie nun auch tatsächlich, mindestens zwanzig Minuten lang. Es fiel ihr allerdings deutlich schwer, was sie dadurch ausglich, dass sie die Bewegungen, an denen es Mischa und Ann-Kathrin offensichtlich haperte, nun selbst auf ihrem Stuhl durchführte. Sophie und Ines konnten sich das Lachen kaum verbeißen. Es sah zu komisch aus, wie die vierschrötige, kompakte Frau durch intensiven Kreuzeinsatz die Bank zum Wackeln brachte.

Mischa und Ann-Kathrin schleppten sich dagegen durch ihre Stunde. Klemme hatte das Mädchen mit Jodie zunächst an die Tete gesetzt, ließ sie dann aber schnell durch Ines und Arwen ablösen, Ann-Kathrin brachte ihr Pony einfach nicht vorwärts. Mischa dagegen schien sich auf Dolly halbwegs wohl zu fühlen. Er lümmelte sich im Sattel herum wie auf dem Sofa und benutzte die Zügel im Galopp schon mal als Halteseil. Klemmes Anweisungen überhörte er weitgehend und brachte die Reitlehrerin damit so in Harnisch, dass sie ihn schließlich im gleichen Ton anbrüllte wie vorhin seine Mutter. Frau Müller-Riel nahm das zufrieden zur Kenntnis und Mischa zeigte geringfügige Lebensregungen.

Dolly schien trotzdem aufzuatmen, als er am Ende der Reitstunde abstieg, und der Junge nicht minder. Er stolperte rasch aus der Halle, nachdem er die Stute Sophies Freundin Jana übergeben hatte. Jana übernahm Dolly für die Fünfuhrstunde und schob ihr rasch ein Leckerli ins Maul, bevor sie aufstieg.

»Was war das denn für ein komischer Typ?«, raunte sie Sophie zu. »Wie kommt der auf Dolly? Und das Mädchen auf Jodie gehört auch zu der Blase? Karen wird Klemme den Kopf abreißen! Solche hoffnungslosen Fälle sollten doch nicht mehr auf ihre Turnierpferde.«

Karen, Klemmes lebhafter Tochter, war der Einsatz ihrer Ponys im Schulbetrieb sowieso ein Dorn im Auge. Wenn Klemme dann noch so krasse Fehleinschätzungen unterliefen wie bei Jodies Besetzung mit Ann-Kathrin, konnte sie ihr filmreife Szenen liefern.

Auch Sophie übergab ihre Gazelle gleich der nächsten Reiterin. Da sie nicht absatteln musste, lief sie rasch zu Pensy, um sie nun endlich richtig zu begrüßen. Die alte Vollblutstute rieb liebevoll ihre Nüstern an Sophies T-Shirt und schnupperte dann interessiert an ihrer Hosentasche. Inzwischen hatte Sophie ihren Leckerlivorrat ergänzt. Sie förderte ein Stück Brot zutage und Pensy kaute zufrieden.

»Dann gehe ich jetzt mal deine Box misten!«, verabschiedete sich Sophie. »Und deine Sachen sauber machen, sonst schimpft Frau Neuhaus mit uns.« Sophie hatte Pensy gestern im Gelände geritten und war durch etliche Schlammlöcher galoppiert. Nun musste sie dringend das Sattelzeug säubern, bevor Frau Neuhaus zum Reiten kam. »Und sei ja lieb zu ihr gleich in der Reitstunde! Nicht dass sie sagt, du würdest zu kernig!«

Als Pensy vor einem halben Jahr in die Reitschule Silberhuf gekommen war, hatte sie unter einer chronischen Lahmheit gelitten, außerdem war sie mager und wenig bemuskelt gewesen. Dank gezielter tierärztlicher Behandlung und Aufbautraining erholte sie sich jetzt zusehends und Frau Neuhaus, eine ältere Dame, fühlte sich manchmal fast überfordert durch Pensys neu entwickelten Gehwillen.

Im Privatstall traf Sophie Karen Winter und Michelle,

ihre Freundin und Mitschülerin. Michelle putzte gerade ihr Pony Ares und versuchte dabei, Karen zu beruhigen.

»Natürlich konnte das Mädchen keine Spur reiten, aber sie hat Jodie doch auch nichts getan! Dolly mit dem Klops von Bruder im Rücken war viel mehr gestraft. Und hast du die Mutter gesehen? Wenn Jodie die im Kreuz gehabt hätte ...« Michelle, ein graziöses hellblondes Mädchen, fuhr zärtlich mit der Bürste über Ares' große weiße Blesse.

»Es geht nicht ums Nichtstun, es geht ums Prinzip!«, trompetete dagegen Karen.

Klemmes Tochter war klein und drahtig, genauso sommersprossig wie ihre Mutter und ebenfalls rothaarig – nur dass Klemmes Haar kurz und seidig war, während Karens lang, kräftig und eigenwillig wirkte und sich nur mühsam zu einem hüftlangen, dicken Zopf bändigen ließ. In Sophie regten sich bei seinem Anblick jedes Mal Neidgefühle. Ihr eigenes Haar war langweilig strohblond, wuchs langsam und wurde strähnig, wenn sie es nicht jeden Tag wusch und möglichst noch mit Haarpackungen verwöhnte. Meistens trug sie es offen oder fasste es beim Reiten im Nacken mit einem Haargummi zusammen.

»Solche Typen wie diese Ann-Kathrin gehören auf Amigo oder Maja. Da lernen sie dann Treiben oder sie geben das Reiten auf!« Karen war unschwer anzusehen, dass sie im Falle Mischa und Ann-Kathrin auf Letzteres hoffte.

»Apropos hoffnungslose Fälle«, mischte sich Sophie ein, der ein diplomatischer Themenwechsel angebracht schien. »Ich hab da vorhin ein paar Reiter gesehen ...«

Michelle und Karen lauschten interessiert, als Sophie von ihrer Begegnung auf der Straße erzählte. Einen Reim konnten die zwei sich aber auch nicht darauf machen.

»Vielleicht waren die ja nur auf der Durchreise«, meinte Michelle. »Bei dem Tempo sollten sie nicht schlecht Kilometer machen, womöglich kommen sie aus einer ganz anderen Gegend.«

»Dafür zogen sie aber zu zielstrebig durch die Landschaft«, gab Sophie zu bedenken. »Ich hatte schon den Eindruck, sie wüssten, wo sie hinwollten. Oder zumindest wussten es die Ponys. Die schwirrten ab wie Biene Maja!«

»Also wenn sie aus der Gegend sind, werden wir ja wieder was von ihnen hören«, sagte Karen. »Und ich fürchte, diese Ann-Kathrin wird hier auch Dauergast. Hört mal!« Karen hatte die Stimme ihrer Mutter vor dem Stall erkannt und tatsächlich schlenderte Klemme eben mit Frau Müller-Riel in Richtung Privatboxen.

»Tja, wie gesagt, ich hatte Ihnen das ja schon beim letzten Mal gezeigt. Sie können natürlich zwei nebeneinander liegende Boxen haben. Aber ich an Ihrer Stelle würde Mischa und Ann-Kathrin noch etwas Zeit geben. Sie scheinen mir beide unsicher im Sattel. Und Sie sind sich doch bestimmt klar darüber, dass die Kinder – egal mit welchen Pferden – weiteren Reitunterricht brauchen!«

Karen verdrehte die Augen. »Daher also weht der Wind! Klemme entdeckt eben eine neue, nie versiegende Geldquelle. Und Jodie muss es ausbaden.« Sie warf theatralisch den Zopf über die Schulter und wandte sich zum Gehen, bevor Klemme und Frau Müller-Riel den Stall betraten. »Es ist schon bitter, wenn man erkennen muss, dass die eigene Mutter käuflich ist!«

Michelle und Sophie sahen ihr sprachlos nach. Dann brachen sie in Gelächter aus.

# Wilde Jagd

Kann ich eben Englisch bei dir abschreiben? Ich hab dafür Erdkunde.«

Sophie und Michelle starteten die üblichen hektischen Aktivitäten vor der ersten Schulstunde. Die beiden pflegten Hausaufgaben in Arbeitsteilung zu erledigen.

Michelle schob Sophie grinsend einen Computerausdruck hinüber. »Hier, ich hab's dir gleich kopiert und auch ein paar Sätze mehr gemacht«, erklärte sie großzügig. Englisch fiel ihr leicht, sie hatte die Ferien schon oft in Amerika verbracht und dort an Tanzkursen und Wanderritten teilgenommen. »Erdkunde hab ich auch, das war einfach, stand alles im Internet. Aber hast du Physik?«

Sophie nickte und suchte ihr Heft heraus. »Allerdings ohne Garantie«, warnte sie, während Michelle die Ergebnisse rasch abschrieb.

Sie war gerade fertig, als die Englischlehrerin die Klasse betrat. Frau Leisner schob ein dünnes Mädchen vor sich her, das ihr Gesicht hinter einer Fülle von rotbraunen Kräusellocken zu verbergen suchte. Sie trug die halblange Haarpracht offen und durch einem Mittelscheitel getrennt, sodass sie wie ein Vorhang über beide Gesichtshälften fiel, wenn das Mädchen den Kopf senkte. Lediglich die etwas lange Nase ließ sich so nicht verstecken. Sie lugte vorwitzig zwischen den Löckchen hervor – und wenn man genau hinsah, erhaschte man auch mal einen Blick auf ängstliche graue Augen und ziemlich blasse Wangen.

»Dies ist Johanne Gabriel«, stellte Frau Leisner das Mädchen vor. »Sie geht ab heute in eure Klasse. Ich hoffe, ihr helft ihr ein bisschen, den Stoff aufzuholen, den sie seit den Sommerferien versäumt hat. Wobei es am Englischen nicht hapern sollte, schließlich war Johanne gerade vier Wochen in den Staaten. *Take a seat, Johanne, and maybe you'd like to tell us something about your trip.*«

Johanne rutschte in die ihr zugewiesene Bank, zeigte aber nicht die geringste Neigung, der Klasse irgendetwas über ihre USA-Reise zu berichten.

Die anderen Schüler machten ihr das auch nicht unbedingt leichter, sondern reagierten mit eher unwilligem Raunen. Wo gab es denn so was, dass jemand einfach die Ferien um zwei Wochen verlängern durfte und dann auch noch vor der ganzen Klasse damit angeben sollte!

Frau Leisner wartete ein paar Minuten, während die schweigende Johanne immer kleiner zu werden schien. Dann ging die Lehrerin dazu über, andere Schüler zu piesacken.

»Johanne muss sich wohl erst einleben«, meinte sie leichthin. *»So let's start with the homework. Sophie, please read one of the sentences that you built.«*

Sophie las einen Satz vor und dankte im Stillen Michelle, als Frau Leisner zustimmend nickte. Die Lehrerin galt als streng und sorgte für Ruhe in ihrer Stunde. Erst als in der zweiten Stundenhälfte eine Gruppenarbeit anstand, hatten die Schüler Zeit, über das neue Mädchen zu tuscheln. Sophie und Michelle bildeten eine Vierergruppe mit ihren Banknachbarn Lisa und Mark, aber Lisa war völlig unfähig, sich auch nur drei Minuten auf ihre Aufgabe zu konzentrieren. Sie ließ Johanne nicht aus den Augen.

»Wisst ihr denn nicht, wer das ist?«, fragte sie aufgeregt, als Mark sie darauf ansprach. »Das ist Johanne Gabriel, die Geigerin!«

»Na und?«, fragte Michelle über ihren Schreibblock hinweg. »Bist du nicht auch Geigerin?«

Sophie und Michelle besuchten eine Schule für musikalisch besonders begabte Kinder. Hier spielte jeder mindestens ein Instrument oder bereitete sich auf eine Karriere als Balletttänzer vor. Sophie spielte Gitarre und Klavier, Michelle tanzte und Lisa galt als begabte Geigenspielerin.

»Aber nicht so!«, quietschte Lisa. »Ich meine, ich bin nicht so berühmt. Johanne hat schon zweimal bei ›Jugend musiziert‹ gewonnen, das erste Mal war sie noch nicht mal zehn Jahre alt. Und sie war jetzt nicht einfach so in Amerika, sondern mit dem Bundesjugendorchester. Da ist sie Solistin. Und sie hat Igor Oistrach vorgespielt, das müsst ihr euch mal vorstellen! Sie soll absolute Weltspitze sein, so was wie ein Jahrhunderttalent.«

»Also aussehen tut sie ja mehr wie eine verschreckte Spitzmaus«, bemerkte Mark. Er war Tänzer und von geigenden Mädchen nicht leicht zu beeindrucken.

»Bestimmt wird sie nachher bei der Orchesterprobe vorspielen. Ich bin ja schon soo gespannt!« Lisa war nicht zu bremsen.

»Dann würde ich mich mal langsam auf die Gruppenarbeit konzentrieren, sonst lässt die Leisner dich nachsitzen«, sagte Michelle. Die üblichen Schulfächer waren den musischen Fächern übergeordnet, und wenn ein Lehrer einen Schüler so richtig ärgern wollte, strich er ihm die Teilnahme an Chor- und Orchesterproben. »Also: *Einkaufsbummel im Kaufhaus Harrods*, ein Dialog. Ich schreib euch ja gerne euren Text, aber ihr müsst mir wenigstens sagen, was ihr kaufen wollt.«

Bundesjugendorchester! Lisas Eröffnung hatte Sophie neugierig gemacht, und nach der Gruppenarbeit schauten auch andere Schüler interessiert zu Johanne hinüber, die Nachricht hatte sich also verbreitet. Johanne schien das peinlich zu sein. Als sie ihren Part der Gruppenarbeit vortrug, sprach sie so leise, dass keiner sie verstehen konnte. Ansonsten versteckte sie sich hinter ihrem Lockenvorhang. Nur als Sophie und Michelle an der Reihe waren und sich über den Kauf eines Schau-Halfters für ein Pony in der Reitsportabteilung des Kaufhauses unterhielten, schien sie aufzumerken.

Sophie tat die Neue inzwischen Leid. Sie wusste nur zu gut, wie man sich in einer neuen Schule unter lauter fremden Mitschülern fühlte. Nach der Scheidung ihrer Eltern hatte sie zwei Schulwechsel hinter sich. Und wenn man dann auch noch angestarrt wurde wie ein buntes Kaninchen… Dabei stand der Neuen das Schlimmste noch bevor. Am Nachmittag war Orchesterprobe und sie würde vor der halben Schule Geige spielen müssen. Sophie schauderte beim Gedanken an ihr eigenes Vorspielen ein paar Monate zuvor.

Johanne schien der Auftritt allerdings nichts auszumachen. Im Gegenteil, erst als sie sich hinter ihrer Geige verstecken konnte, lebte sie richtig auf. Sie spielte sehr mitreißend und tadellos, Lisa und die anderen Geiger waren begeistert. Natürlich würde Johanne im Schulorchester mitmachen dürfen. Herr Bohner, der Musiklehrer, strahlte schon beim Gedanken an die wundervollen Soli, die er mit ihr einstudieren würde.

Sophies Gedanken kreisten dagegen schon um den Ausritt nach der Schule. Sie durfte Pensy reiten und hatte sich mit Michelle verabredet. Diesmal wollten die beiden aber nicht wie sonst allein in den Wald, sondern planten, sich einem Ausritt mit Klemmes Schulpferdegruppe anzuschließen. Die Reitlehrerin bot bei schönem Wetter regelmäßig Ausritte an – bei allem Dressurtraining wollte sie keine reinen Hallenreiter ausbilden. Und heute hatten sich die beiden Neuen, Mischa und Ann-Kathrin, zum ersten Mal für einen Geländeritt eingetragen. Besser gesagt hatte ihre Mutter es getan. Frau Müller-Riel brachte ihre Kinder neuerdings bis zu dreimal pro Woche zur Reitstunde. Die anderen Schüler sahen das mit begrenzter Begeisterung. Wenn Mischa und Ann-Kathrin dabei waren, hielten sie den Unterricht auf – Ann-Kathrin war ängstlich, Mischa lustlos. Beide hätten im Grunde noch an die Longe gehört, aber davon wollte ihre ehrgeizige Mutter nichts wissen. Also schleppte Klemme sie mit – und gab ihnen stets die beliebtesten, da leichtrittigsten Schulpferde. Auch das zum Leidwesen ihrer alten Schüler.

Sophie und Michelle waren nun neugierig auf den ersten Geländeritt der beiden. Und Karen hatte bereits angekündigt, dass Jodie garantiert nicht zur Verfügung stünde. Sie müsse die freie Reithalle unbedingt nutzen, um fürs Turnier am Sonntag zu üben.

Natürlich wurde die Zeit nach der Probe wieder mal knapp, und Sophie sauste auf die Mädchentoilette, um ihre Jeans mit Reithosen zu vertauschen.

Johanne kam aus einer der Toiletten, als Sophie gerade die Klettverschlüsse an den Waden schloss.

»Gehst du reiten?«, fragte sie beim Anblick von Sophies Outfit.

Sophie nickte und kämpfte mit ihrem Haargummi.

Johanne sah sie bewundernd an. »Oh, ich hätte auch so gern ein Pferd!«, sagte sie sehnsüchtig.

Sophie lachte. »Ich hab leider kein eigenes Pferd«, erklärte sie dann. »Aber ich gehe in den Reitstall. Reitschule Silberhuf. Es ist absolut toll da. Du kannst auch kommen, wenn du willst. Und bevor man ein eigenes Pferd kauft, muss man sowieso erst reiten lernen.«

Das wusste Sophie aus eigener, leidvoller Erfahrung. Nach der Scheidung ihrer Eltern hatte ihr Vater ihr ein eigenes Pony versprochen, wenn sie dafür zu ihm und seiner neuen Freundin ziehen würde. Sophie hatte das versucht, aber es war ein Desaster gewesen. Als komplette Reitanfängerin war sie mit dem Pferd hoffnungslos überfordert gewesen und dann hatte sich die Stute Sahne auch noch als gestohlen herausgestellt. Schließlich hatte Sophie sie zurückgegeben, war wieder zu ihrer Mutter gezogen und ritt nun in der Reitschule Silberhuf.

Johanne schüttelte traurig den Kopf. »Ich kann das nicht, es ist zu gefährlich. Meine Mutter sagt, ich muss auf meine Hände aufpassen.«

Sophie runzelte die Stirn. »Pferde stehen einem zwar gelegentlich auf den Füßen«, meinte sie dann. »Aber beißen tun sie fast nie. Was sollte deinen Händen also passieren?«

»Ich könnte mir den Arm brechen oder so. Meine Mutter meint, als Geigerin müsste ich besonders vorsichtig sein.« Johanne ließ ihren Haarvorhang wieder über ihr Gesicht sinken.

»Den Arm brechen kannst du dir auch beim Radfahren...«, setzte Sophie an, hielt dann aber inne, als sie Johannes traurigen Ausdruck sah. Radfahren durfte die wahrscheinlich auch nicht.

»Warum kommst du nicht einfach mal mit?«, fragte Sophie schließlich. »Dann siehst du selbst, dass es gar nicht gefährlich ist. Wenn du willst, kannst du gleich mitfahren, ich nehme dich auf den Gepäckträger.«

Johanne schüttelte den Kopf. »Heute nicht, meine Mutter holt mich ab. Aber vielleicht... vielleicht Dienstag nach dem Chor. Fährst du jeden Tag nach der Schule zum Reitstall?«

Sophie nickte. »Fast immer, aber Dienstag auf alle Fälle. Da habe ich Reitstunde. Ich warte auf dich. Doch jetzt muss ich los, ich bin verabredet.«

Michelle wartete bereits draußen, ebenfalls im Reitzeug. Johanne sah den Mädchen neidvoll nach, als sie auf ihren Fahrrädern davonsausten.

Im Reitstall sattelten die Schulpferdereiter bereits für den Ausritt. Wie Sophie erwartet hatte, machte Ann-Kathrin Dolly fertig, Mischa sattelte Amigo.

»Dicke Luft, die zwei sind schon wieder zu spät gekommen«, flüsterte Ines. Sie kam regelmäßig zum Helfen in den Reitstall und verdiente sich damit ihre Reitstunden. »Ich musste ihre Pferde für sie reinholen – deine Pensy steht übrigens auch schon in der Box, ich hab sie mitgebracht. Dafür will ich hinterher aber einen haarkleinen Bericht über Ann-Kathrin und Mischa-Schatz. Verstanden?«

Sophie nickte. Ines liebte den Stallklatsch. Sie fiel einem manchmal auf die Nerven, aber sie war Reiterin mit Leib und Seele und konnte gut mit Pferden umgehen. Natürlich wünschte sie sich nichts sehnlicher als ein Pflegepferd, aber die waren selten hier. Die meisten Privatpferdebesitzer ritten ihre Pferde selbst.

Pensy wieherte Sophie freundlich zu und erhielt natürlich gleich einen Leckerbissen. Michelle brachte ihren Ares herein und putzte und sattelte in Windeseile. Schließlich führten die Mädchen ihre Pferde gleichzeitig mit Klemmes Abteilung hinaus.

»Wollt ihr bei uns mitreiten?«, erkundigte sich die Reitlehrerin. »Dann setz dich doch mit Ares an die Tete, Michelle, und lass Ann-Kathrin hinter dir reiten. Danach Pensy und dann Amigo, Pensy schlägt ja auch nicht. Die anderen drei in lockerer Reihenfolge dahinter und ich mache das Schlusslicht. Dann sehe ich, wie ihr reitet, und kann euch tüchtig ausschimpfen, wenn ihr träumt oder die Abstände nicht einhaltet!«

Klemmes erfahrene Schüler lachten, aber Ann-Kathrin und Mischa schauten ängstlich drein. Frau Müller-Riel gab den beiden letzte Anweisungen. Ann-Kathrin sah aus, als wisse sie nicht recht, ob sie sich mehr vor dem Ritt oder vor ihrer Mutter fürchtete.

Schließlich führte Michelle die Gruppe vom Hof. Ares, ein stämmiger Rappe mit einer lustigen weißen Laterne, weißen Beinen und einem blauen und einem braunen Auge, ging lebhaft vorwärts. Michelle hatte ihn aber sehr gut in der Hand, es bestand nicht die Gefahr, dass er durchgehen könnte.

Dolly war ebenfalls gehfreudig und schlug unwillig mit

dem Kopf, als Ann-Kathrin sich ängstlich an den Zügeln festklammerte. Ihr Ziehen und Zerren hinderte die Stute allerdings nicht daran, Ares aufzulaufen. Klemme sah das natürlich sofort.

»Du musst dein Kreuz einsetzen, Ann-Kathrin! Nicht einfach am Zügel ziehen, das ist doch kein Bremsfallschirm! Und du, Mischa, treib mal ein bisschen. Amigo schläft ja ein!«

»Erst soll ich Abstand halten und dann soll ich treiben!«, murrte Mischa. Er sah nicht gerade aus, als genieße er den Ausritt.

Michelle schlug den üblichen einstündigen Rundritt durch den Wald ein und ritt zunächst Schritt, bis die Straße überquert war und der Schotterweg hinter ihnen lag. Auf dem ersten weichen Waldweg drehte sie sich allerdings zu Klemme um und hoffte auf das Kommando zum Antraben.

Klemme nickte. »Also schön, wir traben jetzt mal. Nehmt die Zügel ordentlich auf und die Knie ran. Auch ein gutes Geländepferd kann mal einen Hopser machen. Ruhiges Tempo, Michelle, bitte!«

Michelle beschleunigte wie befohlen. Die anderen taten es ihr nach, aber mit der Tempokontrolle haperte es. Ann-Kathrin fiel beim Leichttraben nach vorn und Dolly lief Ares sofort auf. Auch Pensy schlug unwillig mit dem Schweif. Amigo schien aus irgendwelchen Gründen plötzlich in Gang gekommen zu sein – vielleicht machte ihm Gazelle ja von hinten Dampf. Mischa kam jedenfalls gründlich aus der Ruhe und schrie ständig »Brrr!«, um den Schimmel zu bremsen. Sophie erwartete eigentlich jede Sekunde Klemmes Signal zum Durchparieren in den

Schritt, aber anscheinend hoffte die Reitlehrerin, dass sich die Sache noch einlief.

Und dann brach auf einmal die Hölle los. Sophie und Pensy überquerten eben eine Wegkreuzung, als das Mädchen aus dem Augenwinkel einen Schatten auf sich zukommen sah. Offensichtlich näherte sich da ein Pferd von rechts. Sophie nahm die Zügel an, aber so schnell, wie das schwarze Pony herangaloppierte, war Pensy nicht anzuhalten. Sie war schon über die Kreuzung hinweg, als das fremde Pferd hinüberstürmte. Dafür hätte es um ein Haar Amigo gerammt. Der Schimmel raffte sich allerdings zu einer seltenen schnellen Bewegung auf und entging mit einem Sprung dem Zusammenstoß. Mischa hebelte er dabei schwungvoll aus dem Sattel. Der Junge gab eine Art Heulen von sich, während er im Sand landete, und das zweite fremde Pony, das im gleichen atemberaubenden Tempo aus der Wegmündung schoss wie der Rappe, hätte ihn beinahe getreten.

»Entschuldigung!«, rief ihm die Reiterin des Pferdchens atemlos zu.

Sophie sah, dass sie ohne Sattel auf dem kleinen Schecken hockte und selbst ziemlich in Raumnot war. Schließlich verschwanden die zwei so schnell, wie sie gekommen waren, und Klemme blieb die Aufgabe, ihre Abteilung wieder zu ordnen. Nach Amigo hatten auch Gazelle und Cracker gescheut. Gazelles Reiterin hing auf dem Hals der Stute und klammerte sich dort verängstigt fest. Sie musste erst ermutigt werden, loszulassen und wieder in den Sattel zu rutschen. Das Mädchen auf Cracker hatte seinen Hupfer dagegen sicher ausgesessen und erhielt ein Lob der Reitlehrerin.

»Wo um Himmels willen kamen die her?«, fragte

Klemme, als sich die Lage beruhigt hatte. Mischa hatte sich nichts getan, sondern war mit dem Schrecken davongekommen. Auf Klemmes Geheiß stieg er gleich wieder auf, klammerte sich jetzt aber ängstlich am Zügel fest und zog die Unterschenkel hoch.

»Ich glaub, von dem neuen Ponyhof in der Albertstraße«, gab Crackers Reiterin Auskunft. »Ich war noch nicht da, aber meine Freundin aus der Schule war ganz begeistert. Die Reitstunden kosten nur fünf Euro, und wenn man zehn Stunden in der Bahn hatte, darf man mit dem Pony ins Gelände. Ganz allein.«

»Das Ergebnis sieht man«, stellte Klemme fest. »So was hat uns hier gerade noch gefehlt. Also passt auf jetzt, kann ja sein, dass noch mehr wilde Reiter im Wald sind.«

Tatsächlich kam es im Laufe der Stunde noch zu einer weiteren Begegnung. Als die Reiter fast schon auf dem Heimweg waren, kam ihnen ein Mädchen auf einem mittelgroßen braunen Pony entgegen. Es hielt die Zügel mit aller Kraft fest, um das ziemlich ungebärdige Pferd zu bändigen, dessen schlanker Körper und edler Kopf viel Araberblut verrieten.

»Wie komme ich denn von hier aus in die Albertstraße?«, fragte das Mädchen verzagt und ritt zur Seite, um die Abteilung vorbeizulassen. Das Pony mochte dabei nicht stillstehen, sondern versuchte zu steigen und zu bocken. Sophie fand es fast bewundernswert, dass die Reiterin dabei oben blieb – wenn auch nicht gerade im klassischen Dressursitz.

»Sturmwind ist vorhin ein bisschen durchgegangen und dabei muss ich mich irgendwie verritten haben. Und wenn ich zu spät zurückkomme, muss ich nachzahlen.«

Klemme setzte eben zu einer Entgegnung an, die sicher nicht viel mit Wegbeschreibung zu tun gehabt hätte, aber Sturmwind mochte sie offensichtlich nicht abwarten. Mit einem letzten ärgerlichen Kopfschlagen riss er seiner Reiterin die Zügel aus der Hand und schoss im Galopp in einen Seitenweg.

»Das Pony wird wissen, wo es wohnt«, kommentierte Michelle mit schiefem Grinsen.

»Und über die Nachzahlung würde ich mir auch keine Gedanken machen«, fügte das Mädchen auf Cracker hinzu, »Sturmwind trägt seinen Namen wohl zu Recht.«

Die anderen Reiterinnen lachten, mal abgesehen von Ann-Kathrin und Mischa, die beide ganz blass vor Angst waren. Auch Klemme fand die Angelegenheit nicht komisch.

»Es ist unglaublich!«, regte sie sich auf. »Jetzt haben wir drei Pferde aus diesem Stall gesehen und keins war unter Kontrolle. Und das Mädchen eben trug nicht mal eine Reitkappe. So etwas sollte man anzeigen. Auf jeden Fall muss ich da unbedingt vorbeigehen und den Leuten den Kopf waschen. Wir kommen ja alle in Teufels Küche, wenn das so weitergeht. Wenn hier die ersten Fußgänger umgeritten werden, sperren uns die Behörden die Reitwege.«

Wie Recht die Reitlehrerin mit dieser Befürchtung hatte, mussten Michelle, Sophie und Karen gleich am nächsten Montag erfahren. Die drei machten eine Runde durchs Wäldchen, wobei Karen vergnügt von ihrem Turniersieg am Wochenende erzählte. Wieder mal war es ihr gelungen, ihre Hauptkonkurrentin Vanessa um Längen zu schlagen.

»Aber warte mal auf nächste Woche!«, neckte Michelle

sie gutmütig. »Dann starten Ares und ich im A-Springen und ihr habt keine Chance.«

Karen zeigte ihr grinsend einen Vogel und parierte ihr Pony zum Schritt durch. Sie hatte eben zwei Spaziergänger gesichtet, die sich beim Anblick der Pferde ängstlich in die Büsche schlugen. Die drei Mädchen wollten höflich grüßend vorbeireiten, sahen sich aber plötzlich einer rüden Schimpftirade ausgesetzt.

»Erst fast umreiten und dann nett Guten Tag sagen, das hat man gern!«, erregte sich der Mann. »Ihr gebt mir jetzt sofort eure Namen und die Nummern von euren Pferden. Meine Frau ist vorhin hingefallen und ihre Sachen sind ganz schmutzig. Zumindest die Reinigung müsst ihr bezahlen!«

»Aber wir haben doch gar nichts getan«, wunderte sich Karen. »Wir kommen von der Reitschule Silberhuf. Das ist dahinten, diese Richtung, und wir sind auf dem direkten Weg hergeritten. Wie hätten wir Sie da zwischendurch treffen und umreiten können?«

»Bei dem Tempo, in dem ihr durch die Gegend reitet...«

»Lass mal, Erich, die waren das nicht«, ließ sich jetzt die Frau des empörten Fußgängers vernehmen. Sie traute sich endlich aus den Büschen und wagte es, die Reiter näher anzuschauen.

»Ach komm, das waren auch Mädchen mit einem gescheckten Pferd und einem schwarzen...«, polterte der Mann.

»Ja, aber das Pferd hatte viel mehr Weiß als dieses und die Mädchen hatten keine Reiterhüte auf und mindestens das eine Pferd trug keinen Sattel.«

»Das müssen wieder Leute von diesem komischen Ponyhof gewesen sein«, mutmaßte Michelle. »Tut mir Leid, aber mit denen haben wir nichts zu tun.«

»Ach, ihr seid alle gleich!«, schimpfte der Mann. »Wozu reitet ihr überhaupt im Wald herum, habt ihr keine Halle?«

Pensy wurde inzwischen unruhig, und Sophie nahm ihre Hampelei zum Anlass, sich an die Spitze der Gruppe zu setzen und weiterzureiten, bevor Karen etwas entgegnen konnte. Sie kannte Klemmes leicht aufbrausende Tochter und sah ihr an der Nase an, dass sie schon an einer frechen Bemerkung bastelte.

»Und wozu spazieren die im Wald herum? Haben sie keinen Fernseher?«, schnaubte Karen denn auch, kaum dass sie zehn Meter weiter waren. »Blöde Typen!«

»Trotzdem darf man sie nicht umreiten«, meinte Michelle. »Klemme hat Recht, wenn sich drei oder vier beschweren, kriegen wir Ärger. Die fragen doch nicht, wo die wilden Reiter herkommen. Die scheren alle über einen Kamm.«

# Das Glück der Erde

Am nächsten Tag war Dienstag und damit Zeit für Sophies Verabredung mit Johanne Gabriel. Die Aufregung um die Geigerin hatte sich inzwischen ein bisschen gelegt, aber Freunde hatte Johanne in der neuen Schule noch nicht gefunden. Das lag sicher auch daran, dass sie nie mit jemandem redete. In den Schulstunden sprach sie nur dann ein Wort, wenn die Lehrer sie ausdrücklich dazu aufforderten, und in der Mittagspause aß sie nicht mit den anderen in der schuleigenen Cafeteria, sondern verschwand irgendwohin. Auch nach der Schule war sie immer sofort weg, Sophie und Michelle sahen sie zweimal in ein Auto einsteigen, das von einer dünnen, ebenfalls lockigen Frau gesteuert wurde.

»Ihre Mutter«, klärte Lisa die anderen auf. Sie hatte Geigenunterricht gemeinsam mit Johanne und damit häufiger Gelegenheit, das Mädchen zu beobachten. »Sie ist schrecklich streng, am ersten Tag wollte sie unbedingt bei unseren Proben dabei sein. Herr Bohner musste sie fast mit Gewalt rausschmeißen. Und Clara aus der Zehnten – die ist auch im Bundesjugendorchester – hat gesagt, auf der Tournee wäre es ganz schlimm gewesen. Johannes Mutter ist die ganze Zeit mitgereist, auf eigene Kosten, die Eltern sind ja eigentlich nicht erwünscht. Und ständig hat sie Johanne Vorschriften gemacht.«

Angesichts dieser Nachrichten bezweifelte Sophie fast, dass Johanne ihre Verabredung einhalten würde, aber immerhin traf sie das Mädchen bei der Chorprobe. Johanne rutschte in Sophies Sitzreihe und lächelte ihr schüchtern zu, als sie bereitwillig Platz machte.

»Du nimmst mich doch wirklich nachher mit zu den Pferden, nicht?«, wisperte sie.

Sophie nickte. »Klar, aber wir müssen uns beeilen. Vor allem wenn Frau Lohmeier wieder überzieht.«

Johanne nickte ernst. »Ich hab mich die ganze Woche drauf gefreut«, gestand sie. »Glaubst du, ich darf ein Pferd anfassen?«

Frau Leisner beendete die Chorstunde diesmal ziemlich pünktlich, aber Sophie machte sich trotzdem im Laufschritt auf den Weg zu den Rädern. Johanne brachte noch ihre Geige in ihr verschließbares Fach in der Schule.

»Ich muss nachher sowieso noch mal herkommen«, erklärte sie auf Sophies Frage, warum sie das Instrument nicht einfach mitnahm. »Müssen wir nicht auf Michelle warten?«

Sophie schüttelte den Kopf. »Nein, die hat noch Tanzstunde. Außerdem ist sie sowieso nicht in meiner Abteilung. Sie hat ein eigenes Pferd und reitet schon viel länger und viel besser als ich.«

»Dann sind ›Abteilungen‹ so was wie Schulklassen?«, wollte Johanne wissen, während sie versuchte, auf Sophies Fahrradgepäckträger zu einem einigermaßen sicheren Sitz zu finden.

Sophie nickte. »So, festhalten, es geht gleich bergab und wir müssen den Schwung nutzen.«

Johanne war ein bisschen blass um die Nase, als sie schließlich bei der Reitschule vom Fahrrad stiegen. Sophies Fahrstil erschien ihr ziemlich wild, aber sie war auch zum ersten Mal auf einem Gepäckträger mitgenommen worden. Allerdings vergaß sie die Fahrt sehr schnell, als sie die ersten Pferde sah. Pensy wieherte Sophie aus dem Auslauf heraus entgegen, und das Mädchen gab ihr einen raschen Kuss auf die Nase, bevor sie in den Stall stürmte.

»Ich zeig dir nachher alles in Ruhe!«, rief sie Johanne zu. »Aber erst muss ich zur Pferdeverteilung, sonst wird Klemme sauer.«

Johanne folgte ihr wie ein Schatten auf die Stallgasse. Die anderen Mädchen hatten sich schon vor Klemme aufgereiht, nur Ann-Kathrin und Mischa fehlten. Aber an deren ständiges Zuspätkommen war die Reitlehrerin inzwischen gewöhnt.

»Hallo, Sophie, na, hast du Besuch mitgebracht? Du darfst heute mal Arwen reiten. Und holst du bitte Dolly für Ann-Kathrin? Mischa setzen wir diesmal auf Cracker, auch wenn Karen einen Tobsuchtsanfall kriegen wird. Wer bringt den mit, du, Franziska?«

Franziska griff mit leicht mürrischem Blick nach Crackers Halfter. Sie selbst hatte Amigo zugeteilt bekommen. Nicht gerade ihre erste Wahl. So langsam wurden die Reitschüler missmutig. Es machte keinen Spaß, die besten Schulpferde für Ann-Kathrin und Mischa fertig zu machen, während man selbst sich mit den Schlafmützen des Stalles herumärgern musste. Franziskas Lieblingspferd war eigentlich die große, elegante Arwen, Klemmes früheres Turnierpferd. Aber die gehörte heute Sophie.

»Komm, du kannst mir helfen!«, sagte Sophie gönnerhaft zu Johanne. Sie freute sich auf den Unterricht mit Arwen. Bestimmt durfte sie an der Tete reiten und konnte Johanne ein bisschen imponieren.

Die Geigerin schien ihr Glück kaum fassen zu können, als Sophie ihr das Tor zur Weide öffnete und Dolly und Amigo gleich zutraulich auf sie zukamen. Zaghaft streichelte sie Amigos Nase.

»Kannst ruhig richtig zufassen, der ist nicht aus Zucker«, meinte Ines. »Schau, so halftert man auf. Gib ihr mal Dollys Halfter, Sophie, dann kann sie es gleich üben.«

»Aber ich hab noch nie …« Unsicher, doch überaus eifrig umfasste Johanne mit der Hand Dollys Nase, wie es Ines ihr gezeigt hatte.

»So, und jetzt ziehst du ihr das Halfter über die Ohren. Keine Angst, die brechen nicht ab. Und zuletzt hier den Haken schließen. Hast du einen Leckerbissen? Nein? Hier!«

Ines griff in die Hosentasche und gab Johanne ein Stück Brot. Das Mädchen platzierte es auf der flachen Hand, aber Dolly hatte schon zugefasst, bevor es richtig lag.

»Nicht wie ein Krokodil!«, wies Ines die Stute zurecht, aber Johanne war hingerissen.

»Sie hat ganz weiche Lippen. Und sie war so vorsichtig, sie hat mich nicht gebissen!«

»Das wäre ja auch noch schöner!«, brummte Ines. »Und nun führ sie raus, ich muss noch Maja holen. Wie heißt du eigentlich?«

»Johanne Gabriel«, stellte Johanne sich leise vor und ließ gleich wieder ihren Haarvorhang sinken.

»Wie?«, fragte Ines. Der Name sagte ihr offensichtlich nichts.

Johanne holte tief Luft. »Jonny«, sagte sie dann mit deutlich festerer Stimme. »In Amerika nennt mich jemand Jonny.«

»Das kann man sich wenigstens merken«, sagte Ines. »Und jetzt räum mal das Pony von der Tür weg, damit die anderen auch rauskommen. Geh einfach los, Dolly läuft dir dann schon nach.«

Johanne wirkte wie verzaubert, als die Stute das tatsächlich tat. Sie führte Dolly auf die Stallgasse, wo Sophie sie rasch anband.

»Du kannst sie auch putzen«, meinte Ines. »Zwischen den Vorderbeinen hat sie's am liebsten. Und ihre Reiterin ist ja noch nicht in Sicht.«

Tatsächlich erschienen Mischa und Ann-Kathrin wieder mal auf die letzte Minute. Klemme rüffelte sie erneut, aber für Johanne war ihr Ausbleiben ein Glück. Die anderen Mädchen zeigten ihr, wie sie das Pferd striegeln und bürsten musste, und sie platzte fast vor Stolz, als Dolly auf ihr Geheiß tatsächlich brav die Hufe zum Auskratzen hob. Schließlich übergab sie die Stute bedauernd an Ann-Kathrin und folgte den Reitern in die Halle. Mit einem Ausdruck zwischen Neid und Bewunderung schaute sie der Reitstunde zu.

»Du hast Recht, es schaut furchtbar schwierig aus!«, sagte sie schließlich zu Sophie, als die Reiter ihre Pferde an die Teilnehmer der nächsten Stunde übergeben hatten.

Jana übernahm Arwen, aber Dolly hatte jetzt frei. Ann-Kathrin führte sie in den Stall und sattelte sie ab. Sophie dachte im Stillen, dass sie das sicher gern Johanne überlassen hätte, aber die war zu schüchtern, es ihr anzubieten, und Sophie traute sich nicht, zu vermitteln. Klemme würde ihr den Kopf abreißen, wenn sie Ann-Kathrin noch mehr Arbeit abnahmen.

»Komm, ich zeige dir den Hof«, schlug sie Johanne stattdessen vor und führte sie zunächst zu den Ausläufen. »Hier ist der Sandauslauf für die Privatpferde und das hier ist Pensy, mein Pflegepferd.«

Pensy kam sofort auf Sophie zu und war auch gleich wieder zum Schmusen aufgelegt. Sophie kraulte sie und Pensy legte ihr mit einem tiefen, wohligen Seufzer den Kopf auf die Schulter.

»Pensy ist früher Rennen gelaufen, aber das geht jetzt nicht mehr, sie ist zu alt. Man muss sie auch beim Reiten etwas schonen, aber das macht mir nichts, ich hab sie total lieb«, gestand Sophie.

Johanne nickte neidisch. »Sie mag dich auch«, sagte sie. »Ach, ich würde auch so gern ein Pferd haben!«

Schließlich verabschiedete sich Sophie von Pensy und führte Johanne weiter zu den Weiden. »Das da ist Ares, Michelles Pony«, stellte sie vor.

Ares erkannte sie und spitzte die Ohren. Der kleine Fuchs, mit dem er eben Mähnenkraulen betrieben hatte, zeigte seine Freude an dem Besuch noch deutlicher. Vergnügt warf er den Kopf hoch und setzte sich in Galopp.

»Ist der süß! Der ist ja noch ein Fohlen!«, rief Johanne.

Sophie nickte. »Das ist Charly, unser kleiner Haflinger. Sechs Monate ist er jetzt alt, und stell dir vor, er sollte geschlachtet werden! Aber Karen, das ist die Tochter von Klemme, also der Reitlehrerin, hat ihn gekauft. Als Gesellschaftspferd für ihr eigenes Warmblutfohlen.«

»Noch ein Fohlen?« Johanne schaute suchend über die Weide.

Sophie schüttelte den Kopf. »Karens Fohlen ist noch bei seiner Mutter, es kommt erst her, wenn es abgesetzt wird. Heißt übrigens ›Feuerkelch‹, wie bei Harry Potter …«

Johanne zuckte die Schultern. »Ach ja, das wollte ich immer mal lesen. Aber ich hab so wenig Zeit. Der hier ist jedenfalls obersüß!« Selbstvergessen kraulte sie Charlys Stirn unter seiner drahtigen blonden Mähne. Das Fohlen genoss es.

Als die Mädchen schließlich zu den Stallgebäuden zurückschlenderten, kamen sie an den Anbindeplätzen vorbei, wo Frau Tewe gerade ihren Isländer putzte. Tandri, ein imponierender Fuchs mit gelockter, heller Mähne und freundlichem Ausdruck, schaute den Mädchen interessiert entgegen.

»Ist der süß! Der ist doch wohl der Allerschönste! Diese Mähne! Und er hat so wunderschöne Augen!« Johanne strahlte das Pony an.

»Deine Freundin verfügt über einen außergewöhnlich guten Geschmack, Sophie!« Frau Tewe lachte. »Ich nehme aber an, dass du sie vorher nicht mit Arwen und den anderen Traumpferden hier bekannt gemacht hast.«

»Aber der ist doch viel schöner!«, erklärte Johanne verliebt. »Wie heißt er? Darf ich ihn streicheln?«

Frau Tewe nickte. »Aber sicher. Sag Guten Tag zu deinem Fan, Tandri!« Auf eine kurze Aufforderung hin ließ sich der Wallach in ein Kompliment sinken. Es sah aus wie ein zierlicher Knicks und Johanne war hingerissen.

»So ein Pony hätte ich auch gern! Aber am liebsten in Grau, das wäre echt ein Traum. Ach, wenn ich doch nur mal reiten könnte!«

»Das ist kein großes Problem«, sagte Frau Tewe. »Eine Anmeldung bei Frau Winter und du bist dabei.«

Johanne schüttelte traurig den Kopf.

»Jonnys Mutter erlaubt's nicht«, erklärte Sophie. Der Spitzname für Johanne ging ihr jetzt schon ganz leicht über die Lippen.

Frau Tewe zuckte die Schultern. »Wie schade. Aber viele Mädchen hier verdienen sich ihre Reitstunden selbst. Ich würd nicht gleich aufgeben, Jonny.«

Die Mädchen sahen zu, wie sie ihr Pony sattelte, und Johanne bestaunte den prächtigen spanischen Sattel. Frau Tewe bevorzugte die Klassisch-Iberische Reitweise, genauer gesagt die Doma Vaquera, den Stil der spanischen Rinderhirten. Sie führte ihr Pferd auf den Außenplatz, und Johanne sah atemlos zu, wie der kleine Tandri vorwärts, rückwärts und seitwärts ging und rasche Galoppwechsel durchführte, als wäre das gar nichts.

»Er ist einfach traumhaft!«, sagte sie schließlich, als Frau Tewe ihr Training beendete. »Er ist… ach, ich weiß nicht, aber für so ein Pony würde ich…«

»Sei vorsichtig, falls du irgendwelche Banküberfälle planst, Frau Tewe ist bei der Polizei!«, warnte Ines im Vorübergehen. Sie schob gerade eine voll beladene Schubkarre zum Misthaufen.

»Na, dann komm mal her und steig auf!«, meinte Frau Tewe gutmütig. »Wenn du schon Arwen und Co für meinen Knuddel stehen lassen würdest, kann er dich auch mal eine Runde tragen.« Die junge Frau räumte den Sattel und verkürzte die Steigbügel für Johanne.

»Ich darf… ich soll…« Johanne konnte es nicht fassen.

»Nun los, Tandri will sein Abendessen!«, drängte Frau Tewe.

Johanne setzte zaghaft einen Fuß in den Bügel. Aber dann

war sie mit einem raschen Schwung auf Tandris Rücken und sah fast überirdisch glücklich aus, als sich der kleine Fuchs unter ihr in Bewegung setzte. »Ich reite, Sophie, ich reite!«, flüsterte sie.

Frau Tewe führte Tandri einmal um den Reitplatz. Dabei erklärte sie Jonny, wie sie ihr Gewicht zum Lenken verlagern musste. Bevor sie in die zweite Runde startete, gab sie Johanne den oberen Zügel ihrer spanischen Zäumung in die Hand.

»Aber gaaanz vorsichtig, nicht zerren!«, wies sie das Mädchen an, bevor sie den Zügel losließ.

»Ich soll allein …«

»Aber ja. Oder hast du Angst?«

Johanne schüttelte den Kopf. Mit verklärtem Gesichtsausdruck lenkte sie Tandri zweimal um den Platz und wagte dann einen Richtungswechsel. Sophie fiel auf, dass sie sich ein paar Bahnfiguren gemerkt hatte. Fürs erste Mal machte sie ihre Sache wirklich gut. Aber Tandri war natürlich auch eine Seele von Pferd.

Johanne bedankte sich überschwänglich, als sie schließlich abstieg. Begeistert half sie Frau Tewe, Tandri abzusatteln und in der Box zu füttern. Zuletzt durfte sie ihn auf die Weide bringen, wo ihn seine Freundin, die Welshponystute Vivianne, schon sehnlichst erwartete.

Aber dann verschwand Johannes glücklicher Gesichtsausdruck ganz plötzlich nach einem Blick auf die Uhr. Genauer gesagt wich ihr Strahlen einem Ausdruck schierer Panik.

»Es ist gleich sechs! Oh Himmel, es ist Viertel vor sechs! Ich muss zurück in die Schule. Aber das schaffe ich doch gar nicht! Sophie, kannst du mich schnell bringen? Aber … oh nein, das ist absolut nicht zu schaffen, wir haben vorhin schon bergab fast zwanzig Minuten gebraucht.«

»Ich muss auch Pensys Box noch misten«, erklärte Sophie. Sie hatte keineswegs die Absicht, jetzt noch mal fünf Kilometer bergauf zu radeln. Ihr Zuhause lag in einer ganz anderen Richtung. »Weshalb musst du denn so dringend noch mal in die Schule? Wohnst du nicht in der Langen Straße? Da kann ich dich nachher leicht absetzen. Du hättest bloß die blöde Geige mitnehmen müssen. So kannst du heute Abend nicht üben. Na ja, bei dir macht das ja nichts, so gut, wie du bist.«

Johannes Gesicht war inzwischen ganz blass geworden. »Meine Mutter bringt mich um, wenn ich ohne die Geige komme. Überhaupt … ich muss zur Schule! Oh, was mache ich jetzt bloß?«

»Also wenn so offensichtlich dein Leben davon abhängt, fahre ich dich eben da vorbei«, meinte Frau Tewe gutmütig. »Das ist doch die Musikschule, nicht? Die liegt fast auf meinem Weg, das ist kein Problem. Dafür spielst du mir bei Gelegenheit was vor, ja?« Sie wuschelte freundlich durch Jonnys Locken, wie sie es sonst bei Tandri zu tun pflegte. Sophie stellte lächelnd fest, dass das Pony und Johanne fast die gleiche Frisur trugen.

Johanne wischte sich ein paar Tränen aus den Augen und folgte Frau Tewe in Blitztempo zum Auto. »Tausend, tausend Dank!«, rief sie Sophie noch zu. »Das war echt der schönste Tag in meinem Leben!«

»Das verraten wir Igor Oistrach aber besser nicht!«, sagte Michelle, die eben auf den Hof radelte und Jonnys Abschiedsworte gerade noch gehört hatte. »Sieht aus, als hättest du da jemanden glücklich gemacht.«

# Zwei Traumpferde

Am nächsten Tag war von Johannes frisch gewonnener Lebensfreude allerdings nicht mehr viel zu spüren. Das Mädchen schlich mit heruntergelassenem Haarvorhang durch die Schulstunden und wisperte Sophie und Michelle nur einen kurzen Gruß zu. Mittags war sie gleich verschwunden und nach der Orchesterprobe am Nachmittag wartete ihre Mutter schon am Ausgang der Schule.

»Deine Freundin ist ein merkwürdiges Mädchen«, meinte Frau Tewe, als sie Sophie und Michelle am Abend im Stall traf. Die beiden starteten zu einem Ausritt und Frau Tewe schloss sich mit Tandri an. Auch Ines durfte mit, sie ritt neuerdings Vivianne, wenn deren Besitzerin keine Zeit hatte. »Als ich sie gestern vor der Schule absetzen wollte, kriegte sie die nackte Panik und flehte geradezu, sie an einem Seiteneingang abzusetzen. Darin verschwand sie dann wie von Furien gehetzt, kam drei Minuten später vorn wieder raus und stieg in ein rotes Auto. Und dabei tat sie, als sähe sie mich gar nicht.«

Michelle und Sophie blickten einander an.

»Das war ihre Mutter«, erklärte Sophie. »Garantiert hat Jonny ihr erzählt, sie hätte länger Unterricht, und ist heimlich mit in den Stall gekommen. Deshalb musste sie pünktlich um sechs vor der Schule sein.«

»Aber das riecht ihre Mutter doch!«, gab Michelle zu bedenken. »Zwei Stunden im Reitstall, Pferde geputzt und geritten … Da müffelt man anders, als hätte man drei Stunden Geige gespielt.«

»Ist ja auch nicht gesagt, dass Mama sie nicht erwischt hat«, meinte Sophie. »Deshalb war sie heute so komisch, die hat richtig eins aufs Dach bekommen!«

»Warum ist ihre Mutter denn so streng?«, fragte Frau Tewe verwundert. »Ist sie so schlecht in der Schule?«

»Im Gegenteil«, meinte Michelle.

Frau Tewe und Ines lauschten interessiert, als die Mädchen ihr von Jonnys Erfolgen erzählten.

»Ja, stimmt, ich habe von ihr gelesen«, meinte Frau Tewe schließlich. »Die Zeitschrift hat sich fast überschlagen, sie ist wohl das totale Wunderkind.«

Ines zuckte die Achseln. »Kunststück, wenn sie Tag und Nacht übt. Wer weiß, ob ich nicht auch ein Wunderkind wäre, wenn meine Mama von Baby an mit dem Geigenbogen auf mich eingeprügelt hätte!«

Die anderen lachten.

»Sollen wir mal traben?«, fragte Michelle schließlich und setzte Ares auch schon in Gang. Die Waldwege waren heute trocken und einladend, und schließlich einigten sich alle, auf die Springstrecke abzubiegen. Klemme und der Reiterverein auf der anderen Waldseite hatten die kleine Bahn in den Sommerferien gemeinsam angelegt. Es waren höchstens achtzig Zentimeter hohe, einladende Natursprünge, die man durchweg auch umgehen konnte. Das machten sich auch Sophie und die anderen zunutze. Pensy durfte nicht springen, und Frau Tewe machte sich nichts daraus, aber Michelle und Ines würden die Hindernisse nehmen.

Sophie galoppierte neben ihrer Freundin auf Ares her, und die beiden lachten einander zu, wenn Michelle in tadelloser Manier über die Sprünge ging. Aber dann fand der Spaß ein jähes Ende. Urplötzlich brach ein braunes Pony mit zerrissenem Zügel aus dem Wald und rannte quer über die Strecke. Ares, der gerade nach einem Sprung aufgekommen war, konnte nicht mehr ausweichen, sondern stieß voll mit ihm zusammen. Der kleine Schecke stolperte, fiel hin und Michelle rollte über seinen Hals ab. Pensy ihrerseits kam ins Schlittern, weil sie zu plötzlich versuchte anzuhalten. Zum Glück war der Boden heute wirklich ideal, sodass sie nicht hinfiel. Nicht auszudenken, was sonst mit ihren empfindlichen Beinen passiert wäre!

Michelle und Ares hatten sich zum Glück nichts getan. Das Mädchen war schon wieder auf den Beinen, und das Pony saß etwas verdutzt auf seinem dicken Hintern, höchst verwundert, wie es so plötzlich im Sand gelandet war. Es sah so komisch aus, dass die Mädchen fast lachen mussten. Aber schließlich stand Ares auf, schüttelte sich und wartete, bis Michelle wieder aufstieg. Sie tastete seine Beine noch auf Verletzungen ab, aber Ares war in Ordnung.

Bevor sich die Reiter jedoch ganz beruhigt hatten, scheute Pensy schon ein zweites Mal. Diesmal vor der Reiterin des entlaufenen Ponys, die eben etwas zerzaust aus dem Wald kam.

»Habt ihr … habt ihr zufällig ein Pferd gesehen?«, fragte sie etwas atemlos und versuchte, ein Schluchzen zu unterdrücken. Sie war ein dunkelhaariges Mädchen in Sophies Alter und hatte eine dicke Schramme auf der Stirn. »Auf dem Ponyhof haben sie gesagt, er sei ganz lieb, aber dann ist er plötzlich mit mir in den Wald gerannt. Ich hab mir den Kopf angestoßen und bin runtergefallen und dann ist er weg!«

»Der wird wohl auch nicht mehr stehen bleiben, bis er zu Hause ankommt«, meinte Frau Tewe. »Und du solltest ins Krankenhaus, kann sein, dass dieser Riss genäht werden muss. Pass auf, wir bringen dich jetzt nach Hause, oder besser gesagt in diesen komischen Reitstall. Mit den Besitzern wollte ich schon längst mal ein Wörtchen reden. Kannst du laufen? Wenn du Kopfschmerzen hast, ist es besser, wir hieven dich auf ein Pferd.«

»Sie kann bei mir hinten aufsitzen«, meinte Michelle gelassen, »Ares ist kräftig, dem macht das nichts. Und wir brauchen ja auch nicht mehr als Schritt zu reiten.«

»Nein, bitte nicht traben!«, meinte das Mädchen ängstlich.

Frau Tewe schüttelte den Kopf. »Es ist unglaublich, dass die Leute dich allein ins Gelände schicken!«

Nach etwa zwanzig Minuten im Schritt erreichten die Reiterinnen den Ponyhof. Die Albertstraße war eine stille Wohngegend, direkt am Wald gelegen. Der Stall lag in einem der letzten Häuser. Sehr gefährlich war es also nicht, wenn die Pferde hier über die Straße liefen, aber absolut risikolos natürlich auch nicht. Auf dem letzten Kilometer begegneten sie drei Reitern – zwei vielleicht zehnjährigen, munter schwatzenden Mädchen auf dicken Ponys und einem von einem älteren Mädchen geführten, höchstens vierjährigen Jungen. Nur eins der Mädchen trug eine Kappe. Gesattelt war keins der Pferde.

Auf dem Hof hatte eine starkknochige junge Frau in Jogginghose und schmutzigem T-Shirt eben das braune Pony in Empfang genommen.

»Da bist du ja!«, raunzte sie das Mädchen an, das erleichtert von Ares' Rücken rutschte. »Bist runtergefallen, was? Und der Zügel ist kaputt. Mensch, Mädchen! Wenn du nicht reiten kannst, darfst du dir kein Pferd ausleihen!«

»Das ist ja mal eine seltsame Erklärung der Situation«, meinte Frau Tewe und stieg ebenfalls ab. »Für Ihre Pferde sind doch wohl immer noch Sie verantwortlich. Das Mädchen hätte sich ernsthaft verletzen können! Sind die Pferde überhaupt versichert?«

»Was geht Sie das denn an?«, fragte die Frau mürrisch. »Die Pferde hier arbeiten für ihren Hafer. Wie soll ich sie sonst finanzieren? Sind alle vor dem Schlachter gerettet. Aber ich bin kein Krösus. Bisschen was muss schon wieder reinkommen durch den Verleih. Und die Mädchen müssen selbst wissen, was sie sich zutrauen.«

»Und ob mich das was angeht!« Frau Tewe begann ein lebhaftes Wortgefecht mit der Ponyhofbesitzerin, in dem es um Reitverbote, Risiken und Versicherungen ging.

Sophie, Michelle und Ines hatten inzwischen Zeit, sich auf dem Ponyhof umzusehen. Die Anlage war offensichtlich nicht von vorneherein für Pferde konzipiert worden, es sah eher aus, als hätte man die Ställe schnell aus Altholz zusammengebaut. Sie wirkten etwas gestückelt und waren nicht sehr professionell gezimmert. Auch die Zäune machten einen eher abenteuerlichen Eindruck. Die Pfosten standen nicht ordentlich in Reih und Glied wie bei Klemme, sondern hingen teilweise ziemlich auf Halbmast, oft nur von dem alten Stacheldraht aufrecht gehalten, den man notdürftig mit Strohbändchen gesichert und durch eine zusätzliche Elektrozaunlitze entschärft hatte. Die Ställe waren zum Teil Boxen, zum Teil Offenställe, Ponys aller

Farben und Größen schauten hinaus und alles war bunt bemalt.

»Ein bisschen wie Villa Kunterbunt«, meinte Ines.

Inzwischen war eins der Mädchen, das vorhin mit Ausmisten beschäftigt gewesen war, an Vivianne herangetreten.

»Ist die aber schön!«, bewunderte sie die imponierende Welsh-Cob-Stute. »Cobs sind meine Traumpferde. Mein Pflegepferd hier ist auch ein Welshpony-Mix.« Das zierliche braunhaarige Mädchen wies auf den hübschen Grauschimmel, der Sophie und den anderen schon mehrfach im Gelände begegnet war. »Dusty. Er hat es faustdick hinter den Ohren! Die Reitmädchen wirft er immer ab. Aber mit mir macht er das nicht. Er ist das schnellste Pony im ganzen Stall.«

»Haben hier alle Mädchen Pflegepferde?«, fragte Ines begierig und beobachtete zwei andere Kinder, die gerade zwei Ponys von der Koppel holten.

»Nur die Mädchen, die regelmäßig helfen kommen. Da ist Frau Keppler streng. Wer dreimal nicht kommt, ist sein Pony los. Suchst du ein Pflegepferd? Gestern sind zwei neue Ponys gekommen, und für das eine wird dringend ein Mädchen gebraucht, das richtig reiten kann.«

»Ich weiß nicht …« Ines mochte ihr Interesse nicht zu deutlich zeigen, aber ihre Augen funkelten. »Was ist es denn für ein Pferd?«

Frau Tewe war inzwischen mit Frau Keppler fertig. »Jedenfalls müssen Sie mit einer Anzeige rechnen«, sagte sie abschließend. »Die Eltern von dem Mädchen lassen das doch nicht einfach auf sich beruhen! Das Kind hätte ernstlich verletzt werden können. Und dann wird sich hoffentlich auch das Ordnungsamt um diesen Stall kümmern. Vom Tierschutz gar nicht zu reden…«

»Was wissen Sie denn vom Tierschutz mit Ihren Luxusgäulen!«, polterte die Ponyhofbesitzerin. »Meine Ponys, die haben es hier zum ersten Mal im Leben gut, und da steh ich auch zu!«

Frau Tewe verdrehte nur die Augen und stieg auf ihr Pony.

»Sabrinas Eltern machen bestimmt keine Anzeige«, vertraute Dustys Pflegemädchen inzwischen Ines an. »Die wissen gar nicht, dass sie hier war, die meisten Mädchen reiten vom Taschengeld. Eine Stunde kostet nur fünf Euro und man kann die Ponys auch nur eine halbe oder eine Viertelstunde mieten. Das ist echt geil!«

»Echt geil!«, wiederholte Frau Tewe mit gerunzelter Stirn. »Ich denke, ich rufe morgen mal selbst das Ordnungsamt an, wenn ich im Präsidium bin.«

Michelle und Sophie schwatzten auf dem Rückweg über die Ponys, die sie auf dem Hof gesehen hatten, aber Ines verhielt sich auffällig still. Ob sie wirklich über ein Pflegepferd in diesem seltsamen Reitstall nachdachte?

Als die Reiterinnen in der Reitschule eintrafen, war da gerade ein Pferdetransporter auf den Hof gefahren. Frau Müller-Riel überwachte lautstark das Ausladen von zwei falben Ponys. Eins war eher gelblich wie die meisten Falben, das andere eine bildhübsche, etwas leichtere graufalbe Stute. Ann-Kathrin und Mischa standen ratlos daneben.

»Nun nimm dir schon die Grisabell!«, brüllte Frau Müller-Riel ihre Tochter an. »Meine Güte, es ist schließlich dein Pony, da könntest du mal etwas mehr Begeisterung zeigen! Und du, Mischa, mach die Stalltür auf!«

Der Junge folgte dem Befehl, offensichtlich froh, dass er das Pony nicht führen musste. Der kräftige Wallach tänzelte aufgeregt am Führstrick herum. Die Stute benahm sich manierlicher. Schließlich waren beide in zwei nebeneinander liegenden Boxen mit Ausläufen untergebracht und knabberten Heu.

»Na, was sagen Sie, Frau Winter, gefallen sie Ihnen?«, wandte sich Frau Müller-Riel Beifall heischend an die Reitlehrerin. »Hübsche Kerlchen, nicht wahr? Und gar nicht mal so teuer.«

»Es sind Dülmener, oder?«, fragte Klemme zurückhaltend.

Frau Müller-Riel nickte. »Der Wallach ist aus der Wildbahn, die Stute natürlich nicht. Die ist auch nur ein halber Dülmener, die Mutter war ein Welshpony-Mix.«

Sophie erinnerte sich, über Dülmener Wildpferde gelesen zu haben. In Dülmen bei Haltern in Westfalen hielt ein Graf von Croy eine Herde Ponystuten wild in einem riesigen Freigehege. Jedes Jahr wurde ein anderer Hengst eingesetzt, der die Stuten dann deckte. Die Stutfohlen verblieben in der Wildbahn, die Hengstfohlen wurden jährlich herausgefangen und versteigert. Dieser »Wildpferdefang«, bei dem junge Burschen aus der Umgebung ihre Kräfte im Kampf mit den kleinen Hengsten erprobten, war immer ein riesiges Spektakel mit tausenden von Zuschauern.

»Neuerdings werden Dülmener ja auch außerhalb der Wildbahn gezüchtet, und die Familie, von der Grisabell und Billy kommen, hat einen Deckhengst und zwei reinrassige Stuten. Billy war wohl auch als Deckhengst vorgesehen, aber dann haben sie ihn doch kastriert. Na ja, und Bell haben sie abgegeben, weil sie nicht rasserein ist. Sie sind aber beide sehr ordentlich angeritten, ich habe sie selbst ausprobiert. Wie finden Sie denn überhaupt die Namen? Bill und Bell – das ist doch lustig, nicht?«

Klemme zuckte die Schultern. »Für die Pferde schwer auseinander zu halten. Sie sind angeritten, sagten Sie? Wie alt sind sie denn?«

»Billy ist vier und Grisabell drei«, erklärte Frau Müller-Riel stolz. »Genau das richtige Alter. Die können sich noch richtig an Ann-Kathrin und Mischa anschließen.«

Ann-Kathrin und Mischa sahen nicht aus, als hegten sie hier sonderliche Ambitionen. Die beiden trauten sich kaum in die Nähe ihrer Ponys, während Sophie beim Anblick von Grisabell an Johanne denken musste. Billy war ein hübsches Pony mit seiner Strubbelmähne und seinen kräftigen Beinen, aber die graue Stute war ein Traumpferd. Sie war leicht gebaut, hatte aber deutlich die runden Formen des typischen Ponys, genau wie Dolly, Sophies Liebling von den Schulpferden. Beim Langhaar hatte eher die Reitponymutter durchgeschlagen, Bells Mähne und Schweif waren lang und seidig.

»Ich weiß nicht, Frau Müller-Riel … So junge Pferde … Kommen Ann-Kathrin und Mischa denn mit ihnen zurecht?« Klemme konnte ihre Bedenken nicht zurückhalten.

»Aber ja, ich habe selbst draufgesessen, wie gesagt. Wahre Engelchen, die beiden, sehr, sehr solide angeritten. Werden Sie ja sehen. Wie wär's, können Ann-Kathrin und Mischa morgen mit den Pferden in die Fünf-Uhr-Stunde?«

Klemme machte ein Gesicht, als hätte sie in eine Zitrone gebissen.

»Frau Müller-Riel, die Fünf-Uhr-Stunde ist eine Stunde für Fortgeschrittene. Da gehören Ihre Kinder noch nicht hinein. Und die Pferde würde ich mir auch gern erst mal allein in der Halle ansehen. Ich habe schließlich eine Verantwortung gegenüber den anderen Schülern. Solange ich nicht weiß, wie sich die Ponys benehmen, ist es mir zu riskant, sie mit in die Schulpferdestunde zu nehmen. Aber um sieben hätte ich eine Privatstunde frei, wenn Sie die haben möchten …«

»Das ist natürlich noch besser«, freute sich Frau Müller-Riel. »Also dann, morgen um sieben. Und für euch gibt's jetzt keine Ausreden mehr, Kinder! Nun habt ihr eigene Ponys, da wird nicht mehr getrödelt!«

Sophie und Michelle beobachteten fasziniert, wie die Frau mit den beiden Kindern abzog. Mischa und Ann-Kathrin warfen ihren Pferden keinen letzten Blick zu.

»Es ist so ungerecht!«, seufzte Ines. »Warum ist meine Mutter nicht so scharf darauf, mir ein Pony zu kaufen?«

Michelle warf ihr einen Seitenblick zu. »Möchtest du wirklich von der adoptiert werden? Die ist ja fast so schlimm wie die von Jonny!«

»Auf jeden Fall kann ich nächsten Dienstag wieder Dolly reiten. Wenn Ann-Kathrin und Mischa jetzt eigene Ponys haben, werden sie die besten Schulpferde nicht mehr blockieren«, freute sich Sophie.

# Absolut unmöglich

Am nächsten Abend versammelten sich natürlich alle Mädchen auf den Tribünen, um Ann-Kathrin und Mischa reiten zu sehen. Nur Ines fehlte. Sie war auch morgens zum Füttern nicht erschienen. Sophie nahm an, dass sie krank war.

Frau Müller-Riel und ihre Kinder waren ausnahmsweise pünktlich. Ann-Kathrin führte Grisabell in die Reithalle, ihre Mutter Billy. Die Mädchen sahen erstaunt, dass sie Reitzeug trug. Mischa drückte sich am Eingang der Reithalle herum.

»Ich reite ihm den Kleinen eben ab«, erklärte Frau Müller-Riel selbstbewusst und schwang sich in den Sattel.

Klemme hatte das Sattelzeug vorher kontrolliert und anerkennend genickt. Die Vorbesitzer der Pferde mussten die Riels fachkundig beraten haben. Beide Sättel waren von guter Qualität und passten den Ponys.

Die Mädchen auf den Rängen kicherten ein bisschen, als Frau Müller-Riel Billy erstieg, aber das Lachen verging ihnen rasch. Mischas und Ann-Kathrins Mutter ritt erheblich besser als ihre Kinder. Vielleicht griff sie ein bisschen zu hart in die Zügel und überfiel den unerfahrenen Billy oft mit ihren Hilfen, aber sie wusste eindeutig, was sie tat. Das Pony war dann auch in Rekordzeit am Zügel – und sorgte damit ebenfalls für eine Überraschung. Billy konnte noch nicht viel, aber seine Grundausbildung war sorgfältig erfolgt und er war sehr artig. Das traf auch auf Grisabell zu, obwohl sich die hübsche Stute unter Ann-Kathrin nicht halb so gut präsentierte wie Billy unter ihrer Mutter. Wie immer gab Ann-Kathrin die Hilfen zunächst zu zaghaft, wurde dann davon überrascht, dass das Pferd sie irgendwann doch befolgte, und zog daraufhin erschreckt die Zügel an. Klemmes Schulpferde hatten dieses Verhalten ergeben weggesteckt – schließlich waren sie Anfängerfehler gewöhnt. Grisabell irritierte Ann-Kathrins verschwommene Hilfengebung aber maßlos. Nach ein paar Runden, in denen sie wirklich versucht hatte, ihrer Reiterin alles recht zu machen, wurde sie unwillig. Sie scheute vor den Mädchen auf den Rängen und zergelte zu Billy hinüber. Vielleicht wusste der ja, was zu tun war.

Klemme versuchte, Ann-Kathrin Anweisungen zu geben, aber je unsicherer das Pony wurde, desto ängstlicher reagierte auch die Reiterin und desto weniger konnte sie zuhören.

Schließlich hielt Frau Müller-Riel es nicht mehr aus. »Lass mich mal!«, rief sie ihrer Tochter zu, die das Pony daraufhin bereitwillig in die Mitte lenkte und den Sattel räumte.

Eigentlich war die Frau ein bisschen zu schwer für Grisabell, aber dennoch war eine deutliche Veränderung zum Positiven zu bemerken, als sie sich in den Sattel der hübschen Grauen schwang. Grisabell spitzte die fein geschnittenen Öhrchen, konzentrierte sich auf die Reiterin und hörte sofort auf, nervös herumzutänzeln.

»Na los, Mischa, worauf wartest du!«, rief Frau Müller-Riel ihrem Sohn zu. »Steig schon auf, das Pony ist noch nicht müde!«

Mit mürrischem Gesichtsausdruck verstellte Mischa die Bügel an Billys Sattel. Als er aufstieg, bot sich ein ähnliches Bild wie eben bei Grisabell unter Ann-Kathrin. Der Wallach versuchte zunächst, die Hilfen zu verstehen, aber als Mischa nur wie ein Mehlsack im Sattel hockte, wurden Billys Bewegungen schnell latschig und ausdruckslos. Immerhin blieb er ruhig. Billy schien ein wesentlich gelasseneres Pferd zu sein als seine Stallgefährtin.

Klemmes Anweisungen rauschten an Mischa allerdings ebenso wirkungslos vorbei wie eben an Ann-Kathrin. Lediglich die gelegentlichen Rüffel seiner Mutter – »Nun lass ihn doch nicht so latschen!«, »Treiben, Junge, treiben!«, »Kopf hoch, Schultern zurück, meine Güte, du sitzt doch nicht auf der Couch, Mischa!« – entlockten ihm kurze Lebensregungen.

Nach ein paar Minuten gab Klemme entnervt auf.

»Brauchen Sie mich hier eigentlich, Frau Müller-Riel? Ich meine, diese Stunde kostet Sie viel Geld, und ich mag es nicht verdienen, indem ich nutzlos herumstehe und zur Reithallenwand rede. Wenn es Ihnen recht ist, wende ich mich sinnvolleren Betätigungen zu, und Sie schicken mir die Kinder nächste Woche in den ganz normalen Abteilungsunterricht. Die Ponys gehen ja sehr ordentlich, das ist kein Problem.«

Frau Müller-Riel nickte. Sie war ganz darauf konzentriert, Grisabell so etwas wie Mitteltrab zu entlocken, und machte das gar nicht so schlecht. Das Pony war sehr gehorsam, und die Reiterin genoss es sichtlich, mit ihm zu arbeiten. Die Mädchen auf den Tribünen kamen aus dem Staunen nicht mehr heraus.

»Warum kauft sie sich nicht selbst ein Pferd?«, fragte

Michelle verwundert. »Mit Grisabell wird sie auf Dauer nicht glücklich, die ist zu leicht für sie. Und Billy wird sie bald zu langweilig finden. Aber so ein Pferd wie Vivianne … oder ein nettes Warmblut …«

»Offensichtlich will sie partout ihre Kinder glücklich machen«, seufzte Jana.

Frau Müller-Riel hatte den Sattel jetzt mit erkennbarem Bedauern für Ann-Kathrin geräumt und exerzierte von der Mitte der Bahn aus beide Kinder. Auf ihre Mutter hörten sie deutlich besser als auf Klemme, aber leider war Frau Müller-Riel keine sonderlich gute Reitlehrerin. Sie brüllte ihre Schüler nur an, statt ihnen die Hilfengebung zu erklären.

Das zierliche Mädchen, das eben das Tor zum Reithallenvorplatz öffnete und schüchtern in die Halle linste, schrak darüber erkennbar zusammen. Sicher wäre sie gleich wieder gegangen, aber dann traf sie doch noch auf Klemme, die gerade die Halle verließ.

»Ist das nicht deine Freundin von neulich, Sophie?«, fragte Franziska. »Wie hieß sie noch, Jonny?«

Sophie schaute genauer hin und erkannte tatsächlich die Lockenflut von Johanne. Das musste sie sich genauer ansehen! Sie verließ die Mädchen auf der Tribüne und ging zu Johanne und der Reitlehrerin herunter.

»Am Anfang musst du Einzelstunden nehmen, das geht nicht anders«, erklärte Klemme gerade. »Die Grundbegriffe des richtigen Sitzes lernst du am besten und am schnellsten an der Longe. Wenn du dich auf Zügelführung und Sitz gleichzeitig konzentrieren musst, dauert es endlos, bis du die Sache raus hast, und es ist eine Zumutung für das Pferd. Das versteht ja nicht, was du ihm sagen willst, wenn du die Hilfen nicht richtig gibst, und dann wird es unsicher. Mal ganz abgesehen davon, dass Zügelzerren ihm auch wehtut. An der Longe erhält es seine Anweisungen dagegen von mir und du kannst dich ganz auf deinen Sitz konzentrieren.«

Johanne nickte. »Ist… ist das teuer?«, fragte sie leise.

»Eine Einzelstunde kostet 25 Euro, billiger ist es leider nicht zu machen. Pferde fressen eine Menge, weißt du, und so einen Stall wie diesen zu unterhalten, kostet viel Geld. Du zahlst hier für sehr guten Unterricht – aber auch dafür, dass die Pferde artgerecht gehalten werden und gesund und glücklich sind. Das wiederum macht die Reitstunden sicherer. Ein zufriedenes Pferd wird seltener bocken oder durchgehen.«

Bei der Erwähnung von Sicherheitsbedenken wurde Johanne sofort blass. »Mir darf auf keinen Fall was passieren«, sagte sie mit panischem Ausdruck.

Klemme schaute etwas verwundert. So ängstlich hatte das Mädchen eben gar nicht gewirkt! Und es war auch ungewöhnlich, dass neue Reitschüler beim ersten Kontakt ohne Eltern hereinschneiten. Die Neue musste also recht entschlossen sein.

»Jonny ist Geigerin, ihre Mutter hat Angst, sie könnte sich die Hände brechen«, half Sophie weiter.

Johanne warf ihr einen Blick zwischen Dankbarkeit und Warnung zu.

Klemme lachte. »Also bisher hat sich in meinen Stunden noch niemand etwas gebrochen. Aber um noch mal auf den Preis zurückzukommen: Longenstunden gebe ich auch im 30-Minuten-Takt. Das ist am Anfang einfacher für die Reitschüler. Eine Stunde wird ganz schön lang, wenn man zum ersten Mal auf dem Pferd sitzt. Longenstunden sind Mittwoch und Freitag von drei bis fünf. Du kannst dich am schwarzen Brett dafür eintragen.«

Johanne schüttelte bedauernd den Kopf. »Da kann ich nicht …«

Klemme seufzte. »Ach ja, du bist sicher in der Ganztagsschule wie Sophie und Michelle. Tja, da kann ich dich höchstens abends mal irgendwo zwischenschieben. Heute zum Beispiel. Schauen wir doch mal, ob nicht eins von den fleißigen Mädchen aus der nächsten Abteilung sein Pferd schon fertig hat. Longenpferde sind Amigo und Jacinta, aber Dolly kommt auch infrage.«

Die nächste Stunde war Springstunde, und tatsächlich waren schon zwei Mädchen damit beschäftigt, die Pferde dafür vorzubereiten. Die dunkelhaarige Berit, eine leidenschaftliche Pferdefriseuse, zeigte einer Freundin gerade, wie man Dolly einen Spanischen Zopf flocht. Auf Klemmes Geheiß hin verschob sie das aufs nächste Mal und legte dem Pony rasch einen Sattel auf.

»Wir gehen auf den Außenplatz.« Klemme zwinkerte Jonny zu. »In der Halle ist es mir zurzeit zu laut. Hast du noch keinen Reithelm? Ich kann dir für die ersten Stunden einen leihen, aber dann solltest du dir eine eigene Kappe anschaffen. Mit den Jeans und Turnschuhen ist es auch so eine Sache. Aber jetzt fangen wir erst mal an.«

Inzwischen kamen auch die anderen Mädchen von den Tribünen, offensichtlich hatte Frau Müller-Riel ihre Reitstunde beendet. Tatsächlich trat sie eben aus der Halle, gefolgt von ihren kleinlauten Kindern mit den Ponys.

»Ich wusste gar nicht, dass Sie so gut reiten können«, sprach Michelle sie an.

Frau Müller-Riel lachte geschmeichelt. »Ach, ich bin eingerostet. Als Kind bin ich viel geritten und später, auf der Universität, war ich in der Studenten-Reitgruppe. Aber ein eigenes Pferd konnte ich mir leider nie leisten. Bis jetzt. Mein Mann verdient ganz gut, da sollen wenigstens Ann-Kathrin und Mischa ihren Spaß haben.«

Nach Spaß sahen die beiden Kinder kaum aus. Erst als die Ponys sicher im Auslauf verstaut waren, entspannten sich Ann-Kathrins Gesichtszüge. Dafür strahlte Johanne. Sie saß genauso glücklich auf Dolly wie in der letzten Woche auf Tandri. Gelassen und furchtlos lauschte sie auf Klemmes Anweisungen.

»Sieht aus, als hätte unser Geigen-Wunderkind noch andere Talente«, meinte Michelle. »Aber dass ihre Mutter das so plötzlich erlaubt hat…«

»Seltsam, nicht?«, wunderte sich auch Sophie. »Mit so einer Kehrtwendung hätte ich nie gerechnet.«

Michelle lachte. »Vielleicht hat Johanne ja mal einen Ton falsch gespielt und Mami hofft jetzt auf eine Alternativkarriere bei den Olympischen Spielen.«

Sophie grinste. »Jonny guckt beim Reiten jedenfalls viel glücklicher als beim Geigespielen. Sollen wir mal misten gehen? Frau Neuhaus kommt gleich zur Reitstunde, da sollte Pensys Box sauber sein.«

Die Mädchen schlenderten zum Privatstall hinüber – und mussten plötzlich zur Seite springen, als ein roter Kombi rasant auf den Hof fuhr. Das Auto stoppte mit quietschenden Bremsen neben dem Reitplatz und erschreckte damit sogar die sonst so gelassene Dolly.

Das Pony machte einen Satz zur Seite, und Jonny geriet ein bisschen in Raumnot, fing sich aber rasch.

»Gut gesessen, Jonny!«, lobte Klemme, aber Johanne hatte keinen Blick mehr für sie. Schneeweiß im Gesicht, blickte das Mädchen zu dem Auto hinüber und schien einen Fluchtweg zu suchen. Dafür war es jedoch zu spät. Aus dem Kombi sprang ihre Mutter, schäumend vor Wut.

»Da bist du also! Ich hatte mir schon so was gedacht. Dies ist der zweite Stall, bei dem ich es versuche. Jetzt kommst du sofort von diesem Pferd herunter! Und Sie …« Frau Gabriel wandte sich wutschnaubend an Klemme. »Was unterstehen Sie sich, meine Tochter auf eins dieser lebensgefährlichen Tiere zu setzen? Eben wäre sie fast heruntergefallen, und dann?«

»Nun mal langsam!«, gab Klemme zurück. »Meine Pferde sind durchweg nicht gefährlich, und Dolly hier ist die Ruhe selbst, wenn man nicht gerade mit einem Auto auf sie zuhält! Ich hab ja selbst einen Sprung zur Seite gemacht und Sophie und Michelle hätten Sie fast überfahren. Beim nächsten Mal benutzen Sie also bitte den Parkplatz. Und was Ihre Tochter angeht: Die bat mich um eine halbe Stunde Longenunterricht im Wert von 15 Euro. Das liegt im Taschengeldbereich, gehört also rechtlich zu den Geschäften, die ein Mädchen in ihrem Alter abschließen darf, ohne dass ich mich darüber mit den Eltern verständigen muss. Ich konnte ja nicht ahnen, dass Sie ihr das Reiten ausdrücklich verboten haben.«

»Jetzt wissen Sie's. Und du kommst augenblicklich her, Johanne! Eine bodenlose Frechheit, das zweite Mal in einer Woche, dass du versuchst, mich anzulügen!«

Jonny hatte ihren Haarvorhang schon wieder vorgezogen, aber jetzt linste sie doch noch mal darunter hervor und blickte hoffnungsvoll auf Klemme. »Stimmt das?«, fragte sie. »Kann meine Mutter mir das Reiten wirklich nicht verbieten, wenn ich selbst dafür bezahle?«

»Das ist doch wohl unglaublich!«, schimpfte Frau Gabriel, wirkte dabei aber fast etwas verblüfft. So viel Auflehnung war sie von ihrer Tochter offensichtlich nicht gewohnt.

Klemme würdigte sie keines Blickes und sagte nur mitleidig zu Jonny: »Nein, tut mir Leid. Gegen den ausdrücklichen Willen deiner Mutter darf ich dich nicht unterrichten. Das hat auch nichts damit zu tun, wem das Geld gehört, mit dem du mich bezahlst, sondern mit der Summe. Verstehst du, wenn du ein Buch für 30 Euro kaufst, braucht der Verkäufer deine Mutter nicht anzurufen und zu fragen, ob du das Geld wirklich dafür ausgeben darfst. Aber wenn du – sagen wir mal – ein Pferd für 3000 kaufst, dann muss er sich schon vergewissern, dass alles in Ordnung ist. Nun komm, steig ab. Vielleicht kann ich ja mit deiner Mutter reden, wenn sie sich etwas beruhigt hat.«

»Wäre ja auch zu schön gewesen«, seufzte Jonny und streichelte Dolly noch mal bedauernd, bevor sie aus dem Sattel glitt.

Klemme winkte den Mädchen, die peinlich berührt am Reitbahnrand standen, und übergab das Pferd rasch an Michelle. Dann trat sie wie versprochen zu Frau Gabriel.

»So, nun haben Sie Ihre Tochter sicher auf dem Erdboden. Vielleicht können wir uns dann mal ohne Aufregung unterhalten. Warum möchten Sie denn absolut nicht, dass Ihre Tochter reitet?«

Frau Gabriel, eine kleine schlanke Frau mit energischen Gesichtszügen, musterte die Reitlehrerin, als wäre sie nicht ganz bei Trost. Sophie fiel auf, dass Johanne ihr sehr ähnlich sah. Aber ihr rötliches Lockenhaar bildete keinen Vorhang, sondern schien ständig um sie herumzuwirbeln, wie aufgeladen von Energie und Tatkraft. Ihre Augen blitzten, ihr Kopf war ständig in Bewegung, wobei sie mit ihrer spitzen Nase ein bisschen wie ein pickender Vogel wirkte.

»Johanne ist Violinistin. Sie wird einmal Weltklasse sein, in ihrer Altersklasse ist sie es jetzt schon. Geigenvirtuosen reiten nicht!«

»Aber Papa …«, wandte Johanne ein.

»Jetzt fang nicht an mit deinem Vater und der Geschichte mit der Farm in Montana!«, fuhr Frau Gabriel ihr über den Mund. »Pferde sind Tiere und damit immer ein Unsicherheitsfaktor. Was ist, wenn dieses Vieh dir in die Hand beißt? Oder wenn du herunterfällst und dir etwas brichst?«

»Meine Pferde beißen nicht!« Klemme war jetzt sichtlich verärgert. »Überhaupt beißen nur sehr wenige Pferde. In meinem Reitunterricht hat sich auch noch nie jemand etwas gebrochen. Und wenn das doch mal passieren sollte – mein Gott, dann kriegt das Kind einen Gips und in sechs Wochen ist das geheilt. Das kann doch auch bei jedem anderen Sport passieren …«

»Geiger treiben keinen Sport«, erklärte Frau Gabriel kategorisch. »Dafür haben sie gar keine Zeit. Wenn Johanne nicht mindestens vier Stunden am Tag übt, lässt sie nach. Und soweit ich weiß, hat sie heute höchstens eine Stunde gespielt. Deshalb lassen wir jetzt auch das Gerede und fahren nach Hause. Steig ein, Johanne! Was bin ich Ihnen schuldig für den … Unterricht?«, wandte sie sich an Klemme.

Klemme schüttelte entschieden den Kopf. »Nichts, das

hab ich gern getan. Wahrscheinlich wird Ihre Tochter noch ihren Enkeln davon erzählen. Falls sie mal Zeit dazu bekommt, welche zu haben …« Die Reitlehrerin warf stolz den Kopf hoch und nahm Michelle ihr Pferd wieder ab. Das war auch gut so, denn Frau Gabriel brauste genauso unbeherrscht vom Hof, wie sie gekommen war, und Dolly machte einen weiteren Seitenhupfer.

»Puh, ich werde Klemme nie wieder Einlaufmutti nennen, wenn sie mich in der Dressurstunde nervt!« Karen führte gerade ihr Pony Jodie in die Bahn und hatte den Disput zwischen ihrer Mutter und Frau Gabriel mitbekommen. Als ambitionierte Turnierreiterin musste Karen täglich in den Sattel und nicht immer hatte sie Lust dazu. Dann fetzten sich Mutter und Tochter schon mal drehbuchreif. »Vier Stunden am Tag Geige üben! Spielst du auch so viel Gitarre, Sophie?«

Sophie schüttelte den Kopf. »Nein. Höchstens zwei Stunden, den Unterricht in der Schule eingerechnet. Aber ich bin auch lange nicht so gut wie Jonny. Solistin im Bundesjugendorchester. Davon trennen mich Welten!«

»Also bei vier Stunden Üben am Tag könnte wahrscheinlich auch Jodie Geige spielen.« Karen lachte und klopfte ihrem Pony den Hals.

Klemme hatte Dolly inzwischen in den Stall gebracht und kam zurück, um Karens Training zu überwachen.

»Nun los, aufs Pferd, junge Dame!«, pfiff sie ihre Tochter lächelnd an und zwinkerte den Mädchen zu. »Ab jetzt wird mindestens vier Stunden täglich geritten, sonst wird das nie was mit dem Olympiakader. Und drunter machen wir's nicht!«

# Rodeo

Hast du sehr viel Ärger gekriegt?«, fragte Sophie Johanne am Montag in der Schule.

Das Mädchen schien noch eingeschüchterter zu sein als sonst. Als sie unter ihrem Haarvorhang vorlinste, wirkten ihre Augen verquollen vom Weinen. »Geht so«, wehrte sie jedoch tapfer ab. »Ich musste halt zur Strafe länger üben.«

»Du musst zur Strafe Geige spielen?«, fragte Sophie entsetzt.

Johanne blitzte unter ihren Locken hervor. »Klar! Was meinst du, wie man das sonst wird, was ich bin? Von nichts kommt nichts!« Sophie meinte, Tränen in ihrer Stimme mitschwingen zu hören, aber bevor sie etwas Tröstliches sagen konnte, wandte Jonny sich schon ab und verzog sich in ihre einsame Schulbank. Bisher hatte sich keine Nachbarin für sie gefunden.

Sophie und Michelle sahen sich achselzuckend an. Sie hatten beide keine Idee, wie sie Jonny helfen konnten.

Am Dienstag fehlte Johanne in der Chorstunde. Das wurde allerdings nicht sonderlich vermerkt. Wie die meisten Musikschüler hatte sie zusätzlich zum normalen Unterricht Privatstunden, und Johannes Lehrer war ein relativ berühmter Geiger, der viel unterwegs war. Wenn er dann mal Zeit für sie hatte, stellte die Schule sie vom Nachmittagsunterricht frei. Englisch oder Mathe durfte sie aber nicht dafür schwänzen.

In der Reitschule Silberhuf fiel es umso mehr auf, dass Ines nicht zur Reitstunde kam. Für Sophie war das allerdings keine Überraschung mehr. Sie pflegte morgens vor der Schule beim Füttern zu helfen und auch dabei vermisste sie Ines seit Tagen.

»Ines hat sich abgemeldet«, sagte Klemme knapp, als die neugierigen Zwillinge sie danach fragten. Einen Kommentar gab sie nicht dazu ab.

»Abgemeldet?«, fragte Wendy später beim Putzen. »Soll das jetzt heißen, sie gibt das Reiten auf? Ines? Also von der hätte ich das nie gedacht.«

»Vielleicht hat sie nur den Reitstall gewechselt«, vermutete Franziska. »Ihre Eltern haben nicht viel Geld, vielleicht wurde ihnen Klemme zu teuer.«

»Aber sie hat doch für die Reitstunden gearbeitet«, wandte Wally ein.

Sophie hielt sich aus der Diskussion heraus. Sie hatte so ihren Verdacht, wo Ines steckte, aber sie mochte keinen Klatsch auslösen, bevor sie sich davon überzeugt hatte.

»Also ich gehe jetzt«, sagte Frau Müller-Riel, als die Reitschüler ihre Pferde in die Halle führten. Sie hatte ihre Kinder beim Putzen und Satteln überwacht und trennte sich nun sichtlich ungern von Grisabell und Ann-Kathrin, Billy und Mischa. Nichtsdestotrotz hatte sie jedoch im Laufe des Wochenendes eingesehen, dass sie mit ihrer bisherigen Strategie nicht weiterkam. Ann-Kathrin und Mischa hatten ihre Ponys jetzt vier- oder fünfmal unter ihrer Aufsicht geritten, aber es wurde mit jedem Mal schlimmer. Grisabell zuckte inzwischen schon zusammen, wenn sie Frau Müller-Riels schneidende Stimme nur hörte. Schließlich pflegte ihre Reiterin daraufhin meist erschrocken am Zügel zu ziehen. Aber auch davon abgesehen, wurde die hübsche Stute immer schreckhafter. Unter der unsicheren Ann-Kathrin fürchtete sie sich vor der Fliege an der Wand.

Billy dagegen schob eine zusehends ruhigere Kugel. Wenn Mischa nicht trieb und nur passiv auf seinem Rücken hockte, wurde das Pony immer langsamer. Frau Müller-Riel brüllte ihren Sohn dann zwar pausenlos an, aber davon lernte Mischa natürlich auch nicht, korrekt mit dem Kreuz zu treiben. Stattdessen half er sich, indem er die Unterschenkel hochzog und seine Hacken schwungvoll in Billys Bauch schlug. Das Pony wehrte sich meist mit einem verärgerten Buckler. Nun sprang es dabei nicht sehr hoch, und der rundliche Dülmener war auch gut zu sitzen, aber Mischa machte es trotzdem Angst. Frau Müller-Riel sah deshalb langsam ein, dass ihre Kinder in Klemmes Unterricht besser aufgehoben waren, und beugte sich kleinlaut dem Diktat der Reitlehrerin: Sie würde die Halle während der Reitstunde nicht betreten.

Ann-Kathrin und Mischa atmeten denn auch offensichtlich auf, als ihre Mutter endlich abzog, und auch die restlichen Reitschüler waren zufrieden – heute hatte es Lieblingspferde nämlich nur so gehagelt! Franziska saß auf Arwen, Sophie auf Dolly und die Zwillinge hatten Jodie und Cracker. Insofern zeigten alle gute Leistungen und Klemme konnte sich ganz auf die Riel-Kinder konzentrieren. Mischa schien sich denn auch endlich etwas zu verbessern. Aber Ann-Kathrin war hoffnungslos. Sie fing gleich an zu weinen, als Grisabell zum ersten Mal scheute. Dabei war gar nichts Besonderes passiert. Nur Jana hatte die Tribüne betreten.

»Ich will hier runter, ich will sie nicht reiten! Bitte, Klemme, kann ich nicht auf Dolly? Bitte! Sophie hat gesagt, sie findet Grisabell süß. Bestimmt würde sie gern …«

Sophie brannte natürlich darauf, die hübsche Grisabell auszuprobieren. Andererseits mochte sie Dolly auch nicht wieder hergeben. Die Frage stellte sich dann aber gar nicht. Klemme schüttelte den Kopf.

»Ann-Kathrin, du musst lernen, mit deinem Pony selbst zurechtzukommen. Es nützt überhaupt nichts, wenn ich dir jetzt ein Schulpferd gebe. Grisabell ist nicht schwerer zu reiten als Dolly, du musst nur tief Luft holen und ihr klare Hilfen geben …«

Ann-Kathrin schluchzte krampfhaft.

»Vielleicht könnt ihr ja erst mal unter euch tauschen«, versuchte Klemme es mit einem Kompromiss. »Steig du auf Billy und Mischa probiert es mit Grisabell.«

Mischa zuckte die Achseln und lenkte sein Pony gelangweilt in die Mitte. Ann-Kathrin schien erst etwas einwenden zu wollen, war dann aber offensichtlich froh, überhaupt von Grisabell herunterzukommen. Also stieg auch sie gehorsam ab und übernahm Billy. Mischa erkletterte Grisabell, was die Stute mit einem Schnauben kommentierte. Der rundliche Junge hatte noch nicht gelernt, sich leicht in den Sattel zu schwingen, er hing beim Aufsteigen wie ein Mehlsack an der Seite seines Pferdes. Auf der zierlichen Stute wirkte er dann fast so deplatziert wie seine Mutter ein paar Tage zuvor, aber seine phlegmatische Art kam Grisabell besser entgegen als Ann-Kathrins Nervosität. Dazu regte sie schon Mischas Gewicht, das in jeder

Gangart schwer im Sattel ruhte, zu einigermaßen gutem Untertreten an. Billy hingegen nahm Ann-Kathrins Fliegengewicht zufrieden zur Kenntnis und stellte im Folgenden jede Aktivität ein. Das Mädchen traute sich nicht zu treiben und ließ ihn seinen Trott gehen. Dabei blieb er zwar immer mehr hinter der Abteilung zurück, aber immerhin lockerte Ann-Kathrin sich so weit, dass halbwegs geordneter Unterricht möglich wurde.

»Das machen wir jetzt so lange in dieser Kombination, bis Ann-Kathrin sich etwas entspannt hat«, erklärte Klemme Frau Müller-Riel, die es natürlich doch nicht lassen konnte. In den letzten fünf Minuten der Stunde steckte sie vorsichtig die Nase in die Halle und kam ganz herein, als Klemme sie nicht sofort hinauswarf.

»Da ist eine Kombination so grausam wie die andere«, sagte Jana, als sie Dolly von Sophie übernahm. »Und dabei sind die Ponys erste Sahne. Grisabell sowieso und Billy könnte auch sagenhaft gehen. Ich hab ihn am Wochenende unter der Mutter gesehen – der tritt wie ein Weltmeister. Wenn da jemand draufkäme wie Ines … Bist du nachher übrigens noch da, Sophie? Ich dachte, wegen Ines …«

Sophie lächelte. »Du willst dir diesen Ponyhof mal ansehen, ja?«, fragte sie.

Jana nickte. »Ich kann mir nicht denken, dass Ines einfach so verschwindet. Die gibt doch nicht das Reiten auf! Aber nach dem, was du neulich erzählt hast, kann ich mir gut vorstellen, dass sie in diesen Chaotenstall gewechselt ist.«

Sophie nickte. »Ich mache jetzt Pensys Box und dann warte ich auf dich«, versprach sie, während Jana aufsaß.

Klemme war schon wieder in die Mitte getreten und rief die Reihenfolge für die Fortgeschrittenenstunde auf.

Sophie war schnell mit Pensys Stall fertig, und da sie weiter nichts zu tun hatte, machte sie gleich mit Ares' Box weiter. Michelle freute sich sehr darüber, als sie nach ihrer Ballettstunde endlich eintraf. Der Dienstag war immer ein langer Schultag für sie.

»Willst du jetzt noch reiten oder kommst du mit zum Ponyhof in der Albertstraße?«, fragte Sophie. »Jana und ich wollen Ines suchen.«

»Wieder mal Detektiv spielen, ja?« Michelle lachte und strich sich das hellblonde, nach dem Duschen noch feuchte Haar aus dem Gesicht. »Ich komme gern mit, ich bin sowieso zu geschlaucht zum Reiten. Meine Güte, haben sie uns heute getriezt, mir tut alles weh! Und zweimal bin ich auch noch gefallen. Frau Gabriel kann froh sein, dass ihre kostbare Tochter nicht in meiner Tanzklasse ist. Ballett mit Mark als Partner ist gefährlicher als jedes Rodeo!«

Jana sattelte nach ihrer Reitstunde rasch ab. Sie hatte sich inzwischen kundig gemacht, wie man die Albertstraße mit dem Fahrrad erreichte. Es war nicht sehr weit, von Ines' Wohnung aus sogar noch näher als die Reitschule Silberhuf.

»Aber ich versteh trotzdem nicht, wie man dahin wechseln kann«, meinte Michelle. »Klemme macht so einen guten Unterricht. Dagegen die Tante, die da herumsprang... Ich fand sie auch ziemlich unsympathisch.«

»Aber wenn sie da ein Pflegepferd bekommen kann...«, sagte Sophie. »Für ein Pflegepferd macht man vieles.«

Jana nickte. »Ines würde dafür wahrscheinlich ihre eigene Oma verkaufen. Aber vielleicht irren wir uns ja auch.«

Die Mädchen hatten inzwischen die Albertstraße erreicht und betraten die Anlage diesmal durch den Haupteingang. Das bunt gestrichene Tor mit der Aufschrift *Ponyhof* machte einen etwas provisorischen, aber recht freundlichen Eindruck. Ob es allerdings ausbruchswillige Pferde von ihrem Vorhaben abhalten würde? Trotz der frischen Farbe wirkte es recht baufällig und hing auch nur noch in einem der zwei Scharniere.

Auf einem improvisierten Reitplatz, einer notdürftig eingezäunten Wiese rechts des Eingangs, fand gerade eine Reitstunde statt. Ein blondes Mädchen stand in der Mitte und fünf Kinder auf Ponys trabten um sie herum. Das war aber auch schon alles, was dieser Unterricht mit Klemmes Reitstunden gemeinsam hatte. Nicht nur, dass die Mädchen durchweg wie Klammeräffchen auf den ungesattelten Ponys hockten und nur eins von ihnen eine Kappe trug. Auch die Anweisungen der Lehrerin erschienen Sophie, Michelle und Jana eher seltsam.

»Nun zieh mal mehr am Zügel, Julia, der Nando läuft dem Dusty sonst auf – gleich schlägt er! Und dann sag nicht, ich hätte dich nicht gewarnt! Und du mach das Herzchen mal flott, Ronja! Nein, nicht mit der Gerte, wir hauen die Ponys doch nicht! Mit den Absätzen. Nimm mal richtig Schwung und dann trittst du zu!«

»Ob das nun tierfreundlicher ist als die Gerte?«, sagte Jana, als das kleine Mädchen auf dem fuchsfarbenen Shetlandpony die Beine weit vom Pferdekörper abspreizte und dem Pferdchen dann mit aller Kraft in den Bauch rammte. »Hat sie noch nie was von Kreuzhilfen gehört?«

»Na ja, der Unterricht hier ist ziemlich mäßig.«

Die Mädchen wandten sich um, als sie Ines' Stimme hinter sich hörten. Das Mädchen kam eben mit ein paar verschlissenen Reithalftern aus einem der Ställe. »Aber sonst ist es super!«

»Super?«, fragte Michelle skeptisch und umfasste die improvisierten Auslaufzäune aus alten Paletten und Drahtresten, die winzigen Ställe und den unebenen Reitplatz mit einem wenig begeisterten Blick.

»Nicht gerade ein Nobelstall, ich geb's ja zu«, meinte Ines. »Aber Frau Keppler hat halt nicht viel Geld. Sie hat die Pferde alle vor dem Schlachter gerettet. Wollt ihr mein Pflegepferd sehen? Ich bringe nur rasch das Zeug weg.«

Ines lud das Lederzeug in einer unordentlichen Sattelkammer ab, in der nur zwei Sättel hingen. Anscheinend hatte sie die Halfter geflickt, sie wiesen neue, etwas ungeschickt gestaltete Nähte auf.

»Du hast jetzt schon ein Pflegepferd?«, erkundigte sich Sophie. »Nach einer Woche?«

Ines nickte eifrig. »Oh ja, ich hab's sofort gekriegt. Ich musste nur vorreiten, weil Frau Keppler für Allegra eine erfahrene Reiterin wollte …«

Bei den Worten »erfahrene Reiterin« warf Ines sich stolz in die Brust. Die anderen schauten eher skeptisch. Bei Klemme war Ines noch in der Anfängerabteilung. Sie ritt seit etwa einem Jahr.

»Ist das Pony denn so schwierig?«, fragte Jana hinterhältig.

Ines nickte. »Ja, sie ist schon sehr eigen. Frau Keppler meint, sie müsste erst ein bisschen Beritt haben, bevor sie in den Schulbetrieb gehen kann. Ich kann sie reiten, wann ich will, stellt euch das vor! Und ich gebe Unterricht! Wenn Frau Keppler eine Gruppe hat und gleichzeitig eine

Longenstunde, dürfen Ellen oder ich die Gruppe übernehmen. Das ist echt geil!«

Die anderen Mädchen wussten nicht recht, was sie dazu sagen sollten. Sicher, nach einem Jahr bei Klemme konnte Ines den Mädchen bestimmt mehr sagen als die Möchtegernreitlehrerin, die zurzeit in der Reitbahn stand. Aber Unterricht…

»Ellen ist das Talent da auf dem Reitplatz?«, erkundigte sich Jana.

Ines nickte mit einem fast etwas beschämten Blick auf das Viereck. »Sie reitet auch schon seit zwei Jahren, aber ich weiß nicht, wo sie vorher war. Besonders toll ist sie nicht, wie gesagt. Frau Kepplers Unterricht ist besser.«

Ines wies auf einen matschigen Longierzirkel hinter den Ställen. Die Ponyhofbesitzerin longierte hier den kleinen Schecken mit einer Reitanfängerin. Auch dieses Mädchen trug keinen Helm. Das Pony stakste unwillig durch die Pfützen, angetrieben nur durch eine Art Lasso, das Frau Keppler ab und zu nach ihm warf.

»Peitschen und so benutzen wir hier gar nicht«, erklärte Ines. »Das ist nicht natürlich, meint Frau Keppler, sie macht so was wie ›Natural Irgendwas‹, aber sie hat so ihre eigene Methode. Deshalb mag sie auch keine Sättel.«

Michelle verdrehte die Augen.

Ines blitzte sie wütend an. »Ja, ich weiß, wie du das findest. Aber ich kann mir meinen Stall nicht aussuchen wie du mit deinem eigenen Pony! Wenn ich ein Pflegepferd will, muss ich nehmen, was ich kriegen kann, und Allegra ist wirklich süß. Jetzt kommt, ich zeige sie euch.«

Ines führte die Mädchen in eins der Stallgebäude. Eine winzige Stallgasse führte zwischen sechs relativ dunklen

Verschlägen hindurch. Im letzten, düstersten Stall stand ein cremefarbenes Pony und wieherte ihnen hoffnungsvoll entgegen.

»Ja, Allegra, ich hole dich gleich raus!«, tröstete Ines das einsame Pferd und griff nach einem Halfter. »Später kommt sie mit den anderen Pferden heraus, aber jetzt soll sie erst mal im Stall bleiben. Damit sie sich beruhigt und mich kennen lernt, meint Frau Keppler. Wenn sie mich mag, lässt sie vielleicht ihre Unarten.«

»Was macht denn Allegra so Schlimmes?«, fragte Sophie. Frau Kepplers Philosophie zum Abbau von Problemen betrachtete sie eher pessimistisch. Ihr eigenes Pony damals – Sahne – hatte sie wirklich gemocht. Aber trotzdem hatte es sich nicht von ihr reiten lassen. Klemme hatte Sophie später erklärt, dass Pferde nie aus Bosheit schlugen, stiegen oder bockten, sondern nur, um sich selbst zu verteidigen. All diese Unarten resultierten aus langjähriger schlechter oder auch nur falscher Behandlung und waren sehr schwer abzustellen.

»Ach, sie bockt«, meinte Ines und zog die Stute ins Freie.

Allegra war ein kräftiges, vielleicht etwas kurzbeiniges Pferd im Typ eines robusten Ponys. Das Besondere an ihr war vor allem ihre Farbe, sie war cremeweiß mit blauen Augen.

»Cremello nennt man das, sagt Frau Keppler«, erklärte Ines. »Und sie wären sehr selten und teuer.«

Michelle verdrehte schon wieder die Augen, diesmal aber hinter Ines' Rücken. Ob jemand für die kurzbeinige und kurzhalsige Stute mit ihrem unedlen Kopf wirklich mehr Geld bezahlen würde, nur weil sie blaue Augen hatte?

Ines putzte die Stute schnell über. Auf dem Reitplatz ging die Stunde zu Ende, wahrscheinlich hatte sie vor, den Mädchen ihr Pflegepferd dort vorzureiten.

»Deine Freundin ist jetzt übrigens auch hier«, sagte sie zu Sophie, während sie ein Schnappen der Stute abwehrte. »Du weißt schon, die mit den Kringellöckchen und dem komischen Namen.«

»Johanne?«, fragten Sophie und Michelle wie aus einem Mund.

Ines nickte. »Hatte vorhin ihre erste Reitstunde.«

»Aber …« Michelle wollte etwas sagen, doch Sophies beschwörender Blick und ihr leichtes Kopfschütteln geboten ihr Schweigen. Wenn Jonny es noch einmal heimlich mit dem Reiten versuchte, war es besser, ihr Geheimnis zu wahren. Aber hatte sie heute nicht Geigenunterricht gehabt?

»Wann war sie denn da?«, fragte Sophie scheinbar desinteressiert.

Ines überlegte kurz. »In der Zwei-Uhr-Stunde. Ich kam gerade aus der Schule.«

Sophie biss sich auf die Lippen. In dieser Zeit hätte Jonny im Chor singen müssen.

»So, Alli, dann lass uns mal!«, sagte Ines aufmunternd zu ihrem Pflegepferd und griff nach ihrer Reitkappe.

Die anderen Mädchen wunderte das ein wenig, da Ines bei ihnen im Stall immer darüber geschimpft hatte, wie unbequem die Reithelme waren. Erstaunlich, dass sie die Kappe hier freiwillig aufsetzte. Gewohnheit – oder Selbstschutz?

Allegra folgte Ines artig auf den Reitplatz und stand zunächst auch ganz ruhig, als sich das Mädchen mühsam auf ihren Rücken hangelte. Ines war nicht die Allersportlichste, von elegantem Aufspringen auf das ungesattelte Pony konnte also nicht die Rede sein. Als sie dann anritt, erkannte man aber gleich den Unterschied zu den Anfängern, die hier eben ihre Runden gedreht hatten. Trotz fehlenden Sattels saß Ines aufrecht und versuchte, die Hilfen halbwegs korrekt am Ponykörper anzubringen. Schon jetzt erkannte man aber die Tendenz, die Schultern nach vorn fallen zu lassen und sich auf dem ungesattelten Pferderücken zu lümmeln. Es gab nur wenige Reiter, die ihren guten Sitz auf Dauer hielten, wenn sie oft ohne Sattel ritten.

Allegra kam zwar nicht gerade an den Zügel, ging aber halbwegs ordentlich vorwärts und ließ sich auch lenken.

»Wo bockt denn die?«, fragte Michelle. »Also bisher ist sie noch das manierlichste Pony, das ich aus diesem Stall hab kommen sehen.«

Doch dann ging es los. Als ob sie ihren schlechten Ruf bestätigen wollte, machte Allegra urplötzlich einen Seitensprung, schien durch das dabei unweigerlich verrutschende Reitergewicht irritiert zu werden und bockte los.

Sophie hielt den Atem an. Solche Sprünge hatte sie bisher nur im Fernsehen gesehen, wenn ein Rodeo übertragen wurde. Mit den ein oder zwei Hopsern, die man bei ihnen im Stall als »Buckeln« bezeichnete, hatte das nichts mehr zu tun. Ines fiel denn auch gleich beim zweiten Sprung herunter, als hätte man sie von einem Katapult abgefeuert.

»Aber Alli, das sollst du doch nicht!«, sprach sie das Pferd an, das sofort gestoppt hatte, als die Reiterin seinen Rücken räumte.

Zu Sophies Verwunderung hangelte sich Ines sofort wieder auf Allegras Rücken. Diesmal dauerte es fast fünf Minuten, bevor das Pony wieder durch irgendetwas irritiert wurde. Ines konnte sogar antraben. Aber dann flog außerhalb des Reitplatzes ein Vogel auf und das Rodeo startete erneut.

Bevor sie diesmal wieder aufstieg, warf Ines den Mädchen einen verzweifelten Blick zu. »Habt ihr eine Idee, warum sie das macht?«

»Willst du da wirklich wieder rauf?«, fragte Sophie. »Das ist doch lebensgefährlich!«

»Wie soll ich sie denn sonst einreiten?«, gab Ines patzig zurück.

Michelle und Jana schüttelten fast synchron die Köpfe.

»Vielleicht erst mal an der Hand arbeiten?«, überlegte Michelle.

»Also zum Rumführen habe ich kein Pflegepferd!« Die couragierte Ines saß bereits wieder auf dem Pferderücken. Während sie ein weiteres Mal antrabte, gesellte sich Frau Keppler zu den Mädchen.

»Eine großartige Reiterin, nicht wahr?«, lobte sie. »Wie sie sitzt und wie geduldig sie mit Allegra ist. Das könnte ich selbst kaum besser!«

»Aber ist das nicht gefährlich?«, fragte Jana gespielt naiv. »Wäre es nicht sicherer, Sie würden das Pferd selbst korrigieren?«

»Ach, Ines macht das doch gern«, wehrte Frau Keppler ab und lachte nervös. »Und irgendwann ist man auch aus dem Alter raus, sich sechsmal in der Stunde abwerfen zu lassen. Früher, da war ich wie Ines. Immer wieder drauf, egal was war. Nur so lernt man reiten!«

»Na, ich weiß ja nicht…«, murmelte Michelle, als Allegra Ines zum dritten Mal in den Sand beförderte.

»Sollen wir lieber fahren?«, fragte Jana. »Ich meine, bevor sie uns anbieten, es auch mal zu versuchen, und wir das Gesicht verlieren?«

Sophie und Michelle grinsten.

»Also meine empfindlichen Finger kann ich da nicht riskieren«, witzelte Sophie.

»Und mir reicht's, dass Mark mich in jeder Hebefigur fallen lässt«, fügte Michelle hinzu.

Als Ines sah, dass die Mädchen gehen wollten, beendete sie ihre »Reitstunde«.

»Na, wie findet ihr sie?«, erkundigte sie sich stolz. »Da kann doch was draus werden, oder?«

Jana zuckte die Schultern. »Allegra heißt ›Freude‹, nicht wahr?«, fragte sie, um einer ehrlichen Antwort auszuweichen.

Ines nickte begeistert.

»Na, dann viel Spaß!«, sagte Michelle trocken.

# Hoffnungslose Fälle

Die Mädchen erzählten Klemme nichts von ihren Beobachtungen auf dem Ponyhof, aber Karen und Franziska weihten sie ein. Die fünf saßen auf der Tribüne in der Reithalle und sahen einer Privatstunde zu. Klemme triezte Mischa und Ann-Kathrin, deren Mutter darauf bestand, die Pferde heute über Cavaletti zu arbeiten. Sie träumte davon, dass ihre Kinder die Herbstjagd im Reiterverein mitreiten sollten, und dazu mussten sie natürlich springen.

»Ines als Rodeoreiterin!« Karen lachte. »Die tickt doch nicht richtig!«

»Jedenfalls wird das Pony davon nicht ruhiger«, sagte Frau Tewe. Sie kam gerade herein, um nachzusehen, ob die Halle frei war. Als sie erkannte, dass sich Klemmes Stunde noch hinziehen konnte, setzte sie sich zu den Mädchen. »So korrigiert man keine Bocker – das kann höchstens klappen, wenn man ein erfahrener Rodeo-Reiter ist und wirklich so lange oben bleibt, bis das Pferd von selbst aufhört. Und das ist auch nicht wünschenswert. Das Pferd lernt dadurch ja nichts, es wird nur gebrochen. Man ängstigt es so lange, bis es zu erschöpft ist, sich weiter zu wehren, und das ist schlechter Stil.«

Schlechter Stil war zurzeit auch in der Halle zu beobachten. Ann-Kathrin sollte vorn reiten und schaffte es nicht,

Billy in Bewegung zu setzen. Das Mädchen hämmerte mit den Schenkeln und machte Bewegungen mit den Oberarmen, die an Pumpen oder Flügelschlagen erinnerten. Die Wirkung auf Billy war gleich null.

»Wie würden Sie es denn machen?«, wandte sich Franziska an Frau Tewe. »Mit Allegra, meine ich.«

»Ich? Gar nicht. Ich hätte das Pferd nicht gekauft«, erklärte Frau Tewe knapp.

»Sie hätten es beim Schlachter gelassen?«, fragte Sophie entsetzt.

Frau Tewe nickte. »Ja. Dann hätte es das Ganze jetzt hinter sich. Es müsste keine weiteren ›Korrekturversuche‹ über sich ergehen lassen und nicht noch mal durch drei oder vier Händlerställe, bis es dann doch beim Schlachter landet.«

»Aber Allegra ist völlig gesund!«

»Das meint zumindest die neue Besitzerin«, mischte sich Frau Schultheiß ein und rutschte ebenfalls auf eine der Bänke. Die Besitzerin der Stute Vivianne war Tierärztin. »In Wirklichkeit kann sie durchaus ein Problem mit dem Rücken haben und deshalb bocken. Das müsste man auf jeden Fall abklären, bevor man versucht, sie zu reiten. Geht die Stunde hier wohl noch lange? Draußen reiten ist unmöglich, es regnet in Strömen.« Sie rubbelte ihr dunkelblondes Haar mit dem Pulloverärmel trocken.

»Und so was könnte man dann heilen?«, fragte Sophie hoffnungsvoll.

Frau Schultheiß zuckte die Schultern. »Kommt drauf an, was es ist. Jedenfalls nicht mit einem Zauberspruch! Meistens braucht es eine Kombination aus Medikamenten und Physiotherapie, also Bodenarbeit, Doppellonge, schließlich die Arbeit unter einem sehr guten Reiter. Und wenn die nächste Frage lautet, ob ich mir das Pferd nicht mal kostenlos ansehen könnte, dann ist die Antwort: ›Nein.‹ Erstens, weil ich ohne Röntgenblick nichts sehen würde – solche Untersuchungen sind aufwändig und können nur in der Klinik gemacht werden. Und zweitens, weil ich Leute wie diese Frau Keppler ganz sicher nicht unterstütze.«

»Aber Charly haben Sie neulich umsonst entwurmt«, wunderte sich Karen. Sie zahlte die Routinebehandlungen des kleinen Haflingers vom Taschengeld und war äußerst dankbar, wenn Frau Schultheiß mal etwas nicht berechnete.

»Unter anderem, weil noch ein Rest Wurmmittel von Vivianne und Tandri in der Tube war«, sagte Frau Schultheiß. »Aber davon mal abgesehen: Charly ist etwas ganz anderes. Den habt ihr gerettet – eins unter hunderten von anderen Schlachtfohlen, aber er hat eben Glück gehabt. Und jetzt wird er ein fabelhaftes Leben haben: eine Aufzucht mit Gleichaltrigen, Weiden, medizinische Versorgung, fachkundiges Zureiten, dann eine Zukunft in der Reitschule oder irgendwo als Freizeitpferd. Da helfe ich gern. Doch Leute wie Frau Keppler, die ein Pferd zwar vor dem Schlachter ›retten‹, aber dann in Dunkelhaft stellen oder an jeden Dussel vermieten, damit es sich sein Futter ›verdient‹, die tun den Tieren nichts Gutes. Im Übrigen sind ihre Pferde auch nicht alle ›völlig gesund‹. Mir sind jetzt dreimal Reiter von diesem Hof im Gelände begegnet: Eins der Pferde hat gehustet und mindestens zwei haben gelahmt. Ganz leicht zwar, aber den Tieren taten eindeutig die Füße weh. Hufeisen haben sie ja auch nicht, die sind schon wieder zu teuer.«

Unten in der Reithalle war inzwischen Mischa an der Reihe, Grisabell über das Cavaletto zu reiten. Die Stute nahm es mit einem anmutigen Hupfer und Mischa fiel ihr prompt ins Kreuz. Klemme schimpfte.

»Aber falls Allegra nun doch nichts am Rücken hat…« Sophie ging Ines' Pflegepferd nicht aus dem Kopf. »Kann man ihr das Bocken dann nicht irgendwie abgewöhnen?«

Frau Tewe seufzte und sah auf die Uhr. »Ines kann es bestimmt nicht und ich würde es mir auch nicht zutrauen. Aber es gibt schon Leute, die so was können…«

»Pferdeflüsterer?«, fragte Franziska ehrfürchtig.

Frau Tewe musste lachen. »Nanu, ich dachte, von dem Trip wärt ihr herunter seit dem Flop mit dem Indianer in den Sommerferien! Nein. Mit ein paar geflüsterten Worten ist das nicht getan. So eine Therapie dauert lange, in schweren Fällen jahrelang. Das Pferd hat sich das Bocken ja auch nicht von einem Tag zum anderen angewöhnt. Die Ausbildung würde tausende von Euros kosten.«

»Aber was können die Leute denn machen, was Ines nicht kann?«, fragte Franziska.

Frau Tewe schlug die Augen gen Himmel. »Wie viele Stunden soll ich jetzt aufzählen?«, fragte sie boshaft zurück.

In der Halle befahl Klemme gerade einen Pferdewechsel. Ann-Kathrin hatte zwar Angst vor Grisabell, würde ihr aber wenigstens nicht mit siebzig Kilo in den Rücken knallen. Das Mädchen war beim Ersteigen ihres Ponys so blass, dass man es bis auf der Tribüne erkennen konnte. Mischa nahm den Pferdewechsel gleichmütig hin.

»Wieso bockt Allegra denn überhaupt?«, erkundigte sich Sophie. »Woher kommt so was?«

Frau Tewe warf noch einen Blick auf die Uhr und dann einen weiteren auf die Hallenfenster, gegen die nach wie vor der Regen prasselte. Schließlich entschied sie sich für einen weiteren Vortrag. »Na ja, erst mal bockt ein Pferd, um sich gegen den Reiter zu wehren. Das ist gar nicht mal so unnatürlich. Wenn einem Wildpferd etwas auf den Rücken springt, dann ist das in der Regel ein Raubtier. Klar, dass es versucht, das Biest abzubuckeln. Und das Gleiche macht es auch mit dem Cowboy, der es ohne Vorarbeiten zureiten will. Unsere zahmen Pferde bereiten wir dagegen durch Bodenarbeit aufs Anreiten vor. Ein Rodeo beim ersten Aufsteigen ist im Reitstall also selten. Da fangen die Pferde eher später an zu buckeln. Wie etwa dieser nette Dülmener da unten mit dem dicken kleinen Jungen …«

Frau Tewe zeigte auf Billy und Mischa und die Mädchen grinsten. Der Junge versuchte, das Pferd mit den üblichen Tritten in den Bauch in Gang zu bringen, woraufhin Billy erstaunlich schwungvoll bockte.

»Der sagt seinem Reiter gerade: ›Au! Hör sofort auf damit, mir in die Rippen zu treten!‹«

Die Mädchen grinsten wieder. Frau Tewe blieb jedoch ernst.

»Nun gehe ich davon aus, dass Frau Winter dem Knaben diese Unart in absehbarer Zeit abgewöhnt. Falls aber nicht, dann könnte es sein, dass das Pony ihn irgendwann schon zur Vorsicht runterbuckelt, sobald er aufsteigt.«

»Sie meinen, Billy könnte irgendwann werden wie Allegra?«, fragte Michelle besorgt.

Frau Tewe schüttelte den Kopf und bedachte Billy mit einem Lächeln. Das Pony stoppte gerade abrupt vor dem

Hindernis. Mischa hätte es beinahe allein genommen, aber um seine siebzig Kilo zu bewegen, reichte der Schwung nun doch nicht.

»Kaum, dafür ist der zu träge. Wahrscheinlich würde er irgendwann gegen die Rippentritte abstumpfen. Aber ein sensibleres Pony wie Vivianne oder die graue Stute oder gar Jodie oder Donja, die könnten sehr schnell zu gefährlichen Bucklern werden. Und über kurz oder lang wird die Bockerei dann Teil ihres Verhaltensprogramms. Die Pferde bocken auf jeden Fall, egal was der Reiter da oben macht. Ines hat keine Chance!«

Billy ließ sich inzwischen überreden, im Schritt über das Hindernis hinwegzusteigen. Das sah so komisch aus, dass Klemme in der Halle lachen musste. Frau Müller-Riel, die in der ersten Reihe saß und sich bisher mustergültig still verhalten hatte, stand dagegen offensichtlich kurz vor einem Tobsuchtsanfall.

»Und wie kriegen diese Spezialisten das weg?«, fragte Michelle interessiert.

»Indem sie das Pferd erst mal ein paar Monate ganz in Ruhe lassen und dann mit der gesamten Erziehung von vorn beginnen. Schritt für Schritt, mit viel Bodenarbeit und möglichst mit einem Kontrastprogramm zu den früheren Erfahrungen des Pferdes. Man kann mit anderen Reitstilen arbeiten, anderen Sätteln, schließlich vielleicht erst mal mit Sandsäcken belasten, bevor man sich draufsetzt. Ziel ist auf jeden Fall, das Bocken zu vermeiden, nicht, es auszusitzen! Der Trainer ist schließlich nicht lebensmüde. Aber wie gesagt, so massive Fälle wie diese Allegra, die schon wegen der Unart beim Schlachter waren, nimmt eigentlich gar keiner mehr. Da müsste sich der oder die Trainerin höchstens in das Pferd verlieben und es dann für sich selbst trainieren.«

»Woher wissen Sie das eigentlich alles?«, fragte Franziska. »Sie klingen, als hätten Sie es schon gemacht.«

Frau Tewe lachte. »Eine Schulfreundin von mir hat sich mit Korrektur von Problempferden das Studium verdient. Und hinterher sogar ein Buch darüber geschrieben. Sie hat so ein Pferd wie Allegra für sich selbst zugeritten und es ist ihr Ein und Alles. Eine Araberstute. Bildschön, mit außerordentlich guten Papieren. Aber meine Freundin war für sie die letzte Chance vor dem Pferdehimmel.«

»Irgendwie ist das nicht fair!« Sophie blickte unglücklich in die Halle. Ann-Kathrin ging gerade mit Grisabell das Hindernis an und trieb, aufgeschreckt durch ihre Mutter, mit dem Mut der Verzweiflung. Grisabell erinnerte sich aber offensichtlich an den Rumpler von eben und rammte vor dem Mini-Sprung die Beine in den Boden. Ann-Kathrin wurde aus dem Sattel geschleudert und nahm den Sprung allein. »Teure Pferde werden gerettet und die arme Allegra … Glauben Sie wirklich, Frau Keppler gibt sie irgendwann zum Händler?«

»Garantiert!«, meinte Frau Tewe. »Wenn sie für den Betrieb nicht taugt, geht sie weg. Hoffentlich bevor Ines sich bei einem dieser Rodeos den Hals bricht.«

»Und außerdem ist das Leben niemals fair!«, erklärte Frau Schultheiß mit ein bisschen schiefem Lächeln und stand auf. »Da braucht ihr doch nur mal in diese Halle zu gucken. Haben die zwei Ponys vielleicht ihre Reiter verdient? Und was haben die Kinder getan, dass man sie zwingt, einen Sport auszuüben, den sie offensichtlich hassen? Während Ines Kopf und Kragen riskiert, um endlich ein Pflegepferd zu kriegen. Nicht einmal das Wetter ist fair!« Frau Schultheiß warf einen weiteren Blick nach draußen und verzog das Gesicht. »Die ganze Woche war es trocken, und nun, wo ich Zeit zum Reiten habe, regnet es wie aus Kannen. Aber jetzt gehe ich trotzdem satteln. Wenn die Halle bis dahin nicht frei ist, werde ich eben nass. Und du auch, Sandra. Raff dich auf, wir sind nicht aus Zucker!«

Frau Tewe reckte sich. »Na schön. Vielleicht wirkt das ja entschlackend...«

Während die beiden Frauen die Halle verließen, stolperte Billy zum zweiten Mal über das Cavaletto. Ann-Kathrin hielt Grisabell am Zügel und weinte. Offensichtlich weigerte sie sich, wieder aufzusteigen. Und Frau Müller-Riel platzte nun endgültig der Kragen.

»Das darf doch wohl nicht wahr sein, dass keiner von euch fähig ist, diese jungen, gesunden Ponys über so einen Mini-Sprung zu reiten! Es liegt nicht an den Pferden, Frau Winter, die Tochter der Vorbesitzer hat uns beide in einem A-Parcours vorgeritten. Jetzt gib mir mal das Pferd, Mischa!«

Frau Müller-Riel stapfte in die Halle und übernahm Billy von Mischa, obwohl sie kein Reitzeug anhatte. Energisch nahm sie die Zügel auf, setzte das Kreuz ein und gab ein paar klare Schenkelhilfen. Billy spitzte alarmiert seine hübschen Ponyohren, machte den Hals rund und setzte die Hinterhand schwungvoll ein. Nach ein paar Runden hatte Frau Müller-Riel ihn versammelt, ritt das Cavaletto an und setzte in ordentlicher Manier darüber. Man sah zwar, dass der letzte Sprung der Reiterin offensichtlich eine Weile her war, aber sie saß allemal flexibler als ihr Sohn.

»So macht man das«, erklärte sie triumphierend. »Das

kann doch nicht so schwer sein! Aber für die Reitjagd diesen Herbst sehe ich schwarz.«

Mischa und Ann-Kathrin blickten verlegen zu Boden.

»Warum reiten Sie die Jagd nicht einfach selbst?«, fragte Klemme, als Frau Müller-Riel Billy ein weiteres Mal über den Sprung geritten hatte und nun zu überlegen schien, ob sie sich Grisabell auch noch vornehmen sollte.

Frau Müller-Riel sah sie an, als ob sie chinesisch spräche. »Ich?«, fragte sie dann zum ersten Mal, seit die Mädchen sie kannten, zögerlich. »Auf einem von den Ponys? Und so eingerostet, wie ich bin …«

»Es werden mehrere Erwachsene auf Kleinpferden da sein«, erklärte Klemme. »Und Sie müssen auch nicht jedes Hindernis springen. Mal ganz abgesehen davon, dass Sie das locker schaffen würden. Kommen Sie ein- oder zweimal in meine Springstunde und Sie sind wieder top in Form.«

Frau Müller-Riel zuckte die Schultern. »Ich weiß nicht …« Aber sie hatte ein sehnsüchtiges Glitzern in den Augen.

Klemme bemerkte es und lächelte. Und auch Mischa und Ann-Kathrin tauschten hoffnungsvolle Blicke. Sollte sich ihnen hier wirklich ein Ausweg auftun?

Sophie und Michelle machten sich inzwischen immer öfter Sorgen um Johanne Gabriel. Das Mädchen hatte am Montagnachmittag die Orchesterprobe geschwänzt und erschien am Dienstagmorgen nicht zum Englischunterricht. Erst zur zweiten Stunde trudelte Johanne ein und legte eine Entschuldigung vor.

»Wir waren gestern ewig lange unterwegs wegen meiner

Geigenstunde«, behauptete sie gegenüber dem Mathelehrer. »Ich bin so spät ins Bett gekommen und da meinte meine Mutter…«

»Das lass aber nicht zur Gewohnheit werden«, brummte Herr Lämmert. »Die Schule hat Vorrang, und wenn du noch so begabt bist.« Für dieses Mal nahm er die Entschuldigung jedoch an.

Michelle und Sophie glaubten kein Wort. Die beiden stellten Johanne in der Zehn-Uhr-Pause.

»Du warst doch nicht wirklich Geige spielen, du warst auf dem Ponyhof! Wie lange meinst du denn, dass das gut geht?«, fragte Michelle.

Jonny erschrak, als die Mädchen ihr die Schwänzerei auf den Kopf zusagten, aber Leugnen hatte hier offensichtlich keinen Zweck.

»Was soll ich denn machen, ich will reiten! Ich werde verrückt, wenn das auch wieder rauskommt und meine Mutter mich einsperrt«, brach es aus ihr heraus. »Und auf dem Ponyhof fragt keiner nach Erlaubnis und Reitkappe und was weiß ich. Ich bezahle und kriege Reitstunden. Bald habe ich zehn, dann kann ich ins Gelände gehen. Und vielleicht sogar ein Pflegepferd haben.«

»Aber Jonny, diese Reiterei da ist das Letzte!«, wandte Sophie ein. »Du könntest dich tatsächlich dabei verletzen.«

»Na und? Dann spiel ich eben nicht mehr Geige. Mir doch egal! Oder ich bin gleich tot. Das wär vielleicht sowieso das Beste…« Johanne wandte sie sich abrupt um und lief davon.

Michelle und Sophie blieben betreten zurück.

»Meinst du nicht, wir sollten das irgendwem erzählen?«, fragte Sophie schließlich. »Das ist doch irgendwie… krank.«

Michelle zuckte die Schultern. »Jonny würde das ›petzen‹ nennen. Und egal wem du's erzählst, irgendwann kommt's bei ihrer Mutter an. Davon abgesehen gebe ich ihr ohnehin höchstens eine Woche Zeit, bevor Mutti es spitzkriegt. Sie ist viel zu wagemutig. Wenn sie weiter so oft schwänzt und auch noch Schulstunden versäumt, ruft die Schulleitung sehr bald zu Hause an.«

An diesem Dienstag hatte Jonny jedoch Glück. Frau Lohmeier war krank und die Chorprobe fiel aus. Begeistert machte sich das Mädchen auf den Weg zum Ponyhof. Zur Albertstraße kam sie mit dem Bus, wie sie inzwischen erkundet hatte, und die Sache mit dem nach Pferd riechenden Reitzeug war auch geregelt. Jonny verwahrte die Reitsachen jetzt in ihrem Spind in der Schule. Und wenn die Zeit reichte, schlüpfte sie zum Umziehen rasch in die Kabinen der Ballettschüler. Da gab es Duschen.

»Vielleicht kann ich gleich noch eine Reitstunde machen«, sagte Johanne mit leuchtenden Augen zu Sophie und wandte sich zur Bushaltestelle. »Ich freu mich schon total aufs Ausreiten, am besten auf Dusty, der ist der Schönste!«

Sophie beschloss, die Freistunden zu nutzen, um sich diesen Reitunterricht anzusehen. Mit dem Fahrrad war sie schneller da als Johanne, aber langweilig wurde es nicht, im Gegenteil. Sophie wurde Zeuge eines neuen Rodeos mit Allegra und Ines.

»Wenn ich sie bis zur Herbstjagd richtig zureite, darf ich mitmachen«, erklärte das Mädchen stolz. »Und es wird auch besser. Ich habe jetzt einen Sattel, damit ist es nicht halb so schlimm.«

Sophie konnte das nicht bestätigen. Klar, Ines flog jetzt nicht sofort in den Sand, wenn Allegra losbuckelte, sondern hielt zwei Bocksprünge mehr durch. Aber von »Beruhigung« konnte keine Rede sein. Nach wie vor bockte Allegra bei jeder Kleinigkeit los. Schließlich kam Frau Keppler hinzu und unterhielt sich kurz mit dem Mädchen. Sie hielt dann das Pferd, während Ines in den Stall hetzte.

»Frau Keppler hat ein Buch gelesen mit alten Cowboyrezepten. Sie meint, wir sollten ihr mal die Augen verbinden. Und dann gibt's noch so einen Buckelriemen. Das probieren wir jetzt vor der Reitstunde«, rief sie Sophie im Vorbeilaufen zu.

Ziemlich fassungslos sah Sophie zu, wie Frau Keppler dem weißen Pony tatsächlich die Augen verband. Allegra schlug zunächst heftig mit dem Kopf, aber dann ergab sie sich in ihr Schicksal. Als Ines aufstieg und sie antrieb, ging sie zögernd vorwärts und hob die Beine, als ob sie über Stangen steigen müsste.

»Na also, das sieht doch schon gut aus«, freute sich Frau Keppler.

Leider hatte Ines die Augenbinde nicht besonders gut befestigt. Als sie nach zwei Runden Schritt versuchte, das unwillige Pony anzutraben, verrutschte der Schal und Allegra sah sich plötzlich geblendet vom Sonnenlicht. Sofort schoss sie los und bockte Ines mit Schwung herunter.

»Wir müssen es mit dem Riemen probieren«, erklärte Frau Keppler und begann energisch, einen Strick zu einer behelfsmäßigen Zügelkonstruktion zusammenzuknoten. Sie befestigte ihn in in den Trensenringen, führte ihn zwischen den Ohren über den Pferdenacken und knotete ihn dann am Sattel fest – so kurz, dass Allegra den Kopf nicht mehr senken konnte. Als sie trotzdem versuchte zu bocken, verkürzte Frau Keppler den Strick noch mal. Jetzt musste

Allegra mit hoch erhobenem Kopf gehen und konnte den Rücken nicht mehr aufwölben. Dressurreiten wäre in dieser Haltung unmöglich gewesen. Aber Bocken konnte das Pferd auch nicht mehr. Verspannt und böse mit dem Schweif schlagend, marschierte Allegra rund um den Reitplatz. Eine Runde nach der anderen. Und sogar das Antraben klappte diesmal – auch wenn sich die kurzen, stakeligen Bewegungen des verspannten Ponys anfühlen mussten wie der Ritt auf einem Presslufthammer.

»Nun wird es doch!«, rief Frau Keppler. »Da sieht man's mal wieder, die alten Cowboytricks! Und ganz gewaltlos. Wirst sehen, bis zur Reitjagd ist Allegra ein Engelchen. Zur Belohnung kannst du sie jetzt auch mal rausstellen.«

Ines strahlte, als sie das Pony zurück zum Anbinder führte und dann in einen Auslauf. Allegra wälzte sich sofort ausgiebig und verzog sich dann in die äußerste Ecke. Es würde sicher nicht einfach sein, sie später wieder einzufangen.

Inzwischen waren die Mädchen zur Zwei-Uhr-Reitstunde eingetroffen. Auch Johanne war pünktlich und bekam noch ein Pferd. Strahlend führte sie den grauen Dusty aus dem Stall.

»Ich darf ihn zum ersten Mal reiten«, erklärte sie Sophie stolz. »Und er ist nicht einfach!«

Sophie erinnerte sich an das Gespräch mit Dustys Pflegemädchen bei ihrem ersten Besuch auf dem Ponyhof. Die hatte Dusty auch als schwierig beschrieben. Hoffentlich war das nicht zu viel für Jonny!

Die Reitstunde begann dann aber ganz harmlos. Frau Keppler hielt sie diesmal selbst ab, aber ihr Unterricht unterschied sich nicht sehr von dem des Pferdemädchens, das beim letzten Mal in der Mitte gestanden hatte. Die

Reitlehrerin erklärte fast nichts. Sie ließ die Mädchen nur um sich herumreiten und wies sie höchstens mal an, die Abstände größer oder kleiner zu gestalten, zu treiben oder am Zügel zu ziehen. Johanne ritt mit leuchtenden Augen an der Tete, ihr Grauschimmel hatte es offensichtlich eilig und sie brauchte nicht zu treiben. Dafür dass sie erst wenige Stunden Reiterfahrung hatte und ohne Sattel ritt, saß sie ganz ordentlich.

»Vielleicht hat sie's ja im Blut«, mutmaßte Ines. »Sie sagt, ihr Papa wäre auf einer Ranch aufgewachsen.«

Sophie wunderte sich. »Jonnys Vater ein Cowboy? Wie ist ihre Mutter denn an den geraten? Also ich hab gehört, er wäre Cellist bei den Bostoner Symphonikern.«

»Na ja, aber Amerika stimmt schon mal«, meinte Ines.

Frau Keppler ließ ihre Schüler inzwischen antraben und Jonnys Sitz verrutschte natürlich sofort. Dusty ging nicht am Zügel und wäre auch für einen erfahrenen Reiter schwer zu sitzen gewesen. Johanne wurde bei jedem Trabschritt dreißig Zentimeter hoch in die Luft geworfen und knallte dem Pony dann mit Schwung ins Kreuz. Dusty warf unwillig den Kopf, schlug mit dem Schweif und wurde schneller. Jonny klammerte sich am Zügel fest. Sophie versuchte, nicht hinzusehen, und beobachtete stattdessen die anderen Ponys. Konnte es wahr sein, dass einige davon chronisch lahm gingen? Eines der Shettys nickte tatsächlich verdächtig mit dem Kopf, auch wenn Sophie nicht erkennen konnte, auf welchem Fuß es lahmte. Und der größere Braune gab einen Huster nach dem anderen von sich.

Dusty baute inzwischen unwillige Hopser in den Trab ein. Als Ines Sophie verließ und eine Schubkarre holte, nahm er das als Anlass zum Scheuen und wich in die Reitbahnmitte aus. Jonny warf ihm die Arme um den Hals und klammerte sich fest. Frau Keppler ließ alle zum Schritt durchparieren, damit Jonny ihren Sitz wieder ordnen konnte.

»Dann lassen wir sie jetzt mal galoppieren, damit der Übermut rauskommt«, befahl die Reitlehrerin anschließend.

Darauf hatte Dusty nur gewartet. Er schoss los wie von Furien gehetzt, und Jonny konnte sich nur oben halten, indem sie sich mit aller Kraft am Zügel festklammerte. Trotzdem war das Pony so schnell, dass es die Abteilung rasch aufrollte. Das letzte Pferd in der Gruppe quietschte böse, als Dusty ihm auflief, was den hübschen Grauen etwas bremste. Er fiel in Stechtrab, und Johanne hatte noch mehr Mühe, oben zu bleiben. Frau Keppler befahl erneut Schritt.

»Beim nächsten Mal musst du ihn besser zurückhalten«, erklärte sie Jonny. »Aber sonst war das schon ganz gut.«

Sophie wandte sich ab. So langsam war es Zeit, sich für ihre eigene Reitstunde fertig zu machen. Als sie ihr Fahrrad vom Hof rollte – schön langsam, um keine weiteren Katastrophen in der Reitbahn auszulösen –, beendete Frau Keppler gerade ihre Stunde.

Verschwitzt, aber glücklich kam Jonny mit ihrem Pferd vom Reitplatz. »Ich bin nicht heruntergefallen«, verkündete sie stolz.

# Jagdfieber

In der Reitschule Silberhuf versammelten sich die Mädchen heute wieder mal vor dem schwarzen Brett. Klemme hatte dort die Einladung des Reitervereins zur Herbstjagd aufgehängt. Genau wie im Frühling beim Turnier würde sie auch diesmal wieder ein paar Reitschülern die Teilnahme ermöglichen. Amigo und Maja, Gazelle, Jacinta und Dolly standen als Reitpferde zur Verfügung. Wer mitmachen wollte, konnte sich in die ebenfalls aushängende Liste eintragen. Bedingung: Mitglied einer Fortgeschrittenenabteilung und mindestens zehn Springstunden. Wenn sich mehr Mädchen eintrugen, als Pferde zur Verfügung standen, würde die Teilnahme ausgelost.

»Aber es ist ungerecht«, beschwerte sich Franziska. »Warum die Bedingung mit der Fortgeschrittenenabteilung und den tausend Springstunden? Dabei soll es doch auch eine Gruppe geben, die nicht springt!«

»*Feld* heißt das im Jägerlatein, Franzi, nicht *Gruppe*«, korrigierte Klemme lächelnd. »Bei großen Schleppjagden gibt es meistens ein springendes und ein nicht springendes Feld. Aber dies ist nur eine kleine Hubertusjagd, die zum größten Teil über Stoppelfelder geführt wird. Die Hindernisse stehen praktisch alle frei, jeder kann selbst entscheiden, welches er springen will und welches nicht. Und damit diese Entscheidung auch von euch getroffen wird und nicht vom Pferd, will ich Reiter mit einer gewissen Erfahrung.«

»Und man reitet richtig hinter Hunden her wie im Fernsehen?«, fragte Wally. »Oh Mann, das mit Cracker! Wär das geil! Warum geht der eigentlich nicht mit?«

»Weil er zufällig mein Springpony ist und ich ihn vielleicht auch mal selbst reiten will!« Karen warf Wally und ihrer Mutter einen gleichermaßen bösen Blick zu.

»Da hörst du's.« Klemme lachte. »Und Jodie geht deshalb nicht mit, weil sie zu empfindlich ist. Sie springt nicht besonders gut, und wenn sie sich vertritt, fällt sie danach für die ganzen Dressurturniere im Herbst aus. Dann wird Karen womöglich nicht Kreismeisterin und das würde für mich wahrscheinlich tödlich enden.«

Karen nickte ernst.

»Und Arwen?«, fragte Franziska. So schnell gab sie nicht auf.

»Die reite ich selbst. Ist ja schließlich mein Pferd!«

Klemme war früher mit Arwen Dressurturniere bis zur Klasse S geritten. Aber nach ihrer Scheidung hatte sie die Reitschule aufgemacht und die Pferde mussten als Schulpferde mitverdienen. Karen stellte ihre Turnierponys nur sehr ungern dafür zur Verfügung, aber eine andere Möglichkeit gab es nicht. Im Frühjahr hatte sie sogar hinnehmen müssen, dass die Reitschüler auf Jodie und Cracker am Turnier im Reitstall teilnahmen.

Zur allgemeinen Überraschung war Jana die Erste, die ihren Namen auf die Jagdliste setzte.

»Wie kommt das?«, fragte Sophie verblüfft. »Beim Turnier musste Klemme dich doch treten, bevor du Anstalten gemacht hast, mitzureiten.«

»Turnier ist ja auch was anderes. Auf Schleifen bin ich nicht so wild. Aber Jagdreiten – da hab ich immer von geträumt. Es muss irre sein! Im aufsteigenden Nebel losgaloppieren, das Herbstlaub unter den Pferdehufen, wehende Mähnen, das Jagdhorn, das Geläut der Hunde…« Janas Stimme klang so sehnsüchtig und traumverloren, dass Karen umgehend losprustete.

»Hast du sie noch alle?«, fragte sie. »Wieso willst du denn im Nebel reiten? Das ist doch nur eklig, man hat hinterher nasse Haare, die Reithandschuhe sind durchgefeuchtet… Ne, bloß nicht, ich hoffe, es scheint die Sonne!«

»Der Nebel hebt sich ja später«, erklärte Jana. »Und gibt das Bild auf die aufgeregte Meute frei. Die Sonne lässt ein bisschen Dunst von den Feldern aufsteigen, die Hunde suchen die Spur, der Master gibt die Jagd frei… Mensch, Karen, das ist romantisch!«

Karen quietschte vor Lachen. »Und irgendwann bricht der Hirsch durch das Laub und Jana und Amigo hetzen ihn zu Tode. Das möcht ich sehen!«

»Ihr killt doch nicht wirklich Bambis?«, fragte Wendy entsetzt.

Klemme verdrehte die Augen und schüttelte den Kopf. »Wir jagen überhaupt nichts. Und Hunde sind auch keine dabei, es ist ja keine Schleppjagd. Tatsächlich spielt ein Reiter aus dem Verein den Fuchs und reitet der Jagd voran. Dem folgt das Jagdfeld, aber immer schön im Abstand, da passt der Master schon auf. Und anschließend gibt es ein Fuchsschwanzgreifen. Das ist so ähnlich wie Ringstechen. Man galoppiert unter einer Leine durch, an der ein Fuchsschwanz aufgehängt ist, und greift danach. Wer das Ding erwischt, hat gewonnen. Reitjagden hinter lebendem Wild sind hierzulande schon lange verboten. Aber euch jage ich jetzt in die Halle! Und ein bisschen dalli, sonst ist die Stunde gleich um.«

Sophie war sich zwar nicht sicher, aber ihr schien es, als sei auch Frau Gabriel zurzeit mal wieder im Jagdfieber. Bislang nahmen die Lehrer und Chorleiter Johannes Entschuldigungen zwar gleichmütig hin, aber ihre Mutter schien etwas zu ahnen. Manchmal sahen die Mädchen sie schon lange vor Ende der Chorstunden oder Orchesterproben vor der Schule warten, und Sophie schwitzte Blut und Wasser, wenn Jonny wieder mal auf dem Ponyhof war statt in der Schule. Das Mädchen war allerdings vorsichtig und schlich sich stets durch den Hintereingang ins Schulgebäude. Trotzdem war das Risiko enorm, erwischt zu werden. Jonny brauchte nur einem der Lehrer in die Arme zu laufen.

»Wenn sie wenigstens nicht gar so dreist wäre«, murmelte Michelle, als Jonny gerade mal wieder fast unter den Augen des Musiklehrers aus den Umkleideräumen der Ballettschüler zum Auto ihrer Mutter flitzte. »Einmal in zwei Wochen oder so fiele kaum auf. Aber inzwischen macht sie es doch jeden zweiten Tag! Was treibt sie bloß zu diesem Unsinn?«

Sophie konnte darauf keine Antwort geben, aber ein paar Tage später hatte sie eine Begegnung, die sie der Lösung näher brachte.

Bei einer Orchesterprobe kam sie ins Gespräch mit Karina Obermeier, Harfinistin im Bundesjugendorchester.

Sophie bewunderte Karinas Instrument in der Pause und das ältere Mädchen – Karina ging schon in die elfte Klasse – kam lächelnd hinzu.

»Fass sie ruhig an, sie beißt nicht!«, sagte sie freundlich.

Sophie lächelte schüchtern zurück. »Ich überlege, ob ich Harfe als drittes Instrument nehme«, gestand sie Karina. »Vielleicht könnte ich Harfinistin werden. Eigentlich spiele ich ja Sologitarre, aber ich hasse es, allein auf der Bühne zu stehen.«

Karina lachte. »Ich verstehe exakt, was du meinst! Ich bin auch ziemlich schüchtern. Wenn mich die Scheinwerfer anleuchten, werde ich rot wie eine Tomate. Und wenn ich ein Solo habe, möchte ich im Boden versinken, obwohl um mich herum ja noch das ganze Orchester ist. Mir ein Rätsel, wie unser Wunderkind damit fertig wird. Ich meine, verglichen mit Johanne Gabriel sind wir beide doch mediengeil. Aber ihre Solostücke spult sie ab, ohne mit der Wimper zu zucken. Wie ist sie denn so in der Schule? Bist du nicht in ihrer Klasse?«

Sophie nickte. »Ich glaube, sie hat einfach mehr Angst vor ihrer Mutter als vor dem Publikum«, meinte sie dann.

Karina lachte. »Ein wahres Wort, und ich kann sie verstehen, vor Mama Gabriel würde ich auch im Boden versinken. Die Frau ist der Horror – sie hat uns die ganze Sommertournee vergällt. Ich meine, uns anderen konnte sie ja nichts tun, aber Jonny war so was wie der Star, und wenn das Orchester-Aushängeschild ständig mit verheultem Gesicht herumläuft und kein Wort herauskriegt, das geht einem an die Nerven. Und die Mutter bei jeder Probe dabei, bei jedem Konzert. Während wir anderen durch die Städte zogen, gab sie Jonny Extrastunden.«

»Ist sie denn auch Geigerin?«, fragte Sophie verwundert.

»Gewesen. Verkanntes Genie, deshalb führt sie sich ja so auf. Wahrscheinlich hat sie immer davon geträumt, ein Star zu sein, und Jonny soll's jetzt werden, auf Biegen und Brechen. Ihr Papa ist ganz anders.« Karina strich sanft über die Saiten ihrer Harfe und erzeugte ein zartes, singendes Geräusch.

»Der Cowboy aus Boston?«, fragte Sophie. »Kennst du den auch?«

»Cowboy?« Karina lachte. »Also davon habe ich nun nicht viel gemerkt, aber gesehen hab ich ihn, wir waren ja in Boston. Da ist er Erster Cellist bei den Symphonikern, ganz berühmt sogar. Unsere zwei Cellisten hatten bei ihm Unterricht und waren hell begeistert. Er war unheimlich locker und lustig. Und mir ist er halt wegen Jonny aufgefallen. Er ist mit ihr weggefahren, und als sie zurückkamen, hat sie gelacht und hatte ganz strahlende Augen. Von ihm hat sie auch den Namen – Jonny. Ihre Mutter tobt, wenn man sie so nennt.«

Karina streichelte noch einmal ihre Harfe und runzelte dann die Stirn. »Aber da du gerade ›Cowboy‹ sagst«, fügte sie nachdenklich hinzu. »Jetzt fällt's mir wieder ein. Eins der Mädchen hat Jonny gefragt, was sie mit ihrem Papa gemacht hat. Wir dachten natürlich, er hätte sie in irgendein megageiles Konzert geführt oder so. Aber Jonny sagte ganz glücklich: ›Wir waren reiten!‹«

Die Krankheit von Frau Lohmeier entpuppte sich als Blinddarmentzündung. Die Chorleiterin lag im Krankenhaus und so fiel die Probe am nächsten Dienstag wieder aus.

Johanne konnte ihr Glück kaum fassen. »Zwei freie Stunden«, sagte sie strahlend zu Sophie und Michelle. Sie sah richtig hübsch aus, wenn sie ihre Haare aus dem Gesicht strich und ihre Augen leuchteten. Ganz so blass war sie auch nicht mehr, seit sie fast täglich auf dem Ponyhof an die frische Luft kam. »Und gestern hatte ich meine zehnte Reitstunde. Also kann ich heute ausreiten! Willst du nicht mitkommen, Sophie? Mit deinem Pflegepferd?«

Sophie schüttelte bedauernd den Kopf. Sie wäre zu gern mitgeritten, aber heute war kein Pensy-Tag. Und um eine Ausnahme konnte sie Frau Neuhaus auch nicht bitten. Am Dienstagabend ritt Pensys Besitzerin ihr Pferd selbst in Klemmes Erwachsenenreitstunde.

»Nimm einfach Ares«, meinte Michelle großzügig, was Sophie so erstaunte, dass sie sich fast an ihrem Pausenapfel verschluckt hätte. Michelle ließ eigentlich nie jemanden auf ihrem Pony reiten. Selbst wenn sie in Urlaub fuhr, hatte Ares nur Auslauf auf der Weide und keine Pflegerin. Sophie hatte ihn bisher nur einmal in der Reithalle ausprobieren dürfen und war natürlich begeistert gewesen. Ares war leichtrittig und freundlich, vergleichbar mit Dolly, aber viel sensibler.

»Ich hab heute sowieso keine Zeit zum Reiten, da ist es gut, wenn du ihn bewegst«, gab Michelle eine lahme Erklärung ab, als wäre das nicht jeden Dienstag der Fall. Aber wahrscheinlich war sie einfach genauso neugierig auf Jonnys ersten Ausritt wie Sophie. Und selbst mitreiten kam nicht infrage – Michelles Tanzlehrerin war kerngesund.

Also verabredeten sich die Mädchen um halb drei im Wald beim Ponyhof. Jonny wollte Dusty eine halbe Stunde mieten, und wenn Sophie sich anschließend beeilte, kam sie noch gut zurecht zu ihrer Dienstagsreitstunde um vier.

In der Reitschule Silberhuf traf Sophie auf Karen, die eben Cracker zum Reiten fertig machte. Klemmes Tochter fiel fast die Kinnlade herunter, als Sophie mit Ares' Halfter auf die Weide sauste. Natürlich hatte sie ihr innerhalb von drei Minuten den Grund dafür entlockt, Michelles »geheiligtes Pony« reiten zu dürfen.

»Zehn Reitstunden und dann allein ins Gelände! Geil! Das muss ich mir angucken. Nimmst du mich mit?«, fragte Karen und legte Cracker den Sattel auf.

»Nur wenn du Jonny in Ruhe lässt.« Sophie bedauerte schon, Karen eingeweiht zu haben. »Du darfst nicht über sie lästern oder sie anmachen, wenn das Pony nicht ordentlich geht. Ich weiß, es wird eine Katastrophe, aber sie ist so glücklich. Mach ihr das nicht kaputt!«

Cracker und Ares schienen miteinander zu wetteifern, wer auf dem Schotterweg zum Wald den längeren Schritt zeigte, und als die Mädchen schließlich antrabten, flogen sie nur so dahin. Auf dem Galoppweg lieferten sich die Pferde dann endgültig ein Rennen, das Cracker mühelos gewann. Das lebhafte Springpony hatte Araberahnen, während Ares' Vorfahren eher zu den nordischen Ponys gehörten.

Karen war zufrieden. »Ich will das Fuchsschwanzgreifen auf der Jagd auf jeden Fall gewinnen«, vertraute sie Sophie an. »Vanessa übt auch dafür, aber Cracker ist schneller.«

Vanessa und ihr Pony Donja gehörten zu Karens Rivalen bei Springturnieren.

»Aber du musst auch genau unter dem Fuchsschwanz

durchreiten und zielsicher zupacken«, gab Sophie zu bedenken. »Da kann's klüger sein, langsamer zu galoppieren.«

»Ach, ich bin auch schnell!« Karen lachte selbstsicher und ihre blauen Augen blitzten. »Im Gegensatz zu Vanessa, die ist ja mehr als latschig. Aber Michelle ist flott! Die kann ich nur schlagen, wenn ich eher da bin.«

»Vergiss nicht Frau Müller-Riel«, sagte Sophie, und beide Mädchen grinsten. Ann-Kathrins und Mischas Mutter hatte sich nun wirklich zur Teilnahme an der Fuchsjagd entschlossen und übte in jeder freien Minute. Sie ließ ihre Kinder praktisch gar nicht mehr auf Billy, was denen nur recht war. Allerdings ersparte sie ihnen nicht die regelmäßigen Reitstunden – und jedes Mal musste einer auf Grisabell, die sich zunehmend aufmüpfiger gebärdete. Ann-Kathrin war in der letzten Woche zweimal heruntergefallen.

Mit ihren schnellen Ponys hatten Karen und Sophie das Wäldchen schon einmal umrundet, bevor es Zeit wurde, sich mit Jonny zu treffen. Das war gut, denn so waren Cracker und Ares schon ein bisschen müde, und es würde ihnen nichts ausmachen, den Ausritt mit der Anfängerin langsam anzugehen. Zu Sophies Überraschung kam auch Jonny nicht allein. Ines mit Allegra war bei ihr – und wenn ein Reiter-Pferde-Paar die personifizierte Katastrophe darstellte, dann diese beiden.

»Wie hast du die denn aufgezäumt!«, rief Karen entsetzt nach einem Blick auf Allegras Kopfstück. Der Buckel-Stopper war heute noch kürzer geschnallt, Allegra lief mit unnatürlich hochgerissenem Kopf, ihre Maulwinkel waren nach oben gezogen, und sie sah so verzweifelt unzufrieden drein, wie ein Pony nur gucken konnte. Ines hockte ebenfalls ziemlich unglücklich auf dem Kindersattel, mit dem Allegra ausgestattet war. Das Ding passte weder Pferd noch Reiterin – Ines' kräftiger Hintern quoll vorn und hinten darüber. Auch die Steigbügelriemen waren für Ines zu kurz und obendrein saß der Sattel zu weit vorn. Das Pony ging darunter verspannt, mit unnatürlich kurzen Schritten. Es sah aus, als täte ihm alles weh.

»Sie muss einfach mal lernen, dass diese Buckelei verboten ist«, erklärte Ines, klang aber selbst nicht besonders überzeugt. Vor Karen war ihr Allegras Aufzug sichtlich peinlich.

Jonny dagegen saß ganz locker und entspannt auf einem zierlichen braunen Pony. »Das ist Nando. Er ist neu. Dusty konnte ich nicht nehmen, weil er lahmt. Aber Nando ist auch ganz toll!« In ihrem augenblicklichen Glücksrausch hätte sich Jonny garantiert in jedes Pferd verliebt.

»Wollen wir losreiten?«, fragte sie.

»Aber Ines' Pferd kann sich doch kaum bewegen!« Karen kam über Allegras Anblick einfach nicht hinweg. »Komm, Ines, mach den Riemen ab! Das ist ja nicht mit anzusehen!«

»Ich kann ihn etwas lockerer machen …«, lenkte Ines ein. »Gewöhnlich ziehe ich ihn nie so fest, aber diesmal hat ihn Frau Keppler verschnallt. Sie hat Allie gestern selbst geritten, und dabei hätte sie wieder buckeln wollen, sagt sie.«

»Ach, sie reitet auch selbst?«, fragte Karen spöttisch. »Ich dachte, das könnte sie gar nicht. Eine Reitwart- oder Reitlehrerausbildung hat sie jedenfalls nicht.«

Sophie fragte sich, woher Karen das wusste. Aber wahrscheinlich hatte Klemme Erkundigungen eingezogen.

»Klar reitet sie!«, verteidigte Ines ihre neue Lehrerin. »Sie will auch die Jagd mitreiten. Blöderweise auf Allie, aber sie hat mir versprochen, dass ich auch ein Pferd kriege. Es kommen noch neue nächste Woche.«

»Ihr wollt dieses arme Vieh auf der Jagd reiten!« Karen war entsetzt. »Mit dieser Zäumung? Das wird nichts, das sag ich euch gleich. Da schmeißt Herr Friedrich euch raus.«

Herr Friedrich war der Reitlehrer im nahe gelegenen Reiterverein und würde auf der Jagd die Funktion des *Masters*, also des Jagdleiters einnehmen.

Ines zuckte die Schultern. »Mir egal, ich hab ja dann das andere Pferd. Aber ich find's schon ein bisschen unfair. Erst mache ich die ganze Arbeit mit dem Zureiten und dann will sie Allie für sich selbst.«

Ines hatte den Hilfszügel jetzt ein bisschen verlängert, aber er war immer noch so kurz geschnallt, dass Allegra nicht in natürlicher Haltung vorwärts gehen konnte. Immerhin ging es dem Pferd jetzt etwas besser und Karen verdrehte zwar die Augen, sagte sonst aber nichts weiter. Jonnys Brauner ging ganz manierlich.

»Wieso kriegt ihr denn noch mehr neue Pferde?«, erkundigte sich Sophie bei Ines. »So viele Ställe hat Frau Keppler doch gar nicht.«

»Ja, aber drei Ponys sind verkauft. Ein Shetty an eine Familie mit Kindern und den Schecken und Sturmwind hat sie eingetauscht.«

»Eingetauscht?«, fragte Sophie.

Ines nickte. »Ja, ich weiß auch nicht, was da genau lief. Aber die beiden eigneten sich nicht für den Betrieb, Sturmwind war zu wild, und da …«

»… hat deine saubere Frau Keppler ihn ohne viel Federlesen zum Händler gegeben«, ergänzte Karen. »Gib dir keine Mühe, das schönzureden, es wird jeden Tag gemacht. Diese Frau Keppler holt die Ponys vom Schlachter und sieht dann zu, was sie noch mit ihnen machen kann. Wenn sie für den Verleih taugen, gut. Wenn nicht, gehen sie in den nächsten Händlerstall.«

»Aber doch immerhin nicht zum Schlachter«, meinte Ines lahm.

»Nöö, nicht direkt«, gab Karen zurück. »Erst versucht der Händler noch, sie dem nächsten Dummen aufs Auge zu drücken. Wenn das nicht klappt – Kopf ab!« Sie machte eine Bewegung, als würde sie sich die Kehle durchschneiden.

»Ach kommt, erzählt nicht so was Schreckliches«, bat Jonny. »Es ist so ein schöner Tag und mein erster Ausritt. Wollen wir mal traben?«

Tatsächlich herrschte heute mal wieder fantastisches frühherbstliches Reitwetter. Die Sonne schien, ein leichter Wind ließ gelegentlich erste braune Blätter auf die Reitwege segeln, und die Wege waren trocken und griffig. Karen setzte ihr Pony an die Tete und ließ Cracker in einen leichten Trab fallen. Ines hielt Allegra dahinter, Jonny schloss sich an und Sophie bildete das Schlusslicht. Dabei beobachtete sie, dass Ines ihr Pferd pausenlos antreiben musste. In der unnatürlichen Haltung, zu der sie der Hilfszügel zwang, schaffte die Stute es kaum, den ruhigen Trab mitzuhalten. Sie trippelte ungeschickt, stolperte oft, und Ines bot einen traurigen Anblick, wie sie in ihrem Sättelchen auf und nieder hüpfte. Allegras stuckerigen Gang leichtzutraben, hatte sie längst aufgegeben.

Was Jonny anging, so hatte sie ärgste Probleme, ihren Braunen hinter Allegra zu halten. Beim Antraben war er sofort losgeschossen, und obwohl sie mit aller Kraft am Zügel zerrte, pullte er so lange, bis sich seine Nase unmittelbar am Schweif des vorausgehenden Ponys befand. Dann beruhigte er sich – bis Allegra schwungvoll nach ihm ausschlug. Gegen Keilen half der Buckel-Stopper schließlich nichts und Allegra legte ihre ganze Wut und Frustration in den Schlag. Johanne konnte ihr Bein gerade noch zurückziehen. Um ein Haar hätte Allegra es getroffen. So geriet das Mädchen aber nur aus dem Gleichgewicht und rutschte vom Pony. Zum Glück hatte Sophie ausreichend Abstand gehalten und konnte Ares problemlos anhalten, bevor er Jonny überrannte.

»Hast du dir wehgetan?«, fragte sie ängstlich.

Jonny war aber schon wieder auf den Beinen. »Nein, nein, kein Problem. Ich bin nur erschrocken«, versicherte sie. »Ich wusste nicht, dass Allie schlägt.«

»Ich auch nicht«, meinte Ines und strafte Allegra, indem sie zweimal hart am Zügel ruckte.

»Das hättest du gleich machen müssen«, tadelte Karen. »Oder besser die Gerte einsetzen. Jetzt weiß sie doch gar nicht mehr, wofür du ihr wehtust.«

Ines zuckte die Schultern. »Eben war ich zu erschrocken«, rechtfertigte sie sich.

Allegra sah aus, als ob ihr schon alles egal war. Ergeben hing sie den Kopf in den Hilfszügel, bis ihre Maulwinkel sich wieder verzogen.

»Karen, kann ich hinter dir reiten?«, fragte Johanne schüchtern.

Karen nickte. »Von mir aus. Aber pass auf, dass du nicht aufreitest. Das mag Cracker gar nicht.«

»Komm lieber hinter Ares«, schlug Sophie vor. »Der ist

ruhiger. Wenn Nando Cracker so aufläuft wie eben Allegra, haut der noch viel schneller zu.«

»Also war es gar nicht Allies Schuld?«, fragte Ines. »Jonny, Frau Keppler sagt dir doch immer, du sollst die Ponys besser zurückhalten.«

Jonny ließ den Kopf hängen. Karen verdrehte mal wieder die Augen. Der Anpfiff war ungerecht. Mit zehn Stunden Reiterfahrung und ohne Sattel war es völlig unmöglich, ein Pony zu kontrollieren.

Mit Ares als »Stopper« klappte es dann aber ganz gut. Nach ein paar Minuten strahlte Johanne wieder und klopfte Nando glücklich den Hals, als die kleine Runde beendet war. Allerdings schien sie etwas Angst zu haben, allein mit Ines und Allegra zurückzureiten.

»Könnt ihr uns nicht eben noch nach Hause bringen?«, fragte sie leise.

Sophie warf einen Blick auf die Uhr und nickte dann ergeben. Wenn sie Ares und Cracker den ganzen Weg traben ließen, würden sie trotzdem pünktlich zur Reitschule kommen.

# Ertappt!

Auf dem Ponyhof herrschte jetzt ein lebhaftes Kommen und Gehen. Zwischen drei und vier waren die meisten Mädchen mit Mittagessen und Schulaufgaben fertig und strebten zu den Pferden. Außerdem fuhr eben ein Pferdetransporter vom Hof, der zwei neue Ponys angeliefert hatte. Ein kleiner, graziler Fuchs von ähnlichem Typ wie Cracker und ein stämmiger Rappe warteten am Anbindebalken. Frau Keppler legte dem Fuchs eben eine Trense an.

»Du kannst ihn gleich Probe reiten, Ines!«, rief sie und fixierte das Pferd provisorisch mit dem Stallhalfter über der Trense am Anbinder. »Bring nur schnell Allegra in den Stall.«

Ines schien vor Stolz gleich zehn Zentimeter zu wachsen. Sie durfte das neue Pony Probe reiten! Und das alles vor Karen, der diese Aufgabe gewöhnlich bei Klemme zufiel. Wobei Klemme sich vorher allerdings vergewisserte, ob die neuen Pferde auch zugeritten waren.

Jonny brauchte ihren Nando nicht wegzubringen, sondern übergab ihn gleich an das nächste Mädchen, das eine Reitstunde gebucht hatte. Danach ging sie zu Sophie und Karen, um sich für die Begleitung zu bedanken – und fuhr wie vom Blitz getroffen zusammen, als sie ein vertrautes Motorgeräusch hörte. Ein reparaturbedürftiger Auspuff… ein roter Kombi…

»Ich muss weg! Meine Mutter!« Jonny sah sich verzweifelt nach einer Fluchtmöglichkeit um. Dabei hatte Frau Gabriel sie garantiert längst gesehen. Sophie wollte sie zurückhalten, aber Jonny war schon auf eins der angebundenen Pferde zugelaufen. Sie löste das Halfter des Fuchses mit einer raschen Bewegung, riss das Pferd zur Seite und hangelte sich erstaunlich geschickt auf seinen ungesattelten Rücken. Dann schlug sie ihm die Hacken in die Weichen und galoppierte in den Wald.

»Johanne! Komm sofort zurück!« Frau Gabriel wendete das Auto und versuchte, ihrer Tochter nachzufahren, aber das war natürlich sinnlos. Jonny und der Fuchs waren längst im Wald verschwunden.

»Wer hat hier die Verantwortung?«, brüllte Frau Gabriel und stürzte sich auf Frau Keppler.

Gleich danach waren die beiden Frauen in einen hitzigen Disput verwickelt.

»Was machen wir denn jetzt?«, fragte Sophie. Sie war ganz blass um die Nase.

Karen zuckte die Schultern. »Was schon? Nach Hause reiten. Oder willst du hier warten, bis sie wiederkommt? Vielleicht treffen wir sie ja im Wald.«

»Aber sie kann doch gar nicht reiten! Und sie kennt sich nicht aus. Ihr kann sonst was passieren!«

»Vielleicht treffen wir dann ja wenigstens das Pony«, meinte Karen in aller Gemütsruhe. »Dann haben wir einen Anhaltspunkt, wo sie runtergefallen ist.«

»Aber wer weiß, wo das Pony hinläuft! Es ist doch auch gerade erst hier angekommen«, gab Sophie zu bedenken. »Vielleicht läuft es in seinen alten Stall.«

Karen grinste. »Wie Fury, meinst du? Ne, so funktioniert das nicht, das Pferd hat kein Radar. Es ist im Wald genauso verloren wie Jonny. Kann sogar ihr Glück sein, dann lässt es sich eher anhalten. Aber wir können im Moment nichts machen, erst recht nicht, wenn wir hier rumstehen. Los, lass uns reiten, bevor die zwei Furien noch meinen, dass wir an allem schuld sind.«

Die beiden Frauen stritten sich immer noch, wobei der Spieß inzwischen umgedreht war. Frau Keppler warf Frau Gabriel vor, Jonny hätte ihr Pferd gestohlen.

Sophie sah ein, dass man sich am besten zurückzog. Sie wendete Ares und ritt hinter Karen her. Dabei erwies sich das als die beste Lösung. Denn nach 500 Metern in Richtung Reitschule kam ihnen tatsächlich das Pony entgegen. Es wirkte ziemlich irritiert und schlug nach Cracker, als Karen versuchte, es einzufangen. Sophie stieg ab und lockte das Pony mit etwas Brot, aber der Fuchs warf sich nur auf der Hinterhand herum und verschwand in einem anderen Seitenweg.

»Und tschüs…«, kommentierte Karen. »Wir müssen die Polizei anrufen, wenn wir zu Hause sind. Wenn er noch zwei Kilometer in die Richtung rennt, kommt er auf die Bundesstraße. Aber erst mal müssen wir Jonny suchen.«

Sophie spähte bereits in den Waldweg, aus dem der Fuchs gekommen war. Er wurde sonst selten beritten, was sich jetzt als Glücksfall erwies. »Hier sind Spuren«, rief sie. »Eindeutig von dem Pony. Vielleicht finden wir Jonny, wenn wir ihnen folgen.«

Die Mädchen ritten den Waldweg entlang, langsam, da hier viele Wurzeln hervorragten, über die ihre Pferde hätten stolpern können. Die Vier-Uhr-Reitstunde würde Sophie sowieso verpassen.

Nach ein paar hundert Metern verengte sich der Pfad, aber dann mündete er bald wieder auf einen der Hauptwege. Hier waren hunderte von Pferdespuren, es war nicht erkennbar, ob der Fuchs von rechts oder links gekommen war. Das erwies sich dann aber auch als gleichgültig. Auf einem Stapel Baumstämmen am Wegrand hockte Jonny und weinte.

»Hast du dir was getan?«, fragte Sophie besorgt.

Johanne schüttelte den Kopf. »Nein, der Weg ist ja ganz weich. Aber was soll ich denn jetzt machen? Jetzt … jetzt ist alles aus. Wie hat sie das bloß wieder rausgekriegt? Ich wär am liebsten tot.«

Sophie rutschte vom Pferd und stand hilflos vor dem zitternden und schluchzenden Mädchen.

Karen war ebenfalls abgestiegen. Aber zu Sophies Überraschung hatte sie diesmal keinen frechen Spruch parat, sondern setzte sich neben Jonny und nahm sie in den Arm.

»So schnell stirbt man nicht«, sagte sie ruhig. »Kannst du mir glauben, ich hab auch schon mal ziemlich schwarz gesehen.«

Karen hatte vor der Scheidung ihrer Eltern eine schlimme Zeit durchgemacht. Nun suchte sie nach einem Taschentuch, fand aber nur ein benutztes. Trotzdem wischte sie Jonny damit übers Gesicht. Cracker schnüffelte an den beiden Mädchen.

»Siehst du, Cracker will dich trösten«, meinte Sophie unbeholfen.

»Wahrscheinlich ist er auch das letzte Pferd, das ich in meinem Leben zu Gesicht kriege«, schluchzte Jonny und streichelte die vorwitzige Ponynase.

»Kaum«, sagte Karen. »Gleich siehst du die ganze Herde

in der Reitschule Silberhuf. Oder willst du zurück zum Ponyhof?«

»Ich will nach Boston«, weinte Jonny. »Zu meinem Daddy.«

»Also da können wir dich jetzt nicht hinbringen«, erklärte Karen. »Und ich glaube auch nicht, dass heute noch ein Bus geht. Jetzt komm, du kannst mit auf Cracker. Du wiegst ja nicht viel.«

Johanne hatte keine Energie mehr, um zu protestieren. Karen hielt ihr den Steigbügel und sie schwang sich in Crackers Sattel, Karen stieg hinter ihr auf.

Die Reitstunde war in vollem Gange, als die Mädchen in der Reitschule ankamen. Karen machte Tee in Klemmes Wohnung, und Jonny half Sophie, rasch Ares' und Pensys Boxen zu misten. Pensys Stall musste auf jeden Fall fertig werden, bevor Frau Neuhaus zum Reiten kam. Meistens holte Sophie ihr die Stute auch schon herein, aber darauf verzichtete sie diesmal, um kein Risiko einzugehen. Karen hatte sich eigentlich gleich mit Jonny in die Wohnung zurückziehen wollen.

»Wenn ihr euch draußen sehen lasst und Frau Gabriel kommt vorbei, hat sie Jonny gleich«, unkte sie.

»Und sonst eine halbe Stunde später. Was macht das?«, fragte Sophie genervt.

»Jonny kann sich jedenfalls erst mal abregen. Und ihre Mutter auch. Vielleicht nützt es ja was, wenn Klemme mit ihr redet«, meinte Karen hoffnungsvoll und goss den Mädchen Tee ein. »Da muss sich doch was regeln lassen.«

»Ich?«, fragte Klemme entsetzt, als sie gleich nach der Reitstunde herauf in die Wohnung kam. Sie hatte sich schon Sorgen um Karen und Sophie gemacht. Schließlich hatten die beiden eigentlich um halb vier zurück sein wollen. »Wie kommt ihr darauf, dass die Frau mich auch nur anhört? Überhaupt, die Idee, Jonny hier zu verstecken! Frau Gabriel wird uns den Kopf abreißen. Wir rufen jetzt auf diesem Ponyhof an und melden Frau Keppler, dass wir das Mädchen gefunden haben. Auch wenn sie das vermutlich kaum interessiert. Die ist sicher eher hinter ihrem Pony her. Hat deine Mutter ein Handy, Jonny?«

Jonny antwortete nicht. Sie war vorhin schon wieder etwas aufgetaut, aber nun, da Klemme so gar keine Lösung versprach, verkroch sie sich in einer Sofaecke, legte den Kopf auf die Knie und wippte wie in Trance hin und her.

»Wen könnten wir denn anrufen, auf den Frau Gabriel womöglich hört?«, fragte Klemme schließlich. So hart sie sich gab, das Unglücksbündel auf ihrer Couch tat ihr denn doch Leid.

Sophie überlegte. »Vielleicht Herrn Bohner. Das ist unser Vertrauenslehrer. Und der ist wirklich nett.«

Klemme schob Sophie das Telefon rüber. »Versuch dein Glück«, meinte sie.

Herr Bohner erschien kaum zwanzig Minuten später, gerade als Klemme endlich Jonnys Mutter erreicht hatte. Die Reitlehrerin hielt den Telefonhörer dreißig Zentimeter vom Ohr ab, damit Frau Gabriels Gebrüll ihr nicht das Trommelfell zerstörte.

»Die Dame hat ein etwas hitziges Temperament.« Der Musiklehrer, ein kleiner, untersetzter Mann mit Halbglatze, freundlichem Vollmondgesicht und sanften Augen, lächelte. »Wir sollten uns eine Strategie überlegen, bevor sie gleich über uns hereinbricht. Aber als Erstes, Johanne, falls du das denkst: Die Schule hat deine Mutter nicht informiert.«

Jonny, die sich bislang nicht gerührt und Herrn Bohner auch keines Blickes gewürdigt hatte, schien aufzuhorchen.

»Wir Lehrer haben die Schwänzerei natürlich bemerkt, wir sind ja nicht dumm, auch wenn ihr das manchmal annehmt …« Er zwinkerte seinen Schülerinnen zu, doch nur Sophie lächelte zurück. Johanne blieb in ihrem Schneckenhaus in der Sofaecke. »Aber wir sind übereingekommen, dass ich erst mal allein mit dir reden sollte. Also was ist los, Johanne? Wo warst du? Und warum? Gefällt es dir nicht bei uns in der Schule?«

Jonny schaukelte weiter, ohne Notiz von ihm zu nehmen.

»Sie hat Reitstunden genommen«, antwortete stattdessen Sophie. Herr Bohner war einer der wenigen Erwachsenen, bei denen sie nicht schüchtern war. Der freundliche Musiklehrer hatte ihr bei der Aufnahmeprüfung in der neuen Schule die Angst genommen. »Obwohl ihre Mutter es verboten hat. Ich glaub nicht, dass es etwas mit der Schule zu tun hatte, es ist nur … Ich glaube, wenn sie nicht in der Schule ist, passt ihre Mutter ständig auf sie auf.«

Herr Bohner seufzte. »Oh ja, wir kennen das Problem. Diese überehrgeizigen Mütter! Haben Sie das im Sport auch so heftig, Frau Winter? Sie unterrichten doch Turnierreiter.«

Klemme lächelte. »Ich könnte Ihnen da schon einiges erzählen«, meinte sie. »Aber so etwas Extremes wie hier … Es sieht ja aus, als lebe das Kind im Gefängnis! Können Sie denn da nichts tun?«

Herr Bohner zuckte die Schultern. »Was denn? Glauben Sie mir, ich habe mehr als einmal versucht, mit der Frau zu reden, und der Leiter des Bundesjugendorchesters hat ihr schon mit Johannes Ausschluss gedroht. Sie dürfen kein falsches Bild von unserer Schule bekommen. Unsere Schüler sind zwar alle musikalisch begabt – mehr oder weniger jeder von ihnen hätte das Potenzial, bei *Jugend musiziert* ganz vorne mitzumischen, wenn er so getriezt würde wie Johanne Gabriel –, aber wir wollen doch keine Musiker züchten auf Teufel komm raus! Die Schüler sollen auch ihre anderen Interessen und Begabungen ausleben – Reiten, Skilaufen, Malen, Inlineskaten … Was ihnen halt so einfällt.«

»Sie finden Reiten also nicht gefährlich?«, mischte sich Karen ein.

Herr Bohner schüttelte heftig den Kopf. »Ach was! Unfälle können überall passieren. Beim Schulsport, im Bus oder wenn mal jemand auf der Treppe geschubst wird. Das kommt vor und meistens heilt es ja auch wieder. Natürlich gibt es gewisse Sportarten, die ich Sophie und Johanne nicht empfehlen würde …« Der Musiklehrer zwinkerte wieder. »Fingerhakeln zum Beispiel …«

Die Mädchen grinsten. Sogar Jonny lugte vorsichtig unter ihrem Haarvorhang hervor, hatte das Schaukeln aufgegeben und schien sich der Welt wieder zuzuwenden. Doch dann hörte man Frau Gabriels Auto auf dem Hof.

»Ich geh sie mal in Empfang nehmen …«, meinte Klemme lustlos. »Aber wenn sie mich auseinander nimmt, möchte ich das Schulorchester auf meiner Beerdigung hören.«

Sophie, Karen und Herr Bohner lachten, doch Johanne schaute nur ausdruckslos an die Wand.

»Nun komm, Johanne – oder wie nennen dich deine Freundinnen? Jonny? Das klingt viel schöner! Deine Mutter wird dir schon nicht den Kopf abreißen!« Herr Bohner nickte ihr aufmunternd zu.

Das Mädchen sagte nichts.

Frau Gabriel redete dafür umso mehr, als sie die Wohnung schließlich stürmte. »Ich habe es gewusst!«, donnerte sie Jonny an. »Du hast vielleicht gedacht, du kannst mich täuschen. Aber glaubst du wirklich, ich hätte die Schwielen an deinen Fingern nicht bemerkt? Und die Kratzer an den Händen? Und dass du immer steifer geworden bist, weil dir die Finger wehtaten vom Zügelziehen? Reiten ruiniert die Hände fürs Geigenspiel. Wenn ich das vorher noch nicht gewusst hätte, jetzt weiß ich es!«

»Ordentliches Reiten hat nichts mit Zügelziehen zu tun!«, mischte sich Klemme empört ein. »Meine Schüler haben keine Schwielen an den Fingern.«

Frau Gabriel würdigte sie keines Blickes. »Und dann auch noch Schule schwänzen! Es wird immer schlimmer! Aber damit ist jetzt Schluss, wir werden andere Saiten aufziehen. Du wirst mich nicht mehr belügen.«

Sie wollte eigentlich nur kurz Luft holen, hielt dann aber inne, als Jonny ihren Haarvorhang entschlossen aus der Stirn strich und sie kalt ansah.

»Ich werde dich nicht mehr belügen«, sagte das Mädchen ruhig. »Aber Geige spiele ich auch nicht mehr.«

# »Muttertag«

Jonny zog ihren Streik mit erstaunlicher Beharrlichkeit durch. Nachdem Frau Gabriel schimpfend mit ihr abgezogen war, kam sie am nächsten Tag verweint in die Schule, machte aber keine Anstalten nachzugeben. Johanne Gabriel war entschlossen, sich zu wehren. Sie legte ihre Geige am Morgen in den Spind und holte sie den ganzen Tag über nicht heraus. Sophie wusste nicht, was sie in ihren Einzelstunden machte, aber Lisa erzählte, dass sie im Gruppenunterricht nur am Tisch gesessen und Pferdchen in ihr Notenheft gemalt hätte. Während der Orchesterprobe tat sie das Gleiche.

Im Reitstall wurde ein paar Tage lang über das angeblich auf dem Ponyhof gestohlene Pferd und das damit geflohene Mädchen geklatscht. Die Reitschülerinnen erfuhren von Ines, dass der kleine Fuchs erst am nächsten Tag wieder aufgetaucht war – im Garten einer Villa am Wald. Deren Besitzerin, eine ältere Dame, glaubte zunächst an Halluzinationen, als da plötzlich ein Pferd stand. Frau Keppler machte ein Riesentheater und drohte, Johanne die Polizei auf den Hals zu schicken, aber die Ponyhofmädchen nahmen das gelassen.

»Sie weiß ja nicht mal Jonnys Nachnamen«, sagte Ines. »Wo soll sie die Cops da hinschicken? Und nun ist Robin ja auch wieder da.«

Das Interesse der Reitschülerinnen an der Sache erlosch denn auch bald. Die Fuchsjagd am nächsten Samstag war viel interessanter. Klemme hatte die Namen der Glücklichen ermittelt, die mitreiten durften, und Jana war dabei. Das Mädchen konnte sich kaum halten vor Freude. Sie sollte Dolly reiten, was wieder bei Sophie Erleichterung auslöste. Sie hasste es, wenn fremde Mädchen mit vielleicht grober Zügelführung auf ihr Lieblingspony durften.

»Ach, ich wünschte, ich könnte auf Pensy mitmachen!«, seufzte Sophie sehnsüchtig. Sie striegelte ihr Pflegepferd auf der Stallgasse, während Frau Neuhaus es mit Möhren fütterte. »Bestimmt wäre sie die Schnellste!«

Frau Neuhaus nickte eifrig. »Aber es wäre zu gefährlich für ihre Beine«, sagte sie fast ein bisschen bedauernd. »Springen dürfte sie auf gar keinen Fall, höchstens so mitlaufen. Aber du bist ja sowieso noch nicht bei den Fortgeschrittenen, also muss es auf jeden Fall bis nächstes Jahr warten.«

»Haben Sie Klemme denn gefragt?«, erkundigte sich Sophie, und ihr Herz tat einen Hupfer.

Frau Neuhaus, eine schlanke ältere Dame mit kurzem grauen Haar, nickte. »Sicher, Pensy rennt doch so gern und was mich angeht: Ich bin aus dem Alter wirklich raus. Aber ich fürchte, das Pferd auch. Du kannst sie allenfalls mit zum Treffpunkt nehmen, wenn du magst, dann kriegst du ein bisschen von der Stimmung mit. Und Pensy tut es bestimmt ganz gut, wenn sie sich an all die Leute, den Lärm und so gewöhnt.«

Sophie strahlte und bedankte sich. Es war wirklich nett von Frau Neuhaus, an sie zu denken. Auch wenn Pensy in ihrer langen, weitgehend erfolglosen Karriere als Rennpferd bestimmt schon mit mehr Menschen und Lärm konfrontiert worden war als alle anderen Pferde der Reitschule.

Am nächsten Samstag bandagierte Sophie ihre dunkelbraune Stute genauso sorgfältig wie die anderen Mädchen die Jagdpferde und flocht ihr sogar die Mähne ein. Es war ein sonniger Frühherbsttag und selbst mit Janas Bodennebeln hatte es geklappt. Allerdings nur früh morgens – bis die Jagd am Nachmittag stattfand, hatten sie sich längst gehoben. Die Reiter von der Reitschule brachen um vierzehn Uhr zum Reitstall auf, um fünfzehn Uhr sollte es losgehen. Wie beim Turnier durften auch diesmal die Reiterinnen, die bei der Auslosung Pech gehabt hatten, die Pferde zum Treffpunkt reiten. Frau Neuhaus, Frau Schultheiß und zwei weitere Frauen aus Klemmes Erwachsenenabteilungen fuhren die Jagdreiter mit dem Auto zum Reitstall. Später würden sie dann die anderen einladen und die »Jagdführung« mitmachen. Dabei lotste ein Vereinsvertreter die Begleiter zu den schönsten Aussichtsplätzen, sodass sie den Reitern vom Auto aus zusehen konnten.

Die Privatpferdereiter brachten ihre Pferde natürlich selbst zum Treffpunkt. Frau Müller-Riel wirkte glücklich und aufgeregt auf ihrem Billy. Sie sah schick aus in ihren nagelneuen weißen Reithosen und schwarzem Jackett. Auch Michelle zeigte ihren Turnierdress und wirkte elegant und ein bisschen fremd. Karen dagegen trug ihre schon etwas abgetragene Reitjacke mit lässiger Selbstverständlichkeit. Auch ihre weißen Reithosen wirkten schon ein bisschen verwaschen, aber kein Pony blitzte verwegener und leistungsbereiter unter seinem roten Schopf hervor als Cracker.

»Wir holen den Fuchsschwanz!«, sang Karen vor sich hin.

Michelle schüttelte den Kopf. »Da musst du erst mal an uns vorbei!«, neckte sie gutmütig.

Die Jagdreiter versammelten sich auf dem Springplatz des Reitervereins auf der anderen Seite des Wäldchens. Die Vereinsmitglieder begrüßten sie mit einem Schnaps für die Erwachsenen und Limonade für die Jugendlichen.

Jana und die anderen glücklichen Jagdreiterinnen übernahmen strahlend ihre Pferde von den anderen Reitschülern. Auch sie hatten sich in Schale geworfen und trugen helle Reithosen und schwarze Pullis.

Sophie hätte ihre Pensy nun eigentlich schon in den Stall bringen sollen – der Reitlehrer hatte Frau Neuhaus eine Box versprochen –, aber sie konnte sich noch nicht von ihr trennen. Zu prickelnd war die Atmosphäre vor der Jagd, die vielen, lebhaft plaudernden Reiter mit den aufgeregten, tänzelnden und schnaubenden Pferden. Selbst die abgeklärtesten Turnierpferde schienen zu wissen, dass heute nicht die allsonntägliche Dressurprüfung anstand, sondern etwas Spannendes, Neues. Sie alle würden es genießen, in der Gruppe zu rennen. Auch Pensy warf unternehmungslustig den Kopf hoch und schien um Jahre jünger zu werden.

Schließlich ertönte ein Hornsignal – Sophie fuhr zusammen, denn der Hornist spielte Grauen erregend falsch –, und Herr Friedrich versammelte die Reiter um sich und begrüßte sie zur Dritten Herbstjagd des Reitervereins Heidbrock.

»Hier ist Angelika Laub, unser Fuchs«, stellte er vor und

wies auf eine junge Frau auf einem großen Braunen. »Sie reitet der Jagd voraus, ist aber keineswegs zum Abschuss freigegeben!«

Die Reiter lachten. »Das hier ist die Meute«, erklärte Herr Friedrich weiter und zeigte auf seinen hechelnden Collie Fritzchen, der anbetend zu ihm aufsah. Fritzchen war eine bekannte Größe im Wäldchen. Er pflegte seinen Herrn und dessen Reitschüler auf jedem Ausritt zu begleiten, aber da er kein bisschen Jagdinstinkt zeigte, tolerierten ihn sogar die Jäger. »Ich fürchte, er wird sich nicht auf dem Hof halten lassen, also seht bitte davon ab, ihn zu überreiten. Ansonsten sind die Regeln bekannt: Ich führe die Jagd als Master an – überholen verboten, wer's trotzdem tut, muss sich später vor dem Jagdgericht verantworten. Die zwei Mädchen hier mit den roten Schleifen am Arm machen uns die Pikeure, begrenzen das Jagdfeld also zur Seite, und Frau Winter von der Reitschule Silberhuf hat sich bereit erklärt, die Funktion des ›Lumpensammlers‹ an letzter Stelle zu übernehmen. Das war's eigentlich. Von mir aus kann's dann losgehen. Ach ja – alle Hindernisse auf der Strecke können leicht umgangen werden. Bitte tut das auch, wenn ihr euch nicht sicher fühlt. Dies ist eine Herbstjagd, kein Turnier, und erst recht keine Mutprobe!«

Die Reiter formierten sich zum Jagdfeld und Sophie stieg bedauernd ab. Während sie Pensy zum Stall führte, trudelten noch ein paar Nachzügler ein: die Reiter vom Ponyhof Keppler. Die Reitlehrerin selbst saß auf Allegra, die unruhig tänzelte, soweit der viel zu kurz geschnallte Buckelriemen das erlaubte. Sie sah auf dem Kindersattel noch schlimmer aus als Ines, und der Sattel war auch schon wieder nach vorn verrutscht. Ines ritt den kräftigen Rappen, der mit dem von Jonny »gestohlenen« Fuchs zusammen angekommen war. Dann erkannte Sophie noch das Mädchen von neulich mit ihrem Pflegepony Dusty und Ellen, die zweite »Hilfsreitlehrerin« auf dem braunen Nando. Die Mädchen ritten ohne Sattel, was von den Vereinsmitgliedern, die Schnaps und Limo austeilten, verwundert vermerkt wurde. Sophie hörte im Vorbeigehen Wortfetzen wie »Herrn Friedrich informieren«, »gar nicht gefallen …« und »gefährlich …«. Aber Herr Friedrich hatte sich schon an die Spitze des Jagdfeldes gesetzt und der »Fuchs« war eben gestartet. Jetzt war die Jagd nicht mehr aufzuhalten.

Herr Friedrich führte das Jagdfeld im Schritt vom Hof und die Ponyhofpferde hatten es eilig hinterherzukommen. Frau Keppler und ihre Gruppe überholten Klemme, die mit Arwen das Schlusslicht bildete, und schlossen sich der Hauptgruppe der Reiter an. Auf dem Stoppelfeld vor dem Reiterhof galoppierte Herr Friedrich an. Die Jäger umrundeten es einmal, damit die Zuschauer etwas zu sehen hatten, und die meisten von ihnen nahmen auch schon das erste Hindernis. Die Sprünge waren aus dünnen Baumstämmen rasch zusammengezimmert und winzig. Eigentlich musste jedes Pferd es schaffen, darüber zu kommen. Die Ponyhofreiter galoppierten nebenher, Klemme und Arwen setzten in perfekter Manier hinüber.

Sophie schloss sich der Gruppe um Frau Schultheiß an und ging mit der Tierärztin zu ihrem Kombi. Frau Schultheiß schwärmte dabei die ganze Zeit von der Schönheit ihrer Stute Vivianne, die heute von Frau Tewe geritten wurde. Frau Schultheiß selbst wollte nicht springen. Sie erklärte, sie sei als Kind einmal böse dabei gestürzt und habe seitdem Angst davor.

Frau Tewe dagegen war mutig und Vivianne liebte Jagden – dies wiederum im Gegensatz zu Tandri. »Den scheinen Stoppelfelder zu irritieren. Wenn er unendliche Weiten vor sich hat, bleibt er sicherheitshalber stehen. Vor Hindernissen auch. Natürlich könnte Sandra ihn zwingen, aber wozu? Mit Vivianne wird sie sich königlich amüsieren und das Pferd hat auch seinen Spaß.«

Das schien wirklich so zu sein. Vom ersten Aussichtspunkt erkannten Frau Schultheiß und die Mädchen die Cob-Stute am Anfang des Feldes, gleich hinter dem Master. Sie lief mit gewaltigen Galoppsprüngen und nahm jedes Hindernis mit Riesenabstand.

Der Reiterverein hatte sich mit der Jagdstrecke und den Aussichtspunkten wirklich viel Mühe gegeben. Die Zuschauer konnten fast die ganze Jagd beobachten, eine Zeit lang ritten die Reiter sogar über Stoppelfelder neben einer Asphaltstraße her und die Autos konnten sie direkt begleiten. Sophie bewunderte, in wie schöner Manier Vivianne, Ares und Cracker über die Hindernisse setzten. Jana traute sich nicht jedes Mal, Dolly über den Sprung zu lenken, aber wenn sie es wagte, sah auch das sehr gekonnt und harmonisch aus. Ines sprang mit ihrem Rappen todesmutig fast jedes Hindernis, obwohl es ohne Sattel alles andere als elegant aussah und sie dem Pony natürlich auch jedes Mal rüde in den Rücken fiel. Frau Keppler versuchte nur einmal, mit Allegra zu springen, aber mit dem festgebundenen Kopf konnte das Pony nicht taxieren und riss den Sprung um. Klemme hinter ihr schüttelte missbilligend den Kopf.

Das Mädchen mit Dusty fiel einmal herunter, und auch ein Reiter aus dem Verein räumte den Sattel, als sein Pferd unvermittelt vor einem Hindernis stehen blieb. Beide stiegen aber gleich wieder auf und ritten weiter.

Zwischendurch gab es eine Pause auf einem Gutshof, wieder mit Getränken und Wurst- und Käsebrötchen zur Stärkung. Sophie sah von weitem, dass Klemme auf Frau Keppler einredete, aber die Ponyhofbesitzerin schüttelte nur ärgerlich abwehrend den Kopf. Klemme suchte daraufhin Herrn Friedrich, aber der war von Reitschülern und Besuchern umlagert, sodass sie nicht zu ihm durchdrang. Für Allegra änderte sich also nichts. Auch den zweiten Teil der Jagd hatte sie mit dem festgeschnallten Buckelriemen zu überstehen. Je länger das ging, desto größere Schwierigkeiten hatte das Pony, mitzuhalten, aber Allegra war zäh. Sie bildete zwar das Schlusslicht, und Klemme musste Arwen mitunter stark versammelt reiten, um sie nicht zu überholen, aber sie kam durch. Auf dem Rückweg zum Reitstall wurden nun aber auch die anderen Ponyhofpferde müde. Dustys Reiterin fiel noch mal herunter, weil das Pony einen Sprung verweigerte, desgleichen Ellen. Nur Ines zwang ihren Rappen weiter erfolgreich über die Sprünge, und auch wenn ihr Sitz manchmal verboten aussah, blieb sie doch oben. Die Vereinspferde dagegen nahmen auf dem Heimweg noch einmal ihre ganze Kraft zusammen und verstärkten das Tempo. Drei Reiter überholten den Master, der ihnen daraufhin lachend drohte. Das würde beim Jagdgericht Folgen haben!

»Was müssen sie da wohl machen?«, fragte Franziska besorgt.

Frau Schultheiß lachte. »Meistens irgendwas ganz Albernes. Trockene Haferflocken mit einem Glas Appelkorn runterspülen und dabei dreimal um den Richtertisch galoppieren – ohne Pferd, versteht sich – oder so was. Manche Vereine verhängen auch kleine Geldstrafen für die Vereinskasse. Aber der Kopf wird niemandem abgerissen, da brauchst du keine Angst zu haben.«

Die Stimmung im Jagdfeld war blendend, als die Pferde nach einem langen Schlussgalopp auf dem Stoppelfeld neben dem Reitstall ausliefen. Der unbegabte Hornist spielte *Fuchs ist tot* – und Sophie dachte respektlos, es sei ein Glück für das Tier, sich das nicht mehr anhören zu müssen. Fritzchen schien das ebenso zu sehen und jaulte zum Steinerweichen. Der Master bedankte sich für die gelungene Jagd, lud zum abschließenden Fuchsschwanzgreifen ein und erklärte, wie es ging.

»Vielleicht hat einer von euch schon mal so etwas mitgemacht. Im Allgemeinen wird dabei die ganze Jägergruppe auf den Fuchsreiter losgelassen und muss versuchen, ihm oder ihr den Schwanz von der Schulter zu zupfen. Wer ihn erwischt, hat gewonnen. Das artet aber meistens in ein ziemliches Gewühl aus und wir finden es zu gefährlich für Mensch und Tier. Deshalb haben wir uns für eine harmlosere Variante entschieden, die so ähnlich abläuft wie Ringstechen. Der Fuchsschwanz hängt an diesem Gestell da …« Herr Friedrich zeigte auf eine Art Tor, das aus Birkenzweigen rasch gezimmert worden war. »Und jeweils drei Reiter starten auf einmal und versuchen, ihn zu packen. Zwischen den Gruppensiegern gibt es dann ein Stechen. Ach ja, und wir haben zwei Fuchsschwänze. Für die Ponyreiter und die Großpferdereiter. Sonst wäre es ja ungerecht. Wir beginnen mit den Ponys. Wollt ihr schon mal Gruppen bilden?«

Insgesamt waren zwölf Kleinpferde an der Fuchsjagd beteiligt und so gab es vier Durchläufe vor dem Stechen. Den ersten gewann Karen überlegen vor Ellen und Vanessa. Beim zweiten waren Jana und Frau Müller-Riel beteiligt und Dolly und Billy sausten nebeneinander unter dem Gestell durch. Jana war ein bisschen schneller und hätte eigentlich gewinnen müssen, aber wie so oft griff sie etwas zögerlich zu – und schon hatte Frau Müller-Riel ihr den Fuchsschwanz vor der Nase weggeschnappt. Billys Reiterin freute sich königlich und schwenkte triumphierend ihre Trophäe.

»Den behält sie nicht lange«, meinte Michelle optimistisch und ritt Ares an den Start für Gruppe drei.

Hier war auch Ines dabei, aber so intensiv das Mädchen sein Pony auch antrieb: Der Rappe war wenig trainiert und müde. Ares hängte ihn mühelos ab, und natürlich bestand auch keine Chance, dass Michelle danebengriff. Mit tänzerischer Anmut holte sie den Fuchs vom Haken.

Nun stand nur noch die letzte Gruppe aus, zu der Frau Tewe auf Vivianne und Frau Keppler auf Allegra gehörten. Bevor die Reiter jedoch starten konnten, griff Herr Friedrich ein. Sophie wusste nicht, ob Klemme inzwischen mit ihm gesprochen hatte oder ob der Reitlehrer selbst gesehen hatte, wie hässlich Allegra verschnallt war. Jedenfalls hielt er die Reiter an und bat Frau Keppler, den Hilfszügel abzunehmen. Die Ponyhofbesitzerin überschüttete den Reitlehrer mit Erklärungen und Entschuldigungen, aber Herr Friedrich schüttelte den Kopf.

»Wenn ich das vorher gesehen hätte, wären Sie auch von

der Jagd ausgeschlossen worden«, erklärte er kategorisch. »Diese Zäumung ist Tierquälerei. Entweder Sie nehmen sie jetzt ab oder Sie ziehen sich vom Start zurück.«

Sophie nahm an, Frau Keppler würde nun aufgeben, und freute sich schon für Frau Tewe. Das zweite Ponyhofmädchen in der Gruppe war keine ernst zu nehmende Gegnerin. Aber Frau Keppler schien entschlossen, die Sache durchzuziehen. Sie löste den Hilfszügel und schwang sich wieder in Allegras Sattel.

»Sie ist verrückt!«, wisperte Ines, die sich nach ihrem missglückten Start zu Sophie und Franziska gesellt hatte. »Für den Fuchsschwanz ein Rodeo zu riskieren …«

Allegra wirkte zuerst nur erleichtert über das Fehlen des Riemens und streckte sich glücklich nach abwärts. Vielleicht hatte sie ja wirklich etwas gelernt und würde das Fuchsschwanzgreifen ohne Buckeleien absolvieren. Aber dann galoppierten die Reiter an, und während Vivianne zielsicher auf den Fuchsschwanz zuschoss, entdeckte Allegra ihre Freiheit. Sie zog schwungvoll den Kopf zwischen die Vorderbeine und bockte mit ungebrochenem Elan. Frau Keppler wurde gleich beim zweiten Sprung aus dem Sattel geschleudert und fiel auf den Rücken. Die Zuschauer reagierten mit erschrockenen Lauten, als sie liegen blieb.

»Wo sind denn die Leute vom Malteser-Hilfsdienst?«, fragte Frau Tewe. Sie hatte Vivianne gewendet und hielt den Fuchsschwanz in der Hand, konnte sich aber nicht so recht über den Sieg freuen.

Frau Schultheiß war inzwischen zu Frau Keppler hinübergelaufen. Die versuchte, sich schon wieder aufzurichten.

»Es ist nichts …«, meinte sie. »Nur die Luft ist mir weggeblieben.«

So recht funktionierte es allerdings nicht mit dem Aufstehen. Erst mithilfe der Sanitäter klappte es schließlich. Die beiden jungen Männer führten Frau Keppler zum Krankenwagen.

»Meinst du, es ist schlimm, Inge?«, fragte Frau Tewe. »Ich hoffe, es war nicht, weil ich sie abgedrängt habe.«

Frau Schultheiß schüttelte den Kopf. »Hast du gar nicht. Sie war hinter dir. Und das Pony hätte auf jeden Fall und in jeder Situation gebuckelt. Das war Ines' Pflegepferd, das Rodeo-Pony. Also mach dir keine Gedanken. Ich glaube auch nicht, dass die Frau ernsthaft verletzt ist. Aber die Malteser werden sie auf jeden Fall zum Röntgen fahren. Eine Wirbelverletzung muss ausgeschlossen werden.«

Ines nahm Allegra in Empfang und hielt beide Ponys fest, während sich jetzt die vier Vorentscheidungssieger zum Stechen formierten.

Karen und Michelle warteten gespannt auf das Startsignal von Herrn Friedrich. Es konnte schließlich entscheidend sein, wer als Erster abkam. Schließlich schossen sie gleichzeitig los, nah nebeneinander, aber auch Vivianne hatte einen guten Start. Die Cob-Stute schien genau zu wissen, worauf es ankam, und flog mit gewaltigen Galoppsprüngen neben den etwas kleineren Turnierponys her. Eigentlich war deren Tempo für sie nicht zu halten, aber bevor sie sich zurückfallen ließ, versuchte sie es noch mit einem etwas unfairen Trick. Vivianne legte die Ohren zurück und biss böse in Richtung Cracker. Natürlich erreichte sie ihn nicht, aber das Pony war doch erschrocken, wich seitlich aus und rammte dabei Ares. Karen und Michelle lenkten ihre Pferde instinktiv auseinander – und verfehlten dabei beide den Fuchsschwanz. Frau Tewe versuchte, ihn zu greifen, aber der Abstand, in dem Vivianne vorbeigaloppierte, war zu groß. Damit wurde die Bahn frei für Frau Müller-Riel! Billy galoppierte etwas müde hinter den anderen Pferden her. Seine Reiterin konnte ihn in aller Ruhe unter dem Tor herlenken und den Fuchsschwanz abpflücken. Die Zuschauer applaudierten ihr johlend.

»Damit haben wir eine Siegerin bei den Kleinpferden«, verkündete Herr Friedrich und ließ sich von Klemme den Namen einflüstern. »Annette Müller-Riel auf Billy. Herzlichen Glückwunsch!«

Michelle und Karen schauten, als wäre der Himmel eingestürzt.

»Ich hab dich nicht absichtlich gerempelt, Michi«, entschuldigte sich Karen. »Aber Vivianne …«

»Ich hab's gesehen, das Biest hat gebissen!«, knurrte Michelle.

»Tut mir ehrlich Leid«, sagte Frau Tewe. »Aber ich gönn's Frau Müller-Riel. Guckt mal, wie glücklich sie ist!«

Frau Müller-Riel war abgestiegen und knuddelte ihren Billy. Sie hatte Tränen in den Augen vor Freude. Anscheinend war heute ihr größter Wunsch in Erfüllung gegangen. Sie, Annette Müller-Riel, hatte einen Reiterwettkampf gewonnen! Auf ihrem eigenen Pferd!

Über die Aufregung bei den Ponyreitern hatten Sophie und die anderen Mädchen die Vorentscheidungen bei den Erwachsenen kaum mitbekommen. Umso überraschter waren sie, als Klemme bei der letzten Vorentscheidungsgruppe mit dem Fuchsschwanz davongaloppierte. Lachend reihte sich die Reitlehrerin mit ihrer eleganten Schimmelstute Arwen zum Stechen ein.

»Vielleicht gewinnt sie. Dann bleibt wenigstens ein

Fuchs in der Familie«, versuchte Michelle, die mürrisch blickende Karen aufzuheitern.

Bei den Großpferden waren fünf Reiter in der Endausscheidung. Neben Klemme drei Mädchen und ein vielleicht achtzehnjähriger Junge mit verwegenem Blick.

Karen schüttelte den Kopf. »Nie! Arwen ist viel zu langsam. Und zwei von den Mädchen sind Springreiterinnen, die gehen aufs Ganze. Von dem Jungen mal ganz abgesehen. Frederic Weinert. Reitet L-Springen und das wie ein Verrückter.«

»Darauf kommt's nicht immer an, habt ihr doch gerade gesehen«, meinte Frau Tewe. Sie übergab Vivianne gerade wieder an Frau Schultheiß, die ihr Pferd zurückreiten wollte. »Hier, vielen Dank! Sie war fantastisch, und sie hat nun wirklich alles versucht, uns auch noch den Fuchsschwanz zu sichern. Aber die Konkurrenz war übermächtig.«

»Beim nächsten Mal wird sie außer den Zähnen auch noch die Hufe einsetzen.« Frau Schultheiß gab Vivianne ein Stück Brot. »Welsh-Ponys sind ehrgeizig. Sie wusste garantiert, worum's ging.«

Frau Tewe nickte mit gespieltem Ernst. »Ihre Vorfahren haben die wilden Sachsen von den Küsten Wales' vertrieben und König Artus' Tafelrunde in die Schlacht getragen. Da musste schon eine Annette Müller-Riel kommen, um sie zu bezwingen!«

Die Freundinnen grinsten. Für Frau Tewe und Frau Schultheiß war Reiten ein einziger Spaß. Sie liebten und bewunderten ihre Pferde, ob die gewannen oder nicht.

Inzwischen waren die Bewerber um den letzten Fuchsschwanz gestartet. Eins der Mädchen auf einem riesigen

Rappen und der Junge setzten sich sofort an die Spitze der Gruppe. Aber anscheinend begriffen beide Pferde nicht, worum es ging, sondern schienen anzunehmen, ihre Reiter wollten das Gestell springen. Das Pferd des Mädchens scheute gleich im Vorfeld vor dem Tor und behinderte damit die Stute einer anderen Bewerberin, die direkt hinter ihr geritten war. Der Braune des Jungen schien es zunächst versuchen zu wollen, aber dann bekam er im letzten Moment Angst vor der eigenen Courage und rammte die Beine in den Boden. Frederic Weinert, der große Spring-Crack, der sich schon vorgebeugt hatte, um nach dem Fuchsschwanz zu greifen, wurde mit Schwung aus dem Sattel katapultiert. Er konnte sich gerade noch in Sicherheit bringen, bevor die letzten Bewerberinnen, Klemme und ein jüngeres Mädchen auf einem kleinen, wendigen Braunen, unter dem Holzgestell herritten. Der Braune musste ihm allerdings ausweichen, was dem Mädchen alle Chancen raubte, den Fuchsschwanz zu erringen. In ruhigem Galopp ging Arwen unter dem Gestell hindurch und Klemme wedelte mit der Trophäe.

»Das wird sie mir bis an mein Lebensende vorhalten«, seufzte Karen theatralisch.

Die anderen Mädchen lachten, pfiffen und applaudierten ihrer Reitlehrerin.

Schließlich defilierten alle Jagdreiter noch einmal an Herrn Friedrich, dem Reitlehrer, und Frau Römer, der Vereinsvorsitzenden und damit Jagdherrin, vorbei und erhielten ein Sträußchen Eichenlaub, liebevoll mit roten Schleifchen zusammengebunden und mit einer Sicherheitsnadel versehen, damit jeder es an seine Reitjacke stecken konnte.

»Der so genannte *Bruch*«, erklärte Frau Schultheiß den

Mädchen. »Ich glaube, früher tauchte man ihn in das Blut des erlegten Fuchses. Aber jetzt ist er einfach nur eine nette Erinnerung – verwelkt allerdings schnell.«

Jana war trotzdem unglaublich stolz auf ihre erste Jagdtrophäe und gab Dolly ungern an das Mädchen ab, das sie auf dem Rückweg reiten sollte. Sophie hatte inzwischen ihre Pensy wieder gesattelt. Im Gegensatz zu den meisten Jagdpferden, die jetzt doch müde waren, strotzte die Vollblutstute vor Energie. Sophie wäre am liebsten die ganze Strecke galoppiert.

»Können wir, wenigstens ein Stück«, flüsterte ihr Karen zu. »Ein Teil der Jagdstrecke führt außen am Wald entlang Richtung Reitschule Silberhuf. Ein bisschen weiter, aber dafür sind wir ja schneller. Wir brauchen uns nur abhängen zu lassen und den anderen Weg zu nehmen. Klemme merkt garantiert nichts, die ist viel zu aufgegeilt mit ihrem Fuchsschwanz.«

Klemme wirkte eigentlich eher angestrengt. Frau Müller-Riel sprach unablässig auf sie ein. Aber tatsächlich reagierte sie nicht, als Karen, Michelle und Sophie sich zurückfallen ließen und in einen Seitenweg Richtung Waldrand abbogen. Inzwischen wurde es auch dämmerig, und die Reitlehrerin hätte wirklich genau hinschauen müssen, um festzustellen, ob jemand fehlte.

»Wow, das ist cool, schaut mal, die Nebel!«, rief Michelle, als die Pferde aus dem Wald traten.

Es war nicht ganz einfach gewesen, einen Übergang zu finden, da rund um das Stoppelfeld ein Graben verlief, aber Karen kannte die Strecke vom letzten Jahr und hatte die Führung übernommen. Sophie blinzelte verzaubert in das Abendlicht über den Stoppelfeldern. Hinter dem Wald ging eben die Sonne unter und über den zum Teil schon einmal umgepflügten Feldern stieg Nebel auf.

»Das wär was für Jana«, meinte Sophie.

»Also wollt ihr jetzt quatschen oder reiten?« Karen ließ Cracker angaloppieren. Ihr wohl trainiertes Springpony sauste mit ungebrochener Begeisterung los. Galopp nach Hause? Nichts lieber als das!

Ares schloss sich an, konnte das Tempo allerdings nicht halten. Sophie hielt ihre aufgeregt tänzelnde Pensy hinter den Ponys.

»Na los! Lass gehen! Worauf wartest du!«, rief Michelle ihr zu. »Nun überhol Karen endlich, wozu hast du ein Rennpferd!«

Mit klopfendem Herzen ließ Sophie Pensy die Zügel schießen. Die Stute wurde schneller und schneller und schließlich schien aus dem Galoppieren ein Schweben zu werden. In atemberaubender Geschwindigkeit schoss Pensy an Cracker vorbei. Zunächst hörte Sophie noch den Atem und die Hufschläge der anderen Pferde, aber dann hatte sie ihre Freundinnen so weit abgehängt, dass da nur noch Pensys Schnauben und ihre Hufe auf dem weichen Feldboden zu hören waren. Die Stute jagte dahin, ihre Kraft und Ausdauer schienen unendlich zu sein. Die kleinen Vollblutohren waren gespitzt, Pensys Hals weit vorgestreckt und Sophie stand in den Steigbügeln wie ein Jockey. Sie hätte endlos so weiterreiten können, und sie empfand keinen Funken von Angst, sondern nur vollkommenes Glück im Einklang mit ihrem wundervollen Pferd.

»Wenn ich dich geritten hätte, hättest du nicht verloren! Dann wärst du ein berühmtes Rennpferd geworden«, flüsterte Sophie ihr zu und sah sich im Geist die Zielgerade in

Hoppegarten oder Ascot entlanggaloppieren, alle anderen Pferde weit abgeschlagen. Sophie Kessler und Penthesilea siegen überlegen mit drei Längen Vorsprung vor Eclipse und Northern Dancer! Damit hat keiner gerechnet, die Quote liegt bei tausend zu eins!

Während Sophie ihren Tagtraumsieg auskostete, sah sie leider schon das Ende des langen Stoppelfeldes vor sich. Vorsichtig nahm sie die Zügel an. Hoffentlich war Pensy jetzt auch wieder anzuhalten! Das ging aber mühelos. Ein halbes Jahr Dressurausbildung hatten das Rennpferd rittig und gehorsam werden lassen. Pensy tänzelte aber immer noch angeregt, als die anderen Pferde zu ihr aufschlossen. Auch Karen und Michelle hatten glänzende Augen.

»Mann, das war affengeil«, lobte Karen. »Pensy ist abgeschwirrt wie Biene Maja. Wir hatten schon Angst, du kriegst sie nicht mehr geregelt.«

Sophie schüttelte strahlend den Kopf. »Nein, es war einfach nur gut. Finden wir die anderen jetzt wieder?«

Karen nickte. »Klar. Wir reiten bis kurz vor den Hauptweg, verstecken uns da und schließen uns wieder an.«

Die drei mussten noch fast zehn Minuten warten, bis die anderen Reiter vorbeikamen. Sophie und Michelle machten sich schon Sorgen, sie verpasst zu haben. Dann klappte es aber reibungslos. Die drei reihten sich einfach am Schluss wieder ein. Die anderen Mädchen warfen ihnen zwar überraschte und neidische Blicke zu, sagten aber nichts.

In der Reitschule überprüfte Klemme, ob die Schulpferde geschwitzt hatten, aber die meisten waren nach dem ruhigen Heimritt knochentrocken. Sophie und Michelle verkrümelten sich mit ihren dampfenden Pferden Richtung Privatstall.

»Okay, dann bürstet die Pferde nur eben über, sie müssen nicht abgewaschen werden«, bestimmte Klemme mit Blick auf Dolly und die anderen. »Abgesehen natürlich von Cracker, Ares und Pensy. Die werden geduscht! Und bitte mit warmem Wasser, auch wenn ihr dazu ein paar Eimer schleppen müsst. Anschließend deckt ihr sie dann ein. Glaubt bloß nicht, ich hätte den Alleingang nicht bemerkt. Hat's wenigstens Spaß gemacht?«

Sophie wurde rot, nickte dann aber mit leuchtenden Augen.

»Na schön, dann will ich mal nichts sagen, wo es Karen doch heute sowieso schon so gründlich die Petersilie verhagelt hat.« Klemme lachte und schwenkte den Fuchsschwanz . »Was sagst du zum Sieg deiner alten Mutter? Bin ich gut geritten oder nicht?«

»Du bist natürlich gut geritten. Aber diese Müller-Riel hätte wirklich nicht gewinnen müssen«, brummte Karen unwillig.

Klemme zog an Karens langem roten Zopf. »Nimm's nicht so schwer! Heute war einfach mal ›Muttertag‹.«

# Vollendete Tatsachen

Der Nervenkrieg zwischen Jonny und ihrer Mutter wurde in der nächsten Woche mit unverminderter Energie weitergeführt. Johanne verweigerte jede Note, ihre Mutter hielt sie dafür in strengstem Hausarrest und verhinderte jeden Kontakt mit der Außenwelt. Jonny sprach in der Schule mit niemandem, sondern schlich wie eine Schlafwandlerin herum. Inzwischen malte sie auch in den normalen Unterrichtsstunden nur noch Pferdchen.

Die Lehrer ließen sie weitgehend in Ruhe. Herr Bohner bat sie zwar einmal in sein Büro, aber die anderen Mädchen bekamen nicht mit, was da vor sich ging.

Erst Dienstagmittag erwachte Jonny ganz plötzlich aus ihrer Starre, als sie Michelles Handy aus deren Schultasche herausragen sah. »Du hast ein Handy?«, fragte sie aufgeregt.

Michelle nickte. »Klar, hat doch fast jeder!«

»Aber du hast es hier. In der Schule. Obwohl das verboten ist!« Jonny blickte begehrlich auf das Telefon. »Hast du keine Angst, dass sie dich erwischen, wenn du es so offen liegen lässt?«

Michelle verdeckte das Handy mit einem Buch und wand sich ein bisschen. »Ach… weißt du… mein Papa ist etwas überängstlich. Er besteht darauf, dass ich es immer bei mir habe. Für Notfälle…«

»Und dafür erlaubt er dir, gegen die Schulregeln zu verstoßen?«

Das Handyverbot wurde in Sophies Schule sehr ernst genommen.

Michelle biss sich auf die Lippen.

»Michelle hat eine Sondererlaubnis«, erklärte Sophie. »Ihr Papa hat Angst, sie könnte mal entführt werden.«

»Entführt werden?« Jonny blickte die Mädchen an, als hätten sie nicht alle Tassen im Schrank, aber dann schien sie das Interesse zu verlieren.

Michelle atmete auf. Sie hasste es, erklären zu müssen, dass ihr Vater Chef einer riesigen Firma war, jede Menge Geld verdiente und deshalb nicht ganz zu Unrecht fürchtete, seine Tochter könnte einmal Ziel einer Entführung werden. Manchmal ließ er Michelle deshalb nicht mal allein Rad fahren, sondern schickte seinen Chauffeur, um sie in die Schule und zum Reiten zu bringen.

Jonny kam jetzt zu ihrem eigentlichen Anliegen.

»Kann ich es mal haben? Das Handy, meine ich. Wenn du mich mal telefonieren lässt … ich bezahl es dir auch …«

»Brauchst du nicht«, meinte Michelle großzügig.

»Nimm's dir einfach. Aber lass dich nicht erwischen. Sonst kriege ich Ärger. Ich darf das Ding haben, aber ich darf nicht damit in der Gegend herumtelefonieren, und verleihen darf ich's erst recht nicht.«

»Es ist aber ein Ferngespräch …«

Michelle grinste. »Lass mich raten: nach Boston? Dann viel Glück! Und sag deinem Papa, wir möchten Autogramme vom ganzen Orchester, falls er dich mal besucht!«

Johanne strahlte. »Du bist echt nett! Wo kann ich denn damit hingehen? Hat es auf dem Klo wohl Deckung?«

Als Sophie am Nachmittag zur Reitstunde kam – wie immer nach der Chorstunde in fliegender Eile –, stand zu ihrer Überraschung Ines unter den Mädchen, die aufgeregt die Pferdeverteilung erwarteten.

»Bist du wieder da?«, fragte sie atemlos und nicht sehr originell.

Ines nickte. »Wie du siehst. Der Ponyhof ist geschlossen. Frau Keppler liegt im Krankenhaus.«

»Im Ernst?«, fragte Franziska. »So gefährlich sah es gar nicht aus.«

»Hätte es aber werden können«, antwortete Ines. »Das Röntgen hat einen Haarriss in einem Lendenwirbel ergeben. Wenn das verrutscht wäre … Es war echt ein Glück, dass die Malteser drauf bestanden haben, sie ins Krankenhaus zu fahren. Jetzt muss sie ein paar Tage dableiben, dann kriegt sie ein Korsett. Ein paar Monate nicht reiten, aber es wird nichts zurückbleiben, meinen die Ärzte.«

»Und wieso ist deshalb der Ponyhof geschlossen?«, fragte Wally. »Kann nicht jemand für sie einspringen?«

»Das ist wieder was anderes«, erläuterte Ines. »Sonntag ist erst mal der Bruder von Frau Keppler gekommen, um das Haus zu hüten, solange sie außer Gefecht ist. Der hat nicht viel mit Pferden am Hut, das haben wir Mädchen dann allein gemacht. Aber am Montag kam das Ordnungsamt. Und damit musste er sich natürlich auseinander setzen. Es war ganz schön haarig. Wie es aussieht, hat Frau Keppler keine Lizenz für den Reitstall und kein Gewerbe angemeldet und nichts versteuert und was weiß ich nicht alles. Versichert ist auch nichts. Ihr Bruder hat fast zu viel gekriegt, als ihn die Typen in die Zange nahmen. Jedenfalls darf er den Laden auf keinen Fall weiterbetreiben, da waren die ganz streng. Und die Pferde haben sie erst mal beschlagnahmt wegen eventueller Steuerschulden oder so. Aber dann ist ein Händler aufgetaucht und hat mit den Leuten vom Amt palavert. Wie es aussieht, gehörten Frau Keppler die Ponys noch gar nicht richtig. Die hatte sie nur angezahlt und in Wirklichkeit gehören sie noch diesem Herrn Schlepp. Wir kennen den übrigens, Sophie. Der Kerl, den Rita damals so über den Tisch gezogen hat.«

Rita, Klemmes früheres Stallmädchen, war in allerhand Betrügereien und Diebstähle verwickelt gewesen. Unter anderem hatte sie den Pferdehändler Schlepp erpresst, um an ein eigenes Pferd zu kommen. Sophie, Ines, Michelle und ein paar andere Mädchen hatten die Sache damals aufgedeckt und dafür gesorgt, dass Klemme Rita feuerte.

»Dem gehören die Ponys von Frau Keppler?«, rief Sophie. »Ich dachte, die kämen vom Schlachter.«

»Anscheinend landen die meisten Schlachtpferde erst noch mal beim Händler. So als letzte Chance … Na ja, Frau Keppler wollte die Ponys jedenfalls retten und Herr Schlepp hat sie ihr auf Abzahlung überlassen. Jetzt will er sie natürlich zurückhaben. Und ihr Bruder macht drei Kreuze, wenn er sie los ist. Wir Mädchen dürfen uns auf dem Hof jedenfalls nicht mehr sehen lassen. Herr Keppler meint, er käme in Teufels Küche, wenn er uns weiter helfen lässt. Hat sich bedankt, auch im Namen seiner Schwester, noch schnell das Geld für die Teilnahme an der Fuchsjagd kassiert, und das war's dann.« Ines wischte sich über die Augen. Sie tat cool, aber es fiel ihr doch schwer, sich von Allegra trennen zu müssen. Zumal sie sich vorstellen konnte, was demnächst mit der Stute geschehen würde.

Während die Mädchen noch tuschelten, kam Klemme.

»So, wollen wir mal Pferde verteilen? Wie schön, dass du wieder da bist, Ines! Und das Treiben hast du nicht verlernt, wie ich Samstag beobachten durfte. Aber dein Reitstil! Daran müssen wir arbeiten, Ines, das muss alles wieder sanfter werden. Nimm heute erst mal Maja. Und Sophie hat ihr Herz für schnelle Ritte entdeckt, nicht wahr? Die wollen wir auf den Boden der Tatsachen zurückholen. Amigo. Franziska Cracker, Wendy Gazelle, Wally Dolly… Wo sind denn die Riel-Kinder?«

»Frau Müller-Riel will sie abmelden«, erklärte Franziska. »Soll ich dir bestellen. Sie war vorhin kurz da, aber sie konnte nicht warten. Dafür kommt sie später vorbei. Und wenn du nichts dagegen hast, würde sie gern in der Erwachsenen-Reitstunde um acht Uhr mitmachen. Auf Billy.«

Klemme lächelte. »Na, dann holt mal die Pferde«, meinte sie.

Sophie traf Frau Müller-Riel und Ann-Kathrin nach der Reitstunde im Privatstall. Die beiden befestigten gerade ein Schild mit der Aufschrift *Zu verkaufen* an Grisabells Stall.

»Willst du sie wirklich abgeben?«, erkundigte sich Sophie bei Ann-Kathrin, die auffallend fröhlich wirkte.

Ann-Kathrin öffnete den Mund, um etwas zu erwidern, aber ihre Mutter war schneller.

»Das kannst du nicht verstehen, was?«, fragte sie. »So ein hübsches Pferd, ich in ihrem Alter hätte mir die Finger danach geleckt. Aber meine Kinder haben keine Lust zum Reiten!«

»So plötzlich?«, spottete Ines. Auch sie tauchte wieder

mit Mistbesteck auf. Die Reitstunde wollte schließlich verdient sein.

»Ja. Nach der Jagd haben sie es mir gesagt. Vorher hätten sie sich nicht getraut, es zuzugeben. Als ob man Angst vor mir haben müsste!«

Sophie und Ines konnten sich das Lachen kaum verkneifen, während Ann-Kathrin schon wieder fast im Boden versank.

»Billy behalte ich für mich selber«, fuhr Frau Müller-Riel fort. »Aber Grisabell ... Ich würde sie ja auch reiten, aber Frau Winter meint, sie wäre zu zierlich. Also müssen wir wohl jemand Neuen für sie finden. Zu schade!«

»Ich spiele jetzt Badminton«, warf Ann-Kathrin ein. Ihre sonst extrem leise Stimme war heute deutlich klangvoller und sie hörte sich glücklich an. »Das macht viel mehr Spaß. Wir durften uns beide eine neue Sportart aussuchen, mein Bruder und ich.«

»Badminton ist so was wie Federball, nicht?« Man sah Ines an, dass sie Ann-Kathrin für verrückt hielt. Das Reiten aufgeben, nur um so einen merkwürdig geformten Ball über ein Netz zu schleudern!

»Und was macht Mischa?«, erkundigte sich Sophie nach Ann-Kathrins eher unsportlichem Bruder.

Das Mädchen grinste. »Oh, Beachvolleyball. Und fragt mich jetzt bitte nicht, wo hier der nächste Strand ist. Er betreibt es wohl mehr virtuell. Es gibt da ganz tolle Computerspiele.«

Ines und Sophie grinsten. Ann-Kathrin konnte richtig komisch sein, wenn sie sich endlich entspannte!

Jonny Gabriel hielt ihren Streik aufrecht und fasste die Geige nach wie vor nicht an. Sie wirkte jeden Tag verweint, aber manchmal hatten Sophie und Michelle auch den Verdacht, ihre geschwollenen Wangen kämen nicht nur von zu vielen Tränen.

»Ihre Mutter wird sie doch wohl nicht schlagen, oder?«, meinte Sophie.

Michelle zuckte die Achseln. »Also ich kannte mal ein Mädchen im Ballettunterricht, bei dem Mami ganz schön zulangte, wenn die Pliés nicht sauber waren. Das war, bevor ich hier in der Schule aufgenommen wurde. Das Mädchen hat die Prüfung auch gemacht, aber es ist durchgefallen. War bestimmt ein Glück. Und Jonnys Mutter trau ich allerlei zu, so wie die sich aufführt.«

Am Donnerstag war dann Orchesterprobe und Johanne saß wie immer Pferdchen zeichnend in einer Ecke. Bis plötzlich die Tür aufging. Frau Merboldt, die Schuldirektorin, führte einen großen schlanken Mann mit kurzem braunen Haar und freundlichen grauen Augen herein. Dabei wirkte sie so stolz, als hätte sie einen preisgekrönten Pudel vorzuführen.

»Wir haben Besuch, Kinder!«, verkündete sie. »Vom Boston-Symphony-Orchestra! Jonathan Gabriel möchte seine Tochter besuchen, aber ich habe ihm gesagt, ich gebe Johanne nur dann eher frei, wenn er vorher ein Stück für uns spielt.«

»Papa!« Johanne ließ ungläubig ihren Malstift sinken. »Du bist wirklich gekommen!« Ungewohnt energiegeladen sprang sie auf und warf sich ihrem Vater in die Arme. Der lachte begeistert, dass seine Überraschung geglückt war.

»Natürlich bin ich gekommen. Aber du hörst es, ich

muss mir den Besuch erst verdienen«, sagte er mit jungenhaftem Lächeln. »Also: Wer leiht mir ein Cello?«

In den nächsten paar Minuten erfuhren die Cellisten des Schulorchesters, was sie alles noch nicht konnten, und die anderen Schüler schwelgten im Spiel des Weltklassemusikers. Jonathan Gabriel spielte zunächst ein Solo und dann noch ein Stück zusammen mit dem Orchester. Johanne griff dabei ganz selbstverständlich wieder nach ihrer Geige. Sie himmelte ihren Vater an, während sie zusammen spielten.

»So, dürfen wir jetzt gehen?«, fragte Herr Gabriel dann. »Ich bin leider nur bis morgen da, sonst würde ich Jonny nicht aus dem Unterricht holen. Aber die knappe Zeit will ich mit ihr nutzen.«

Herr Bohner nickte. »Selbstverständlich. Und wir bedanken uns vielmals für den musikalischen Hochgenuss. Aber … Johannes Mutter ist doch informiert, nicht wahr?«

Herr Gabriel grinste. »Klar, oder sehe ich aus wie ein Kidnapper? Machen Sie sich keine Sorgen. So, Jonny, wo gehen wir hin? Erst in die Pizzeria? Und dann Eis essen, ja? Wenn du magst, kannst du eine Freundin einladen. Wir holen sie nach der Schule ab.« Ihm war anzumerken, dass er sich von der letzten Frage nicht viel erhoffte. Bislang hatte Jonny nicht viele Freunde gehabt.

Aber diesmal nickte sie eifrig. »Wahnsinnig gerne! Hast du Zeit, Sophie? Und Michelle, wann ist die fertig?«

Herr Gabriel wirkte verblüfft. Er wechselte ein paar Worte mit Herrn Bohner, während Jonny ihre Geige einschloss, und Sophie hörte die Bemerkung: »Diese Pferdesache ist wohl das Beste, was ihr passieren konnte.«

Jonnys Vater hielt Wort. Als Sophie nach der Probe aus der Schule kam, winkte ihr Jonny von einem kleinen weißen Leihwagen aus zu.

»Michelle kann nicht, die hat noch Tanzstunde.« Sophie rutschte neben Jonny auf die Rückbank. »Aber sonst wäre sie auch gern mitgekommen, es ist wirklich sehr nett, uns einzuladen.«

»Ach, ist doch selbstverständlich. Und nun erzähl von deinem Pferd! Du hast ein eigenes Pony?« Herr Gabriel setzte das Auto mit quietschenden Reifen in Gang. Mit ihm Auto zu fahren, war sicher gefährlicher, als bei Klemme zu reiten.

Sophie schüttelte den Kopf und vergaß, dass der Fahrer das natürlich nicht sehen konnte. »Nein, ich hab nur ein Pflegepferd. Michelle ist die mit dem eigenen Pony.«

»Hab ich dir doch erzählt, Papa!«, sagte Jonny ungeduldig. »Aber Sophies Pferd wohnt in dem Stall, in dem ich auch reiten möchte.«

»Reiten wirst!«, korrigierte er. »Wir fahren nachher gleich hin und kaufen dir eine Zehnerkarte.«

Er hielt vor einer Eisdiele und ließ die Mädchen aussteigen. Kurz danach saßen sie beide vor Rieseneisbechern. Jonny, die sich schon mit Pizza voll gestopft hatte, konnte ihren kaum schaffen.

»Aber wenn Mama es dann wieder verbietet …«, brachte sie das Thema wieder auf die Reitstunde. »Ich meine, vielleicht lässt sie mich die Stunden abreiten, aber dann … Jetzt ist sie ja gerade ›weich‹, sagst du, weil sie will, dass ich wieder Geige spiele. Aber was ist in zwei Wochen?«

Herr Gabriel kaute nachdenklich auf seiner Oberlippe. Das sah lustig aus, er wirkte dabei wie ein kleiner Junge, der über einen Streich nachdenkt. »Hm. Wo du Recht hast, hast du Recht. Was machen wir da? Ah, ich hab's! Wir stellen sie ... wie sagt man in Deutsch? ... vor vollendender Tatsachen?«

Herr Gabriel sprach fließend Deutsch mit einem ganz leichten amerikanischen Akzent. Er war der Sohn deutscher Einwanderer und seine Eltern hatten Deutsch mit ihm gesprochen. Später hatte er dann in Berlin Musik studiert und dabei auch Jonnys Mutter kennen gelernt.

»Wir gehen jetzt einfach los und kaufen ein Pferd!«

»Sie machen – was?« Sophie fiel der Eislöffel aus der Hand und glitt klirrend auf den Glastisch und dann auf den Boden.

»Lass dir einen neuen geben«, meinte Herr Gabriel, als sie Anstalten machte, ihn aufzuheben.

Sophie sah ihn verständnislos an. Wie konnte er nur in einem Moment an Pferdekauf, im nächsten an Eislöffel denken!

»Wie machen wir denn das am schlauesten? Gibt's hier einen Händler oder so was?«

Sophie schluckte immer noch an ihrer Überraschung. Jonny dagegen nickte begeistert.

»Wir könnten Dusty kaufen. Das ist eins der Pferde vom Ponyhof. Mein Liebling. Und die gehören wohl alle einem Händler.«

Sophie und Michelle hatten Jonny von der Jagd und den Vorgängen auf dem Ponyhof berichtet.

»Gut. Dann fahren wir jetzt hin! Oh, ich kann gar nicht erwarten, das Gesicht von deiner Mutter zu sehen!« Herr Gabriel sah jetzt noch mehr wie ein kleiner Junge aus, genau genommen wie einer, der sich über seinen Streich diebisch freut. Auch Jonny blickte glücklich und unternehmungslustig drein. Sie hatte sich noch kein einziges Mal hinter ihrem Haarvorhang versteckt, seit ihr Vater aufgetaucht war.

Sophie folgte den beiden mit gemischten Gefühlen. So einen Pferdekauf mit Papa hatte sie schließlich auch schon hinter sich. Ihr Vater war damals ebenfalls spontan mit ihr losgezogen, um auf dem Pferdemarkt irgendein Pony zu erwerben. Es war fast ein Glück gewesen, dass man ihnen dabei nur eine gestohlene Stute andrehte. Ebenso gut hätte Sophie sich nichts ahnend eine Allegra in den Stall holen können. Seitdem wusste sie, dass man sich beim Pferdekauf besser durch die Reitlehrerin beraten ließ. Und Klemmes Kommentar zu diesem Spontankauf konnte sie sich lebhaft vorstellen: »Schicken Sie mir Jonny ein halbes Jahr in den Unterricht und dann können wir weitersehen.« Aber damit kam man Herrn Gabriel wohl besser nicht.

In seinem halsbrecherischen Fahrstil erreichten sie den Ponyhof in Rekordzeit. Herr Schlepp war eben dabei, die Ponys in einen Tiertransporter zu laden. Zwei kräftige Jungs halfen ihm, einer führte gerade Dusty aus dem Stall.

»Schau mal, Papa! Das ist er!«, rief Jonny begeistert und zeigte auf den hübschen Grauen, der beim Führen unwillig tänzelte.

Herr Gabriel warf einen prüfenden Blick über die Ställe, den Pferdehändler, seine Helfer und nicht zuletzt die Ponys. Und dann erwies er sich als völlig anderes Kaliber als Sophies Papa. An der Geschichte mit seiner Kindheit auf einer Farm in Montana musste wohl doch etwas dran sein.

»No, sorry, Jonny! Aber das nun doch nicht! Siehst du nicht, dass der Pony hinkt?«

»Das Pony, Papa!«, berichtigte Jonny. »Und es hinkt nicht, es ist höchstens lahm.«

»Der?«, mischte sich Herr Schlepp ein. Die Ankunft der möglichen Kunden war dem gewieften Pferdehändler nicht entgangen. »Der ist ganz gesund. Nur bisschen überanstrengt, den hatten sie Samstag auf einer Jagd. Müssen geritten sein wie die Blöden, Frau Keppler hat sich auch verletzt. Aber nächste Woche ist der wieder fit. So wahr ich Schlepp heiße!«

Herr Gabriel zog die Augenbrauen hoch. »Oh, das wird schwierig!«, sagte er mit gespieltem Bedauern und runzelte die Stirn. »In Deutschland ist es so kompliziert, seinen Namen zu wechseln. Da werden Sie viel zu tun haben. Ist vielleicht besser, Sie bringen das Pony vorher… Na ja, ich sage lieber nicht vor den Mädchen, wo das Pony hingehört.«

Sophie konnte das erraten. Der verwahrloste Transporter, die vierschrötigen Männer – es sah so aus, als träten Frau Kepplers Ponys eben ihre letzte Reise an.

»Oh nein, Papa, das können wir nicht zulassen!« Auch Jonny hatte ihre Schlüsse gezogen. »Können wir nicht wenigstens eins retten?«

»Was willst du denn mit einem alten, kranken Pony?«, fragte ihr Vater sanft. »Nein, Jonny, tut mir Leid. Aber das kommt nicht infrage. Wie bist du überhaupt hierher geraten? So ein schrecklicher Stall!«

Er hielt Jonny und Sophie energisch die Autotür auf. Und erspähte dabei ein weiteres Mädchen, das für den Händler unsichtbar an einer Stallwand lehnte. Ines sah mit versteinertem Ausdruck zu, wie die Männer ihre Allegra verluden.

»Halt an, Papa!«, sagte Jonny. »Das ist Ines. Auch eine Freundin.«

Herr Gabriel stoppte neben dem blonden, kräftigen Mädchen. Ines spähte verwundert ins Innere des kleinen Leihwagens.

»Ich hab ihnen mein ganzes Taschengeld angeboten«, sagte sie mit tonloser Stimme, als sie Jonny und Sophie erkannte. »Aber sie haben nur gelacht – und gesagt, ich soll mal weitersparen für ein ordentliches Pferd. Mit Allegra hätte ich doch keine Freude… Und irgendwo haben sie ja Recht. Aber… aber ich hab sie doch trotzdem lieb!« Sie brach in Tränen aus.

Herr Gabriel wirkte mehr als nur ein bisschen überfordert. »Jetzt steig erst mal ein«, sagte er zu dem schluchzenden Mädchen. »Du kannst mitkommen. Wir wollten gerade ein Pferd kaufen. Aber auf dem Hof… no, sorry! Wo kriegen wir denn jetzt eins?«

Jonny antwortete nicht, sondern heulte im Duett mit Ines um Frau Kepplers Ponys. Nur Sophie hatte noch verhältnismäßig trockene Augen. Die Ponyhofpferde taten ihr zwar Leid, aber sie hatte sie schließlich kaum gekannt.

»Wir könnten erst mal zur Reitschule fahren«, schlug sie vor, als Herr Gabriel sie Hilfe suchend anblickte. »Und mit Klemme reden, also der Reitlehrerin. Und… oh Mann, dass ich da nicht gleich dran gedacht habe! In der Reitschule steht auch ein Pferd zum Verkauf!«

Eine Viertelstunde später standen alle vier vor der Box der Stute Grisabell, und Jonny verschluckte vor Aufregung so schnell die letzten Tränen, dass sie gleich darauf mit dem Schluckauf kämpfte.

»Das ist ja… hicks… oh, ist die schön… hicks… genau

das Pferd, das ich mir immer vorgestellt habe. Ein graues Pony!... Hicks... Die ist genauso schön wie Tandri, nur auch noch grau! Oh, Papa, können wir sie kaufen? Wirklich? Kein Scherz?... Hicks... Und das Schild ist auch kein Witz? Wieso wollen die Leute denn so ein schönes Pferd abgeben?«

So viel auf einmal hatte Jonny noch nicht gesprochen, seit Sophie sie kannte. Grisabell sah sie mit sanften, großen Augen an und schüttelte ihre lange Mähne etwas unwillig, als Jonny ungeschickt über ihre Nüstern streichelte.

»Jetzt schluckst du erst mal siebenmal, ohne Luft zu holen«, riet Herr Gabriel zur Schluckaufbekämpfung. »Und dann suchen wir die Besitzer. Oder erst mal die Reitlehrerin, jemand muss ja zuständig sein. Ich will das Pferd erst vorgeritten haben. Aber es sieht nett aus. Kann gut sein, dass wir es kaufen.«

Ines hatte sich inzwischen auch gefasst. Sie schaute Herrn Gabriel an, als wäre er der Weihnachtsmann.

»Wer ist der Typ?«, raunte sie Sophie zu. »Verschenkt er jeden Tag Pferde?«

Sophie erklärte ihr flüsternd die Lage, während Herr Gabriel auf die Suche nach Klemme ging und Johanne selbstvergessen über Grisabells weiches Fell streichelte. Dabei summte sie *Mondlicht* aus *Cats* vor sich hin, das Lied der Grizabella. Der Stute schien das zu gefallen. Sanft schnoberte sie durch Jonnys Kräusellöckchen. Dann erschien Herr Gabriel mit Klemme.

Die Reitlehrerin zuckte die Achseln, als er sein Anliegen nannte. »Ja, im Prinzip kann ich das Pferd schon empfehlen. Aber für eine totale Anfängerin... Vielleicht überlegen Sie sich das doch noch mal, Herr Gabriel. Meinen Sie nicht, Jonny sollte vorher ein paar Reitstunden nehmen? Vielleicht hat sie nach drei Stunden gar keine Lust mehr.«

»Die hat schon Lust«, versicherte Herr Gabriel. »Und die Reitstunden könnte sie doch gleich auf diesem Pferd nehmen. So wild sieht es nicht aus.«

Klemme biss sich auf die Lippen. »Grisabell ist ein nettes Pferd und wird Jonny bestimmt nicht umbringen. Aber sehen Sie, die Stute ist selbst noch jung. Wenn sie jetzt nur von einer Anfängerin geritten wird, verlernt sie schnell alles, was sie bisher kann. Das wäre schade. Für Jonny und für Grisabell.«

Herr Gabriel überlegte. »Das Pferd braucht also auch noch Unterricht?«

Klemme nickte. »Es braucht Beritt. Ich könnte das natürlich übernehmen, aber das ist nicht billig. Eine Alternative wäre eine Reitbeteiligung …«

Herr Gabriel nickte. »Ein anderes Mädchen, das sich mit um das Pferd kümmert? So was wie Sophie für ihr – wie nennst du das? – Pflegepferd?«

»So ähnlich. Aber …« Klemme wollte eben damit anfangen, dass die zweite Reiterin für Grisabell natürlich keine Anfängerin sein dürfte. Aber Herr Gabriel und Jonny hatten schon Blicke gewechselt und wandten sich gleichzeitig Ines zu.

Herr Gabriel strahlte sie an. »Du bist doch Ines, ja? Jonny hat mir erzählt, du hättest Reitstunden gegeben auf diesem Ponyhof.«

Ines nickte, noch unfähig zu erfassen, was sich da gerade für sie anbahnte.

»Ines kann besser reiten als Jonny, ja?«, wandte Herr Gabriel sich gleich darauf an Klemme.

Die Reitlehrerin wirkte etwas überrumpelt. »Ja, sicher ... aber ...«

»Dann kann sie es doch machen! Wie ist es, Ines? Du reitest Grisabell, wenn Jonny keine Zeit hat. Und brauchst dann auch nicht mehr zu weinen wegen diese andere Pferd!« Herr Gabriel freute sich. Mit einem Streich zwei unglückliche Mädchen wieder zum Lachen zu bringen – wenn das nichts war!

Klemme wirkte weniger begeistert. »Ich weiß nicht. Ich dachte eher an eine erwachsene Mitreiterin. Zwei Teenager und ein Pferd, das geht selten gut. Sophie zum Beispiel hat da leidvolle Erfahrungen, nicht wahr?«

Sophie nickte. Auch ihr Vater hatte damals eine Reitbeteiligung für Sahne organisiert, aber zwischen Sophie und dem anderen Mädchen hatte es sehr schnell Krach gegeben.

Die Reitlehrerin sah Johanne prüfend an. »Nichts gegen Ines. Aber willst du dein Pferd wirklich mit einem anderen Mädchen teilen, Jonny?«

Johanne sah Ines vertrauensvoll an. »Nicht mit irgendeinem Mädchen«, sagte sie dann. »Aber mit Ines schon. Die ist schließlich meine Freundin.«

Ines lachte und weinte gleichzeitig. Die beiden Mädchen fielen abwechselnd einander und dann Grisabell um den Hals. Die graue Stute wirkte ganz erschrocken über ihre stürmischen Liebesbezeugungen.

»Na also! Können wir die Besitzerin dann anrufen?«, fragte Jonnys Vater.

»Siehst du, Mama, sie ist ganz lieb!« Johanne streckte Grisabell ein Stück Brot entgegen, und die Stute nahm es sanft aus ihren Fingern, während Frau Gabriel sichtlich schaudernd daneben stand.

Sophie fragte sich, wie Jonny und ihr Vater ihr die Sache mit dem Privatpferd für Johanne verklickert hatten. Michelle tippte auf eine Mischung aus Drohung und Erpressung: »Wenn Jonny weiter konsequent auf stur geschaltet hätte, wär's aus gewesen mit dem Wunderkind. Und Daddy hätte es noch schlimmer machen können, indem er das Sorgerecht für sie beantragte. Jonny hätte nur erzählen müssen, dass ihre Mutter sie schlägt.«

Jetzt jedenfalls stand Frau Gabriel neben Jonny und Ines und hatte eben widerstrebend eine Stallführung über sich ergehen lassen. Besonders begeistert wirkte sie nicht.

»Es ist trotzdem eine unmögliche Idee von deinem Vater!« Sie schüttelte den Kopf. »Von den Gefahren mal abgesehen, du hast doch gar keine Zeit für ein eigenes Pferd. Was ist zum Beispiel mit Dienstag und Donnerstag, wenn du den ganzen Tag Schule hast? Und morgen müssen wir nach Hannover zu Herrn Bredehoven, das weißt du doch …«

Jonny wollte etwas erwidern, aber Ines war schneller.

»Dann bin ich doch da!«, beruhigte sie Jonnys Mutter. »Ich hab immer Zeit, ich bin auf einer ganz normalen Schule. Und ich komme morgens zum Füttern, und nachmittags kann ich Grisabell putzen und reiten, wenn Jonny nicht da ist. Das ist kein Problem!«

Während Frau Gabriel trotzdem weiterlamentierte, zeigte Ines Jonny, wie man fachmännisch einen Pferdeschweif verlas. »Du darfst ihn nicht einfach kämmen, davon gehen zu viele Haare aus. Nur vorsichtig auseinander sortieren!«

Frau Neuhaus, die gemeinsam mit Sophie an Pensy herumputzte, betrachtete die Mädchen wohlgefällig.

»Na, da sind aber mal zwei richtig glücklich«, stellte sie fest. »Grisabell ist ein bildschönes Pony. Ich habe vorhin gesehen, wie Ines sie geritten hat. Bestimmt ist sie nächstes Jahr mit ihr auf dem Turnier im Reitverein.«

Sophie zuckte die Schultern. Und wo würde Jonny sein? Mit ihrer Geige auf Tournee mit dem Bundesjugendorchester? Wer weiß, ob sich Grisabells stolze neue Besitzerin nicht demnächst gegen ihre Mutter *und* Ines würde durchsetzen müssen!

»Ich hoffe bloß, du bist dann nicht neidisch«, sprach Frau Neuhaus weiter und warf Sophie einen fast etwas ängstlichen Blick zu. »Ich meine … neulich hast du so von Ares geschwärmt. Bestimmt hättest du auch lieber ein jüngeres Pflegepferd, oder?«

Sophie sah erschrocken auf. »Ein anderes Pflegepferd? Ich? Wollen Sie … suchen Sie jemand anderen für Pensy? Aber ich habe doch immer … Bitte, bitte nehmen Sie mir Pensy nicht weg!«

Frau Neuhaus legte ihr den Arm um die Schultern. »Oh nein, Sophie, entschuldige! So hab ich das doch nicht gemeint. Ich dachte nur, du wärst vielleicht nicht ganz glücklich mit Pensy. Du reitest jetzt so gut, bestimmt hättest du lieber ein Pferd wie Grisabell. Was uns angeht, also Pensy und ich, wir könnten uns kein besseres Pferdemädchen denken.«

Sophie war erleichtert. »Und ich möchte nur Pensy! Für mich ist sie die tollste, schönste, schnellste, liebste … Ich würd sie jedenfalls nie und nie und nie eintauschen!«

Frau Neuhaus lachte und gab Pensy noch eine Möhre.

»Na, dann reite sie auch gleich! Der Bauer von gegenüber pflügt nämlich eben die letzten Stoppelfelder um. Heute könnt ihr noch über die langen Strecken galoppieren, morgen ist es vorbei. Karen und Michelle satteln auch schon.«

Sophie strahlte sie dankbar an und drückte rasch noch einmal ihr Gesicht an Pensys seidigen, warmen Hals, bevor sie den Sattel holte. »Mit Frau Neuhaus teil ich dich gern«, flüsterte sie der Stute liebevoll zu. »Aber such dir ja nie ein anderes Pflegemädchen!«

# Nachgefragt …

In diesem Buch werden viele, auch schwierige Themen rund ums Pferd angesprochen, die sicher oft noch Fragen aufwerfen. Deshalb hier ein paar Zusatzinformationen zu den wichtigsten Themenbereichen.

## Ist Reiten wirklich gefährlich?

Statistisch gesehen gehört Reiten zu den Risikosportarten. Vor allem in den letzten Jahrzehnten ist die Unfallstatistik sprunghaft angestiegen. Das liegt allerdings weniger am Sport an sich als daran, dass sich viele Reiter zu viel zutrauen. Reitsportfachleute fordern deshalb seit langem einen »Führerschein« für Pferde und spezielle Prüfsiegel für Reitschulen. Letztere gibt es zwar schon, ausgegeben von der Deutschen Reiterlichen Vereinigung, aber Reitschüler und ihre Eltern achten darauf noch viel zu wenig. Häufig ist ein niedriger Preis oder eine günstige Lage Auswahlkriterium für die Reitschule. Auch auf die Pferdehaltung wird kaum geachtet. Dabei sind nur artgerecht gehaltene Pferde, die viel Auslauf und Kontakt zu Artgenossen haben, zufrieden, ausgeglichen und damit sicher im Umgang.

## Wie kommt man an ein Pflegepferd?

Kostenlos reiten und dafür ein Pferd pflegen – wer wünscht sich das nicht? Tatsächlich sind Pflegepferde aber keineswegs an jeder Ecke zu haben und so manches Angebot zeigt erst später seinen Pferdefuß. So werden zum Beispiel selten gut gerittene Pferde als Pflegepferde vergeben. Deren Besitzer reiten sie entweder selbst oder vereinbaren eine Reitbeteiligung, die sich an den Haltungskosten beteiligt. Vom Pflegemädchen wird dagegen oft erwartet, das Pferd zu *bereiten*, also auszubilden. Die Besitzer hoffen, dadurch das Geld für den professionellen Beritt zu sparen. Die Mädchen sind damit jedoch in der Regel überfordert. Auch Pflegepferde auf Ponyhöfen sind meist mit Vorsicht zu genießen. Hier erwarten die Besitzer massiven Arbeitseinsatz – kaum zu schaffen, wenn man »nebenbei« auch noch zur Schule geht. Dazu kommt es hier schnell zu Rivalitäten der Mädchen untereinander. Jede will ein Pflegepferd, und der Besitzer nutzt die Warteliste, um die Mädchen unter Druck zu setzen.

Insofern ist es für die meisten Mädchen besser, die rosaroten Pflegepferdeträume auf Eis zu legen und erst mal fleißig Reitstunden zu nehmen. Später kommt dann eine Reitbeteiligung infrage, bei deren Vermittlung der/die Reitlehrer/in sicher behilflich ist.

## Soll man Pferde vor dem Schlachter retten?

Wenn ein Pferd krank oder lahm ist und dadurch dauernd unreitbar wird, muss sich der Besitzer entscheiden: Will er es weiter durchfüttern, ihm also eine »Rente« ermöglichen, oder lässt er es schmerzlos töten?

Ersteres ist natürlich das Schönste für das Pferd – sofern es nicht ständig unter Schmerzen leidet, sondern seinen Lebensabend unbeschwert genießen kann. Für den Besitzer ist es aber ein beträchtlicher Kostenfaktor, den sich nicht jeder leisten kann und will. Insofern entscheiden sich viele Reiter für eine Tötung des Tieres – entweder durch den Tierarzt mit einer Spritze oder durch den Schlachter. Beide Methoden haben Gegner und Befürworter, und es spricht nicht unbedingt gegen einen Pferdebesitzer, wenn er den Schlachter wählt. Allerdings sollte er das Pferd dann unbedingt auf dessen letztem Weg begleiten und sicherstellen, dass es wirklich getötet und nicht noch an einen Händler verkauft oder auf einen Schlachtpferdetransport geschickt wird. Um diese traurige Pflicht drücken sich aber leider viele Reiter herum, oder sie verkaufen das Pferd sogar selbst noch an einen Händler, um ihm »eine letzte Chance« zu geben. Das kommt besonders häufig vor, wenn das Pferd nicht aus gesundheitlichen Gründen getötet werden soll, sondern aufgrund von extremen Verhaltensschwierigkeiten wie Allegra.

Solche Pferde finden dann auch oft noch »Retter« wie Frau Keppler, die ihnen aber nur sehr selten wirklich helfen können. Es ist ja auch meist nicht die pure Tierliebe, die solche Pferdekäufer zum Schlachthof treibt. Tatsächlich suchen sie dort eher das Schnäppchen, ein gutes Pferd für wenig Geld. Drittklassige Reitschulen und Ponyhöfe kalkulieren auch durchaus ein, dass sie die »geretteten« Pferde höchstens noch eine Saison nutzen und dann zum Schlachter oder zum Händler zurückbringen.

Tierfreundlich ist diese Praxis natürlich nicht. Auch wenn die Leiden vieler Schlachtpferde letztlich vermeidbar gewesen wären – wenn das Pferd erst mal krank oder verdorben ist, kann man daran kaum noch etwas ändern. Für die meisten dieser Pferde ist ein rascher Tod die letztlich gnädigste Lösung.

## Wo kann man Jagden mitreiten?

Besonders in ländlichen Gebieten veranstalten viele Reitervereine jährlich eine Herbstjagd, ähnlich wie in diesem Buch beschrieben. Außerdem gibt es Schleppjagdvereine, die vom Spätsommer bis zum Herbst Jagden anbieten. Dabei reitet man hinter einer Hundemeute, die einer vorher ausgelegten Spur folgt. Die Atmosphäre ist damit echten Hetzjagden hinter lebendem Wild ähnlicher. Tatsächlich sind aber auch Schleppjagden ein harmloses Vergnügen, bei dem kein Vierbeiner zu Schaden kommt. Jagden hinter lebenden Tieren wie Füchsen oder Hirschen sind hierzulande schon lange verboten und sogar in traditionellen Jagdländern wie Großbritannien haben sich die Tierschützer inzwischen durchgesetzt.

Reitschüler haben leider nur selten Gelegenheit, an Jagden teilzunehmen, aber wer ein eigenes Pferd hat, kann viel Spaß dabei haben. Allerdings sollte man in der Lage sein, das Pferd wirklich zu kontrollieren – auch in der Gruppe und beim Springen. Es ist lästig und gefährlich – nicht nur für den Reiter selbst, sondern auch für die anderen im Feld –, wenn ein Pferd durchgeht, verweigert, andere Pferde schneidet oder gar den Master überholt. Letzteres gilt als Todsünde beim Jagdreiten und wird beim anschließenden Jagdgericht entsprechend streng geahndet.

# Rivalen auf dem Reiterhof

# Inhalt


Ganz schön peinlich! . . . . . . . . . . . 165
Ein Champion zieht ein . . . . . . . . . . 173
Kraftreiterei . . . . . . . . . . . . . . . . . . . 182
Mehr Mut als Verstand . . . . . . . . . . . 193
Wer reitet Grisabell? . . . . . . . . . . . . 203
Verrückt nach Frederic . . . . . . . . . . . 210
Ein schönes Paar . . . . . . . . . . . . . . . 229
Wunder geschehen . . . . . . . . . . . . . . 243
Enttäuschung für Jonny . . . . . . . . . . 254
Ein verrückter Plan . . . . . . . . . . . . . 265
Zersprungene Träume . . . . . . . . . . . . 273
Keine rechte Weihnachtsstimmung . . 289
Kosten-Nutzen-Rechnung . . . . . . . . . 299

Nachgefragt . . . . . . . . . . . . . . . . . . . 309

# Ganz schön peinlich!

»Reite in ruhigem Galopp an, denk an den Knieschluss und gib ihr kurz vor dem Sprung die Zügel vor! Und das Atmen nicht vergessen, Sophie!« Die Reitlehrerin Klementine Winter wiederholte noch einmal die Anweisungen, die sie den Mädchen schon vor der Springstunde gegeben hatte. Natürlich abgesehen von der Sache mit dem Atmen. Die war ihr eben erst eingefallen, als Sophie schon wieder abwechselnd rot und blass wurde, während sie ihr Lieblingspferd Dolly auf den Hufschlag lenkte und die Zügel aufnahm.

Die anderen Mädchen aus der Dienstagsabteilung warteten in der Mitte der Reithalle. Die meisten von ihnen waren ebenso aufgeregt wie Sophie. Es war für alle die erste Springstunde, und nachdem sie eben mit Feuereifer über Cavaletti getrabt und den Springsitz geübt hatten, brannten sie nun darauf, das allererste Hindernis zu überwinden. Nur die braunhaarige, etwas untersetzte Ines saß gelassen auf ihrem Pflegepony Grisabell. Sie hatte auf einem Ponyhof schon Springerfahrung gesammelt – und die Pferde dort waren viel schwieriger gewesen als die braven Schulpferde der Reitschule Silberhuf.

Sophie gab Dolly inzwischen die Hilfen zum Angaloppieren. Die Fuchsstute, ein Deutsches Reitpony mit viel Haflingerblut, sprang gehorsam auf der linken Hand an und blieb artig am Zügel, während Sophie das Hindernis anritt. Es war nicht sehr hoch, nur zwei aufgestellte Cavaletti, aber Sophie erschien es jetzt wie ein Wolkenkratzer. Dolly ließ sich davon zum Glück nicht beirren. Obwohl Sophies treibende Hilfen etwas zaghaft ausfielen, ging sie den Sprung freudig an, streckte sich, als Sophie ihr die Zügel vor dem Hindernis freigab, und nahm den Hupfer mit Leichtigkeit. Sophie konnte sich voll auf ihren Sitz konzentrieren und kam deshalb in fast vorbildlicher Haltung über das Hindernis. Nur das Wiederaufnehmen der Zügel danach klappte nicht ganz. Fast überrascht von der Tatsache, noch am Leben und obendrein im Sattel zu sein, ließ Sophie die Zügel schießen, und ihr Oberkörper fiel nach vorn.

»Ich bin gesprungen, ich bin wirklich gesprungen!«, murmelte sie, während Dolly am langen Zügel zur Mitte trabte. Die Stute war seit einem Jahr Schulpferd und wusste, wie Springstunden abliefen.

Klementine Winter, von den Reitschülern liebevoll »Klemme« genannt, verdrehte die Augen. »An den Gedanken wirst du dich gewöhnen müssen! Und jetzt Franziska. Ruhig anreiten, Franzi, du weißt, Gazelle kommt schnell ins Rennen!«

Franziska lenkte die dunkelbraune, recht hochblütige Stute auf den Hufschlag, und Sophie bemühte sich, wieder zu Atem zu kommen. Als Klemme gerade nicht hinsah, lüftete sie ihre Reitkappe und fuhr mit der Hand über ihr schweißnasses Haar. Gleich würden ihre strohblonden Strähnen garantiert wieder am Kopf kleben und wie Spagetti herunterhängen. Aber über ihre katastrophale Frisur wollte Sophie jetzt nicht nachdenken. Stattdessen umarmte sie Dolly noch einmal und gab ihr einen Leckerbissen. Ines bedachte sie mit einem leicht spöttischen Lächeln.

»Nun krieg dich mal wieder ein!«, bemerkte sie und ordnete die Zügel ihres Ponys. »Mit Dolly ist Springen doch gar kein Problem, die macht es ja von selbst. Aber bei Grisi musst du die Daumen drücken.«

Grisabell, eine bildhübsche graufalbe Stute, halb Welshpony, halb Dülmener, war erst vier Jahre alt. Sie gehörte eigentlich einer von Sophies Klassenkameradinnen, Johanne Gabriel. Aber Jonny war noch Anfängerin und hatte obendrein wenig Zeit für Reitstunden. Deshalb durfte Ines das Pony mitreiten. Sie konnte es offensichtlich kaum erwarten, Grisabell gegen den Sprung zu lenken. Aber nach Franziska, deren Pferd gerade in mittlerem Renngalopp auf das Hindernis zusauste, waren erst die Zwillinge Wally und Wendy an der Reihe. Die beiden saßen auf den ruhigsten Pferden der Reitschule, Amigo und Jacinta.

»Ging verdammt schnell!«, bemerkte Franziska, während sie Gazelle mühsam in der Mitte zum Stehen brachte. »Irgendwie habe ich den Sprung gar nicht bemerkt.«

»Aber wenn dein Pferd danach aus der Kurve geflogen wäre, hättest du das sehr wohl bemerkt!«, schimpfte Klemme. »Meine Güte, wir sind doch hier nicht auf der Rennbahn! Jetzt du, Wally. Und du weckst dein Pferd auch schon mal auf, Wendy. Bei Amigo und Jacinta meint man immer, sie bekommen nachts nicht genug Schlaf!«

Die Mädchen lachten. Tatsächlich schienen die dicke Warmblutstute Jacinta und der hübsche kleine Andalusierwallach Amigo in tiefen Träumen gefangen zu sein. Beide standen mit hängenden Ohren und umflortem Blick in der Mitte. Wally machte Amigo nun allerdings Dampf. Sie war die Beherztere der Zwillinge und hatte sich schon tagelang auf die Springstunde gefreut. Als Amigo in der Ecke nicht gleich ansprang, nahm sie die Gerte zu Hilfe und gab dem verdutzten Schimmel einen Klaps aufs Hinterteil. Amigo setzte daraufhin wie ein Gummiball über den Sprung und Wally blieb dabei sehr schön im Gleichgewicht. Klemme war voll des Lobes.

»So möchte ich das sehen. Wendy, jetzt du!«

Wendy trieb ihre dicke Stute mit voller Kraft an, aber Jacinta ließ sich dadurch nicht beeindrucken. Sie galoppierte in Zeitlupe und blieb dann vor dem Hindernis stehen. Schließlich stieg sie, vorsichtig einen Huf nach dem anderen aufsetzend, im Schritt darüber.

Klemme schimpfte, musste dabei aber lachen.

»Sie ist einfach ein bisschen groß und sperrig für dich«, tröstete sie Wendy schließlich und griff nach einer Longierpeitsche. »Ich helfe jetzt etwas nach, also keine Angst, wenn sie schneller wird.«

Sehr viel flotter wurde Jacinta auch durch die Androhung von Strafmaßnahmen nicht. Immerhin behielt sie Klemme und ihre Peitsche im Auge und ließ sich diesmal wirklich dazu herab, das Hindernis aus dem Galopp zu nehmen. Wendy, die mit einem erneuten Stoppen gerechnet hatte, kam dabei ein bisschen hinter die Bewegung. Aber immerhin hatte auch sie ihren ersten Sprung ohne Sturz absolviert. Nun durfte Ines endlich ihre Künste zeigen.

Tatsächlich war der Sprung mit Grisabell keineswegs ein Risiko. Die Stute war sehr solide angeritten und früher bereits einen ganzen E-Parcours gesprungen. Mit der entschlossen treibenden Ines kam sie mühelos über das Hindernis. Doch Klemme war nicht zufrieden.

»Nicht die Unterschenkel wegfliegen lassen, Ines! Und die Zügel mehr vorgeben, sie muss den Sprung doch sehen können! Gut, bei der Höhe macht das nicht viel aus, aber wenn du mal richtige Sprünge nehmen willst …«

»Ich fand, es hat ganz toll ausgesehen«, sagte eine zaghafte Stimme neben Sophie.

Verdutzt wandte das Mädchen sich um und erkannte Jonny, Grisabells Besitzerin. Offensichtlich war sie von den Tribünen aus über die Bande geklettert und stand jetzt aufgeregt bei den Reitern.

»Wenn ich das bloß auch mal könnte!« Selbstvergessen streichelte Jonny den glatten Hals ihrer Stute, die Ines inzwischen wieder zur Mitte gelenkt hatte. Grisabell schnupperte an Jonnys Tasche und suchte nach einem Leckerbissen. Ines sah allerdings nicht aus, als ob ihr das recht wäre.

»Grisabell ist einfach ein megacooles Pferd!«, bemerkte sie schließlich. »Aber könntest du ihr das Leckerli vielleicht erst nachher geben? Sie muss doch gleich noch mal springen.«

Schuldbewusst steckte Jonny das Brotstückchen wieder ein. Sophie hatte inzwischen registriert, dass sie Reitzeug trug. Eine graue Reithose, passend zu ihren hellgrauen Augen, und ein grünes Sweatshirt. Ihre halblangen roten Kräusellöckchen wurden durch die Reitkappe nur halbwegs gebändigt. Gewöhnlich trug sie einen Mittelscheitel und ließ das Haar ins Gesicht fallen, bis nur ihre spitze Nase hervorlugte. Ein idealer Vorhang, um sich zu verstecken.

»Die neuen Reitsachen sehen geil aus!«, sagte Sophie, um ihr Mut zu machen. Jonny war sehr schüchtern und schien sich jetzt schon vor Ines zu ducken. Sie bewunderte die Ältere maßlos und hielt sie für die größte Reiterin aller Zeiten.

»Was ist los, Sophie? Willst du jetzt noch springen oder nicht?« Das war Klemme.

Erschrocken nahm Sophie die Zügel auf. Über die Begegnung mit Jonny hatte sie Klemmes Aufruf glatt überhört. Nun aber schnell! Sophie vergaß, sich die üblichen Sorgen vor dem Angaloppieren zu machen. Stattdessen lenkte sie Dolly sicher in Richtung Hindernis, genoss das Gefühl des Schwebens, als die Stute abhob, und nahm diesmal auch korrekt die Zügel auf, nachdem das Pferd wieder aufgesetzt hatte.

»Das war sehr schön!«, lobte Klemme. »Und jetzt tausch doch bitte noch mal mit Wendy, damit sie auch ein Erfolgserlebnis hat. Sonst denkt sie noch, sie braucht immer meine Hilfe, um über einen Sprung zu reiten.«

Wendy strahlte, als sie Dolly entgegennahm, und verstellte rasch die Steigbügel. Sophie ging mit Jacinta an der Hand zurück zu Ines und Jonny. Aufsteigen lohnte sich nicht mehr, die Reitstunde war in wenigen Minuten vorbei.

»Willst du gleich noch reiten?«, fragte Ines Jonny. Auch ihr war das Outfit des Mädchens inzwischen aufgefallen.

Jonny nickte. »Ja, eine Longenstunde. Klemme schiebt mich dazwischen, weil ich heute gerade Zeit habe. Mein Geigenlehrer ist krank und die Stunde fällt aus.«

Jonny hatte neben der Ganztagsschule fast jeden Tag privaten Musikunterricht. Sie galt als außerordentlich begabte Geigerin.

»Na, wenn das Grisi mal nicht zu viel wird …«, unkte Ines.

Jonny wurde schuldbewusst rot. »Klemme meint, Bell könnte das ab«, verteidigte sie sich. »Nicht, Klemme?«

Die Reitlehrerin hatte Ines' Bemerkung ebenfalls gehört und nickte Jonny zu. »Natürlich kann Grisabell noch eine halbe Stunde gehen. Sie ist doch ein kräftiges Pony. Aber es ist schön, dass du dich so um sie sorgst, Ines.« Klemme lächelte spöttisch. »Dann schone sie doch jetzt und übergib sie gleich an Jonny. Du kannst dafür Jacinta noch mal schnell über den Sprung reiten.«

Ines machte ein Gesicht, als hätte sie in eine Zitrone gebissen. Sophie konnte das Grinsen kaum verbergen, als sie ihr Jacintas Zügel übergab. Jonny guckte dafür überglücklich und steckte Grisabell nun doch einen Leckerbissen zu, während sie ihr Pony übernahm.

Jacinta setzte sich nur widerwillig in Bewegung. Auch sie hatte schließlich damit gerechnet, dass die Reitstunde gleich zu Ende war. Bei Ines kam sie damit aber nicht durch. Das Mädchen trieb sie energisch an und benutzte die Gerte, als Jacinta sich nicht gleich in Galopp setzte. Schließlich galoppierte die Stute in schwerfälligen Sätzen auf den Sprung zu. Ines saß dabei vorbildlich. Sie hatte Klemmes Rüffel nicht vergessen und wollte nun wohl auch vor Jonny etwas angeben. Jedenfalls dachte sie an alles, sogar daran, die Zügel rechtzeitig vorzugeben, damit das Pferd den Sprung taxieren konnte. Damit tat sie jetzt aber zu viel des Guten. Schließlich saß sie nicht mehr auf der willigen Grisabell, sondern auf einem mit allen Wassern gewaschenen alten Schulpferd. Kaum spürte Jacinta die mangelnde Führung, da rammte sie auch schon die Beine in den Boden. Gerade rechtzeitig vor dem Hindernis kam sie zum Stehen. Ines hätte den Sprung daraufhin fast allein genommen. Dann hielt sie sich aber doch noch und wurde auf Jacintas Hals geschleudert. Schimpfend versuchte sie, in den Sattel zurückzukrabbeln. Aber darauf schien Jacinta nur gewartet zu haben. In Zeitlupe senkte sie den Kopf und Ines rutschte haltlos über ihren Hals zu Boden.

Um die Fassung der Mädchen in der Mitte war es damit natürlich geschehen. Vor allem die Zwillinge kicherten deutlich vernehmbar. Auch Klemme konnte ein Lächeln kaum verbergen.

»Tja, Ines, was da fehlte, nennt man Knieschluss!«, bemerkte sie. »Außerdem sollst du die Zügel nicht wegwerfen, sondern vorgeben. Nun klettere wieder rauf und mach es schnell noch mal. Jacinta darf mit so etwas nicht durchkommen!«

Ines ließ sich das nicht zweimal sagen. Ohne irgendjemanden anzusehen, stieg sie rasch wieder in den Sattel und machte Jacinta nun wirklich Beine. Die Stute merkte anscheinend, dass ihre Reiterin es ernst meinte, und rang sich einen regelrechten Mittelgalopp ab. Vor dem Sprung setzte Ines dann noch einmal die Gerte ein und Jacinta nahm das Hindernis mit einem gewaltigen Satz. Dabei machte sie ein derart beleidigtes Gesicht, dass die Mädchen schon fast wieder lachen mussten.

Schließlich ritt Ines in die Mitte und gab Jacinta an Wendy zurück.

»Erst noch loben, Ines!«, mahnte Klemme.

Ines klopfte die Stute widerwillig und folgte dann den anderen hinaus. Ihr Gesicht sprach Bände – es war sicher besser, sie jetzt nicht anzusprechen!

Sophie sattelte Dolly rasch ab und brachte sie mit einem Leckerbissen in ihre Box. In der nächsten Reitstunde wurde sie nicht gebraucht, aber es lohnte auch nicht, sie vor dem Abendfüttern noch in den Auslauf zu bringen. Sophie selbst sauste zum Privatstall. Sie musste die Box ihres Pflegepferdes Pensy für die Nacht ausmisten und einstreuen. Später würde sie die alte Vollblutstute auch noch hereinholen und putzen. Frau Neuhaus, ihre Besitzerin, wollte sie in der Abendreitstunde reiten und freute sich, wenn Sophie die Vorarbeiten für sie übernahm.

Auf der Stallgasse im Privatstall warteten Frau Tewe und Frau Schultheiß mit ihren gesattelten Ponys. Sophie wuschelte im Vorbeigehen rasch die Rastafari-Mähne des Isländers Tandri. Frau Tewe begrüßte sie lächelnd.

»Hast du Ines gesehen, Sophie?«, erkundigte sie sich dann. »Sie wollte noch mit uns ausreiten und viel länger können wir nicht mehr warten. Es wird ja gleich dunkel.«

Sophie blickte überrascht auf. »Aber Ines hatte gerade Reitstunde«, antwortete sie.

Frau Schultheiß nickte. »Genau, und danach wollte sie mit uns ausreiten.« Jugendliche unter sechzehn durften bei Klemme nicht allein ins Gelände. Egal ob Pflegepferd oder Privatpferd, die Mädchen mussten sich immer einen erwachsenen Begleiter suchen.

Sophie zuckte die Schultern.

»Vielleicht«, bemerkte sie, »wurde es ihr ja zu viel für Grisabell …«

# Ein Champion zieht ein

»Du bist ein widerliches kleines Monster!«, wetterte Karen, ließ Charlys Huf aber nicht los, obwohl das Fohlen wild herumzappelte. Der kleine Haflingerhengst sollte am nächsten Tag erstmals dem Hufschmied vorgestellt werden und vorher wollte Karen das Hufegeben noch einmal mit ihm üben. Charly war allerdings keineswegs begeistert von der Idee, von seinen Freunden getrennt und auf der Stallgasse angebunden zu werden. Gegen das Anheben seiner Hüfchen wehrte er sich nun erst recht mit ganzer Kraft. Karen, gleich alt wie Sophie, aber viel kleiner und zarter, hatte dem nicht viel entgegenzusetzen. Klemme neckte ihre Tochter gern, sie habe sich entschlossen, nicht mehr zu wachsen, wie einstmals Peter Pan. Dann könnte sie ihre Turnierponys in alle Ewigkeit reiten und brauchte nie auf ein Großpferd umzusteigen.

»Warte, ich helfe dir gleich!« Sophie brachte Pensys Halfter schnell in die Sattelkammer und versuchte dann, Charly durch Kraulen abzulenken. Sie fühlte sich mitverantwortlich für sein Benehmen und seine Erziehung. Schließlich hatte sie ihn in den Sommerferien in Bayern entdeckt und Karen von seiner traurigen Zukunft auf dem Pferdemarkt oder gar beim Schlachter erzählt. Klemmes Tochter hatte ihn dann von ihrem ersparten Geld gekauft. Charly sollte ihrem Warmblutfohlen Zauberkelch Gesellschaft leisten und später, wenn er erwachsen war, in der Reitschule eingesetzt werden.

»Habt ihr das in Bayern nicht schon mit ihm geübt?«, fragte Karen unwillig und schnappte nach Luft, während sie sich Charlys Hüfchen energisch zwischen die Beine klemmte wie ein gelernter Hufschmied. Der kleine Hengst angelte dabei nach ihrem langen roten Zopf. Sophie steckte ihm stattdessen eine Möhre ins Maul.

»Wir hätten's hier vielleicht ein bisschen öfter wiederholen sollen«, antwortete sie dann. »Aber vielleicht ist er ja auch sauer, weil er allein von der Weide heruntermusste. Konntest du nicht ein anderes Pferd mitbringen?«

Karen schüttelte unwillig den Kopf. »Soll ich ihn zum Kleber erziehen?«, fragte sie streng. »Nein, da muss er durch. Und nun halt endlich still, Charly, sonst landest du doch noch in der Wurst!«

»Was für harte Töne! Und ich dachte, hier würde alles nur mit Liebe gemacht!«

Beide Mädchen wandten sich überrascht zu dem Sprecher um, und Charly gelang es endlich, Karen seinen Huf zu entziehen. Triumphierend setzte er das Bein auf den Boden und begann sofort, ungeduldig zu scharren. Karen schimpfte wieder los. Sophie dagegen hätte das Pony fast vergessen. Im Eingang zum Stall stand der bestaussehende Junge, den sie je gesehen hatte! Ein so spitzbübisches Lächeln unter einer Flut schwarzer Locken strahlte einem sonst höchstens aus Mädchenzeitschriften entgegen. Sophie wurde sofort rot und versuchte unwillkürlich, ihre Haare in Form zu zupfen. Das war natürlich hoffnungslos. Es war sicherer, nur den Haarvorhang über ihr nicht ganz pickelfreies Gesicht fallen zu lassen. Auch wenn ihre dünnen blonden Strähnen kein so gutes Versteck boten wie Jonnys rote Locken. Aber der Junge hatte sowieso keinen Blick für Sophie. Er spähte nur über die Stallgasse und zog die Augenbrauen hoch, als er Dolly und Jacinta in ihren Boxen erkannte.

»Tag, Karen. Ist deine Mutter nicht da?«

»In der Reithalle, wo sonst?«, antwortete Karen knapp. Sie war offensichtlich nicht beeindruckt. »Willst du sehen, wo deine Hoppys hinkommen? Das kann ich dir auch gerade zeigen, wenn ich hier fertig bin.« Energisch griff das Mädchen nach Charlys zweitem Vorderhuf.

»Soll ich mal?«, erkundigte sich der Junge grinsend und ließ seine Muskeln spielen. »Sieht aus, als brauchte der Kleine eine stärkere Hand.«

Karen warf ihm einen vernichtenden Blick zu. »Da ist ein Flaschenzug«, bemerkte sie mit einem Blick Richtung Heuboden. »Wenn wir ihn also an die Decke hängen und bequem von unten arbeiten wollen, können wir das auch selbst. Aber eigentlich wollten wir ihm was beibringen. Und das geht nur mit Geduld, nicht mit Kraft.«

»Na, dann macht mal.« Der Junge ließ sich belustigt auf einem Strohballen nieder und beobachtete, wie der kleine Hengst Karen und Sophie über die Stallgasse schleifte. Sophie vergaß dabei völlig, an ihr Aussehen zu denken. Sie hatte genug damit zu tun, ihre Zehen vor Charlys Hüfchen in Sicherheit zu bringen. Und am Ende war sie so verdreckt und verschwitzt, dass sich ohnehin kein Junge der Welt für sie interessiert hätte. Aber immerhin hatte Charly irgendwann ein Einsehen und gab die Hinterhufe ganz manierlich. Es schien fast, als habe er die Drohung mit dem Flaschenzug verstanden.

»Braves Baby!«, lobte ihn Karen in den höchsten Tönen, holte etwas Kraftfutter und lockte Charly damit in die Box neben Dolly.

»Na, dann komm mal mit«, forderte sie den Jungen anschließend auf. In dem Moment betrat auch schon Klemme den Stallgang, Longe und Longierpeitsche in der Hand.

»Tag, Frederic!«, begrüßte sie den Jungen. »Wolltet ihr die Pferde nicht erst morgen bringen?«

Der Junge nickte. »Doch. Aber ich wollte mir eben die Boxen ansehen, falls es morgen spät wird. Mein Daddy kommt ja manchmal erst nachts von der Kanzlei weg. Wenn dann keiner mehr hier ist, stellen wir die Pferde einfach in den Stall.«

»Ich bin immer da, wenn neue Pferde kommen«, meinte Klemme. »Da brauchst du dir keine Sorgen zu machen. Aber trotzdem schön, dass du dich kümmerst. Komm, ich zeige dir die Sattelkammer.«

Als die Reitlehrerin mit Frederic verschwunden war, musste Sophie erst mal Luft holen.

»Wer war das denn?«, erkundigte sie sich bei Karen. »Sag nicht, der zieht hier wirklich ein!«

Karen nickte ziemlich desinteressiert. »Klar. Hat letzte Woche zwei Boxen gemietet. Aber du kennst ihn doch. Frederic Weinert, Springreiter. Erinnerst du dich nicht an die Jagd in Heidbrock? Da ist er gegen Klemme um den Fuchsschwanz geritten. Mit so einem riesigen Rappen …«

Jetzt funkte es bei Sophie. Sie war bei der Fuchsjagd im Reiterverein allerdings nur Zuschauerin gewesen und hatte nicht auf das Gesicht des Jungen geachtet. Frederic hatte auch nicht gerade einen Bombeneindruck hinterlassen. Genau genommen wäre er beinahe heruntergefallen, als sein Pferd im letzten Moment scheute.

»Er sieht cool aus«, bemerkte Sophie.

Karen verdrehte die Augen. »Sag ihm das bloß nicht! Er bildet sich so schon genug ein. Besonders seit er letztes Jahr die Stadtmeisterschaft gewonnen hat. Reines Glück, wenn du mich fragst. Reiten kann er nicht die Bohne.«

Sophie nahm das kommentarlos hin. Karen hatte ziemlich strenge Ansichten, wenn es ums Reiten ging. Man musste schon olympiamedaillenverdächtig sein, um bei ihr Eindruck zu schinden.

»Aber das soll sich ja nun ändern«, sagte Karen, und ein spöttisches Lächeln breitete sich auf ihrem schmalen, sommersprossigen Gesicht aus. »Vorletzte Woche haben Cracker und ich ihn so gnadenlos geputzt… ein A-Springen, weißt du, allerdings nicht für Ponys und Großpferde getrennt, also war's für Cracker eigentlich L. Aber das macht ja nichts, wo ein Sprung ist, geht er drüber. Jedenfalls sind wir in einer Bombenzeit durchgesaust und gleich danach kam Frederic mit seinem neuen Pferd. Ganz schicker Fuchs und superteuer, sie reden von sechzigtausend Euro…«

»Sechzigtausend Euro für ein Pferd?« Sophie wurde schon von der Vorstellung schwindlig.

Karen nickte. »Tja, Papa Weinert hat's. Und für seinen Sohnemann ist ihm nichts zu teuer. Da träumt er auch schon von der Olympiade. Aber wie auch immer. Das Riesenross ist jedenfalls durch den Parcours wie ein Elefant beim Mikadospielen! Sie haben drei Stunden gebraucht, um die Hindernisse wieder aufzubauen. Cracker und ich waren inzwischen schon bei der Siegerehrung… na ja, und das hat Frederics Papi wohl zu denken gegeben. Jetzt soll Klemme dem Schätzchen etwas Schliff beibringen. Und dem Pferd gleich mit. Das darf sie in Beritt nehmen. Eigentlich sollte sie mir dankbar sein. Ich bin die beste Werbung für ihren Stall. Aber was macht sie? Vermietet dauernd mein Pony! Wie soll Cracker auf Dauer gewinnen, wenn jede Woche zwanzig Anfänger darauf rumgurken…«

Karen begann ihren üblichen Sermon zum Thema »Turnierponys im Reitbetrieb«. Sophie hörte gar nicht mehr hin, sie kannte Karens Litanei sowieso schon auswendig. Klemme kannte jedoch kein Pardon: Jedes Pferd in der Reitschule Silberhuf musste sich seinen Hafer verdienen. Das galt für ihr edles Dressurpferd Arwen genauso wie für Karens Turnierponys Jodie und Cracker. Und Klemmes Argumente waren mindestens ebenso einleuchtend wie Karens: Sie war geschieden, und ohne die Reitschule hätte sie ihrer Tochter nicht ermöglichen können, die teuren Turnierponys zu behalten. Davon abgesehen hatten Crackers und Jodies Leistungen bislang nicht ein bisschen nachgelassen. Karen gewann immer noch eine Schleife nach der anderen. Mit dem Mitleid der Schulpferdereiterinnen, die von Turniererfolgen bislang nur träumten, konnte sie also nicht rechnen.

Auch Sophie seilte sich jetzt ab. »Ich geh mal nach Pensy gucken«, sagte sie und schlenderte Richtung Privatstall. Bevor sie sich Karens Gejammere weiter anhörte, schmuste sie lieber noch ein bisschen mit ihrem Pflegepferd.

Im Privatstall war einiges los. Sophies Freundin und Schulkameradin Michelle putzte gerade ihren Schecken Ares. Wahrscheinlich wollte sie vor der Abendreitstunde noch eine Runde in die Halle. Vanessa Baumann hatte ihre dunkelbraune Stute Donja schon fertig gesattelt. Eben erzählte sie Michelle, sie habe gleich noch eine Privatstunde bei Klemme als Vorbereitung fürs nächste Turnier am Sonntag.

»Dann muss ich ja auf den Außenplatz!«, murrte Michelle. Sie hatte damit gerechnet, dass die Halle zwischen Nachmittags- und Abendreitstunden frei blieb. »Und dabei ist es schon fast dunkel. Mal sehen, vielleicht longiere ich dann nur.«

Michelle hatte am Dienstagnachmittag länger Schule als Sophie und jetzt im November wurde die Zeit knapp für das Reiten danach. Seufzend suchte das Mädchen nach Longe und Longierpeitsche.

»Das Zeug liegt dahinten, Frau Tewe hat es vorhin gehabt«, half ihr Jana, eine Schulpferdereiterin, die sich ihre Reitstunden durch Stallarbeit verdiente. Jetzt streute sie gerade eine Box ein – und erstarrte, als Klemme mit Frederic eintrat.

»Schau, Frederic, und da wohnen dann deine Pferde«, erklärte die Reitlehrerin. »Jana macht die Ställe gerade für sie fertig. Sie können nebeneinander stehen und sich über den Paddockzaun beschnuppern und sie haben Blick in den Hof. Das mögen die Pferde, da ist immer was zu sehen.«

In der Reitschule Silberhuf gab es keine geschlossenen Pferdeboxen. Jeder Einzelstall hatte einen Ausgang zu einem kleinen Sandpaddock. Die Pferde konnten sich darin die Beine vertreten, frische Luft schnappen und Kontakt zum Nachbarpferd pflegen. Tagsüber waren sie aber meist in den großen Gemeinschaftsausläufen auf dem Hof und hinter den Ställen. Im Sommer gab es außerdem Weidegang.

Frederic lugte kurz in die Boxen und gönnte Jana ein desinteressiertes Nicken. Jana dagegen starrte den Jungen so kuhäugig an, dass es beinahe peinlich war. Offensichtlich hatte sein Anblick sie völlig umgehauen. Sophie sah die Sternchen in ihren hellblauen Augen geradezu tanzen. Frederic schien daran allerdings gewöhnt zu sein. Als er gleich darauf den Blick durch den restlichen Stall schweifen ließ, verfiel auch Vanessa in eine gewisse Starre. Nur Michelle striegelte unverdrossen weiter. Dabei war sie die Einzige, von der Frederic Notiz nahm.

»Hi, Michi! Sag bloß, du hast immer noch diesen komischen Schecken! Mensch, hab ich dich damit nicht schon vor einem Jahr auf dem Turnier gesehen?«, begrüßte er sie.

Das war so ziemlich das Falscheste, was man zu Michelle sagen konnte. Ares war ihr Ein und Alles, und sie hasste es, wenn sich jemand über seine eigenartige Zeichnung und die extravagante Augenfarbe – das Pony hatte ein blaues und ein braunes Auge – lustig machte. Das zierliche hellblonde Mädchen bedachte Frederic mit einem Blick, den man nur als eisig bezeichnen konnte.

»Ich dachte, wir hätten uns vor zwei Wochen gesehen«,

sagte Michelle zuckersüß. »Erinnerst du dich nicht? Ich war Fünfte in dem A-Springen, das so lange dauerte, weil du die ganzen Hindernisse zerlegt hast.«

Das saß. Sophie konnte sich das Grinsen kaum verkneifen. Inzwischen hatten sich Jana und Vanessa wieder halbwegs gefangen. Vanessa stülpte die Reitkappe über ihre dichten dunklen Locken, wobei sie darauf achtete, ab und an eine neckisch darunter vorlugen zu lassen. Sie war ein bisschen füllig, aber ihre Reithosen saßen perfekt, und auch ihr Sweatshirt wirkte frisch gewaschen – im Gegensatz zu Sophies, Michelles und Janas Stalloutfit. Selbstbewusst wandte sie sich an Frederic.

»Das war dein neuer Fuchs, oder?«, fragte sie ihn. »Mach dir nichts draus, wenn sich die Leute wegen der paar Anfangsprobleme die Mäuler zerreißen. Das ist der blanke Neid. War bei mir und Donja genauso. Ich bin übrigens Vanessa, ich habe die Box dir gegenüber.« Sie schenkte Frederic ein aufmunterndes Lächeln und stolzierte mit Donja hinaus. Sophie hätte schwören mögen, dass sie dabei mehr mit dem Hinterteil wackelte als sonst.

Frederic betrachtete sie wohlgefällig.

Jana zeigte dagegen weniger Begabung, sich in Szene zu setzen. Ihr Gesicht glühte inzwischen, was ihr offensichtlich peinlich war. Also drückte sie sich in die äußerste Ecke des Stalles und tat, als schmuse sie mit einem der Pferde. Zwischendurch versuchte sie nervös, ihr halblanges, feines Haar in Form zu zupfen oder wenigstens die leicht fettige Haut zu kaschieren, indem sie mit einem Tempotuch darüber rieb. Alles natürlich mit mäßigem Erfolg, aber Frederic schaute sowieso nicht hin.

Sophie versuchte, Jana aufmunternd zuzulächeln. Sie mochte das etwas verträumte Mädchen sehr gern und tauschte oft Pferdebücher mit ihr aus. Jana war der Bücherwurm des

Reitstalls. Wenn sie nicht gerade Boxen mistete, um ihr schmales Reitbudget aufzubessern, hockte sie meist mit einem Buch auf der Stallgasse und schien den Pferden vorzulesen. Aber Jana dachte sich auch selbst Geschichten rund um Menschen und Pferde aus. Meist waren es ziemlich romantische, über die sich vor allem die realistische Karen nur so kaputtlachen konnte. Die Begegnung mit Frederic würde Janas Fantasie garantiert wieder zu Höhenflügen anregen.

»Oh Mann, wer war das denn?«, hauchte sie, als der Junge mit Klemme den Stall verlassen hatte. »Der sieht ja megagut aus. Und er reitet auch noch? So was gibt's doch sonst nur im Film.«

»Wenn sich Frederic im Springparcours doubeln ließe, wäre das jedenfalls im Sinne des Tierschutzes«, ließ sich Michelle vernehmen. »Ich freu mich schon drauf, wenn Klemme ihn demnächst unter ihren Fittichen hat. Wird eine ganz neue Erfahrung für ihn sein. Bisher ist er, glaub ich, noch nie kritisiert worden.«

Sophie wunderte sich, woher Michelle das wusste, wollte jedoch nicht neugierig sein. Jana schien sich dagegen mit einem ganzen Fragenkatalog auf Michelle stürzen zu wollen. Doch diese entzog sich Janas Neugier, indem sie Ares hinausführte.

Jana lehnte sich geschafft an eine Stallwand. »Ich muss morgen unbedingt da sein, wenn Frederics Pferde ankommen«, sagte sie. »Heute hat er mich ja gar nicht so bemerkt, aber wenn morgen nicht so viel los ist… Er muss mich einfach sehen! Oh Mann, ich glaube, ich hab mich verliebt…«

# Kraftreiterei

Als Jana am nächsten Tag in den Reitstall kam, war sie kaum wiederzuerkennen. Sie trug knallenge Jeans statt der üblichen weiten Stallklamotten und einen roten, flauschigen Pulli, an dem gleich kiloweise Stroh hängen blieb. Ihr glattes Haar war mit roten Haarklemmen aufgepeppt und irgendetwas Glitzerndes prangte auf ihren Wimpern.

Allerdings hatte sie auch diesmal Pech mit ihrem Schwarm. Im Stall wimmelte es nur so von Mädchen, als Frederic einzog. Offensichtlich hatte sein Vater sich doch rechtzeitig von der Arbeit losgeeist. Herr Weinert fuhr seinen dunkelgrün-metallicfarbenen BMW mit einem gleichfarbenen Zweipferdehänger drei Minuten nach sechs auf den Hof. Die Fortgeschrittenenreitstunde war gerade zu Ende und die Reithalle danach bis acht Uhr frei, weshalb auch im Privatstall reger Betrieb herrschte. Die Schulpferdereiterinnen brachten die Pferde herein, die Privatreiter heraus, und obendrein war der Schmied da und beschnitt eben die Hufe des kleinen Charly. Zu Karens Genugtuung benahm das Hengstfohlen sich heute besser – kein Wunder, sein großer Freund Ares stand tröstend neben ihm.

Klemme hatte ihrer Tochter gestern ganz schön den Kopf gewaschen, als sie Charly allein in der Box neben Dolly entdeckte.

»Das Fohlen kann nicht alles auf einmal lernen! Alleinsein und Hufeausschneiden – das ist zu viel. Morgen nimmst du ein anderes Pferd mit. Wenn du Charly Allein-Spazierengehen beibringen willst, beginnst du besser mit einem Ausflug in die Futterkammer. Mit ausgiebiger Möhrenprobe. Der Kleine muss Spaß daran finden, etwas mit dir zu unternehmen. Wenn du ihn nur zum Hufegeben und Entwurmen von der Weide holst, kriegt er Angst vor dir.«

Jetzt hielt Charly jedenfalls still und bekam ein dickes Lob vom Hufschmied. Sophie, die beim Aufhalten geholfen hatte, freute sich ebenfalls. Schließlich war sie diejenige, die das Hufegeben zuerst mit dem Fohlen trainiert hatte.

Jana hatte den Privatstall gemistet, als Frederic und sein Vater ankamen. Das bot ihr immerhin eine gute Ausgangsposition. Unauffällig platzierte sie sich neben dem Pferdehänger, während Vater und Sohn Weinert ausluden. Es hätte sich angeboten, ihr ein Pferd zu halten zu geben, aber die zwei kamen allein zurecht. Die beiden Pferde, ein riesiger Rappe und ein ebenfalls imponierend großer Rotfuchs, trugen Decken, Kopfschutz und Transportgamaschen. Sie sahen aus wie Astronautenpferde, als sie aus dem Hänger spazierten. Jana wollte helfen, die Gamaschen abzunehmen, aber Vanessa war schon da. Mit raschen Bewegungen löste sie den Kopfschutz des Fuchses und war gleich voll des Lobes.

»Ach, ist das ein Hübscher! So eine schicke Blesse – und die Farbe! Ein so intensives Rot ist ja selten. Wie heißt er denn?«

Frederic grinste. »Captain Kirk«, erwiderte er dann lachend. »Ja, im Ernst, wie der Typ in ›Star Trek‹. Nur mit dem Fliegen hapert's noch ein wenig.«

Der Junge zog dem Wallach die Transportgamaschen aus. Captain Kirk war wirklich ein schönes Pferd, wenn auch etwas groß für Sophies Geschmack. Dabei war er allerdings eher leicht gebaut, sicher hatte er viele Vollblüter unter seinen Ahnen. Und auch mit der Farbe des Pferdes hatte

Vanessa Recht. Der Wallach war von sattem Rotbraun, viel leuchtender als die meisten Füchse. Seine Blesse war kurz und breit – ein bisschen erinnerte sie an eine fliegende Untertasse. Vielleicht hatte das ja den Züchter zur Wahl seines Namens inspiriert. Auf jeden Fall schaute das Pferd mit großen, aufmerksamen Augen um sich und folgte Frederic und seinem schwarzen Stallgenossen gelassen in seine Box. Vater Weinert brachte die Namensschilder. Der Rappe hieß Negrito.

Inzwischen war auch Klemme im Stall aufgetaucht und betrachtete die Pferde wohlgefällig. Herr Weinert begrüßte sie strahlend.

»Da wären wir nun also. Wie sieht's aus, Frau Winter, wollen Sie sich Frederic und seine Reiterei nicht gleich mal anschauen? Oder haben Sie jetzt andere Schüler? Dem Reithallenplan nach ...«

»Die Reithalle steht jetzt eigentlich den Privatreitern zur Verfügung«, meinte Klemme eher unwillig. »Und ich an Ihrer Stelle würde die Pferde auch erst mal zur Ruhe kommen lassen.«

Herr Weinert wirkte enttäuscht. »Aber jetzt habe ich mir extra früher freigenommen! Ich wollte doch so gern selbst sehen, wie Sie Frederic beurteilen – und vor allem das neue Pferd. Hat eine Stange Geld gekostet und bisher bringt es nichts Entsprechendes. Kommen Sie, geben Sie Ihrem Herzen einen Stoß!«

Klemme zuckte die Achseln. »Wenn Sie darauf bestehen – ich persönlich habe Zeit, und wir brauchen die Halle dabei ja nicht für uns allein. Dann machen Sie das Pferd mal fertig!«

Jana schaute mit glühenden Augen zu, wie Frederic zunächst Negrito sattelte. Sie hätte ihm zu gern ihre Hilfe angeboten, traute sich aber nicht. Schließlich redete Vanessa schon ständig auf ihn ein. Sophie, Michelle und Karen verdrehten in schönster Eintracht die Augen und zogen dann ab, um Ares und Charly auf die Weide zu bringen. Sie mussten dazu ein Stück laufen. Jetzt im Winter war nur eine Weide geöffnet, vor allem um den Fohlen mehr Auslauf zu bieten als in den kleineren Paddocks am Stall.

»Jetzt gleich reiten, der tickt doch nicht ganz richtig!«, schimpfte Karen über Frederics außerplanmäßige Reitstunde.

Michelle zuckte die Achseln. »Für Frederic sind Pferde so eine Art Rallye-Autos, die man schon unter achtzehn und ohne Führerschein bewegen darf. Der denkt gar nicht dran, wie die zwei sich fühlen.«

»Woher kennst du den Typ eigentlich so gut?«, erkundigte sich Sophie. »Das wollte ich dich gestern schon fragen. Außerdem bist du bis jetzt die Einzige, mit der er redet – außer Vanessa, aber um die kommt er ja nicht rum, so wie sie schleimt. Kann es sein, dass er in dich verknallt ist?«

Michelle, die sich für den Weg zur Weide rasch auf Ares' ungesattelten Rücken geschwungen hatte, wäre fast heruntergefallen.

»Also, das wäre dann ein richtig tragischer Fall von unerwiderter Liebe«, sagte sie kichernd. »Nöö, aber unsere Familien kennen einander. Genauer gesagt ist seine Mami die beste Freundin von meiner Mami. Die beiden stecken dauernd zusammen und organisieren diese ganzen Wohltätigkeitsgeschichten. Jetzt zum Beispiel den Weihnachtsball für Afrika und so eine Sporthilfe-Sache.«

Michelle kam aus reichem Hause und ihre Mutter vertrieb sich die Zeit hauptsächlich mit Schönheitspflege und überaus erfolgreichem »Fundraising«. Ihre Wohltätigkeitsveranstaltungen für die Aids-Hilfe und die Kinder-Krebs-Hilfe füllten immer wieder die Seiten der Lokalpresse.

»Woher haben Weinerts denn so viel Geld?«, fragte Karen indiskret. »Ich meine, das kostet doch alles …«

Michelle grinste. »Oh ja, mein Papi meint immer, es wäre

billiger, gleich zu spenden, als die ganzen Aktionen zu organisieren. Aber irgendwas müssen Mami und Carola ja zu tun haben. Frederics Vater hat eine Anwaltskanzlei. Wirtschaftsrecht und Scheidungen, er ist auf Scheidungen spezialisiert, aber nur bei den Leuten mit richtig Geld. Mein Papi sagt, wenn die Partner sich bei dem erst mal ›ausweinen‹, ist hinterher mindestens einer pleite.«

Karen und Sophie lachten. Michelle war ein ausgesprochenes »Papakind«, und erheiterte sie oft mit Herrn Lievens Sprüchen.

»Konntest du uns den nicht früher empfehlen?«, fragte Karen. »Also, Klemme und ich könnten ein bisschen mehr Geld brauchen und Sophie und ihre Mama wohl erst recht.«

Sophie war ebenso wie Karen ein Scheidungskind, und ihre Mutter musste gut haushalten, um mit dem Unterhalt für Sophie und ihrem eigenen knappen Verdienst auszukommen. Sophies Vater lebte dagegen mit seiner neuen Freundin in einem komfortablen Haus und spielte neuerdings Golf.

»Tut mir Leid, aber Sophies Mutter hätte sich nicht mal die Anzahlung leisten können«, sagte Michelle. »Nöö, seid mal froh, dass ihr mit Weinert nichts zu tun habt, ich glaube, der kann ganz schön unangenehm werden!«

Die drei hatten die Weide inzwischen erreicht und entließen die Ponys in die Freiheit. Charly sauste sofort los, um Cracker und seine anderen Freunde zu begrüßen. Ares senkte den Kopf gelassen ins Gras.

»Na, dann lasst uns mal gucken, wie Klemme unserer Olympiahoffnung das Fell über die Ohren zieht«, bemerkte Michelle.

Quer über die Weiden erreichten die Mädchen die Halle in Rekordzeit. Hier drohte Klemme tatsächlich gerade mit Tätlichkeiten, allerdings galt das nicht Frederic.

»Wo sind denn die Mädchen von der Springstunde eben?«, donnerte die Reitlehrerin. »Wieso wurde hier nicht abgebaut?«

Tatsächlich stand die Halle noch voller bunter Hindernisse. Frau Tewe und Frau Schultheiß ritten Kringel darum herum.

»Er… also, der Herr da, hat uns gesagt, wir sollen alles stehen lassen…« Eines der Mädchen zeigte eingeschüchtert auf Herrn Weinert. Der nahm gerade auf der Tribühne Platz, während Frederic Negrito hereinführte.

»So habe ich mir das eigentlich nicht vorgestellt«, murmelte Klemme. »Aber gut, dann zeig uns mal, was du kannst, Frederic. Wenn es Ihnen nichts ausmacht, heißt es…« Die Reitlehrerin wandte sich an Frau Tewe und Frau Schultheiß. Die schüttelten jedoch den Kopf.

»Lassen Sie mal, vielleicht wage ich nachher auch noch einen Sprung«, meinte Frau Schultheiß. Sie hatte die Hindernisse wohl schon vor dem Reiten bemerkt und ihre Vivianne wohlweislich nicht mit ihrem spanischen Dressursattel, sondern einem Vielseitigkeitssattel versehen. Die hübsche Welsh-Cob-Stute schaute angeregt nach den Hindernissen aus. Vivianne sprang gern, im Gegensatz zu ihrer Besitzerin.

Frederic wärmte Negrito in Rekordzeit auf. Er war noch keine zehn Minuten in der Halle, als er auch schon den ersten Sprung anging. Bezüglich seiner Reitkünste hatten Karen und Michelle natürlich maßlos untertrieben. Frederic saß sehr gut und vor allem sehr sicher im Sattel.

»Aber achte mal auf die Zügelführung!«, meinte Karen, als Sophie etwas dazu bemerkte. »Der hat doch Hände wie ein Henker, dagegen ist unsere Vanessa regelrecht feinfühlig. Was Frederic macht, ist reine Kraftreiterei. Bei Cracker hätte er damit keine Schnitte.«

Negrito trug seinen Reiter mit Fassung. Er ging sicher

über alle Sprünge und schien regelrecht darüber hinwegzuschweben. Sophie fragte sich, wozu der Junge ein zweites Pferd brauchte. Captain Kirk konnte nicht besser sein.

Schließlich beendete Frederic seine Vorführung und brachte Negrito mit einer harten Parade knapp vor Klemme zum Stehen. Jana, die inzwischen ebenfalls eingetroffen war und sich zu Sophie und den anderen gesetzt hatte, gab dabei ein bewunderndes »Oh!« von sich. Die Reitlehrerin war weniger beeindruckt.

»Tja, dass ihr beide springen könnt, haben wir ja nun gesehen«, urteilte sie und kraulte Negritos Stirn. Dabei merkte sie, dass Frederic die Zügel immer noch fest angezogen hielt, und nahm sie ihm entschlossen aus der Hand. »Eure Probleme liegen mehr zwischen den Sprüngen – und nun lass dem Pferd endlich die Zügel locker, du willst doch gerade nichts von ihm! Das Tier muss sich auch mal entspannen können! Was wollte ich sagen? Ja, deine reiterlichen Probleme: Du reitest mit zu viel Kraft und das Pferd ist zu unflexibel. Das heißt, du verschenkst in jeder Kurve Zeit, weil Negrito sich einfach nicht biegen kann. Aber das ist im Prinzip kein Problem. Ein paar Dressurstunden und etwas Fleiß, dann wird das schon. Etwas Springgymnastik über Cavaletti wäre auch nicht schlecht, damit das Pferd besser taxieren lernt. Bis jetzt nimmt es jedes Hindernis mit einem halben Meter Abstand. Das muss nicht sein.«

Frederic nahm Klemmes Kommentar mit leicht gekränkter Miene hin. Offensichtlich hatte er mehr Begeisterung erwartet. Aber immerhin widersprach er nicht. Dafür mischte sich jetzt sein Vater ein.

»Der Rappe ist auch gar nicht so das Problem«, rief er in die Halle. »Mehr der Fuchs. Den Fuchs müssen Sie sich auch noch ansehen. Haben Sie hier kein Mädchen, das ihn eben für Frederic fertig machen kann?«

»Eigentlich pflegen meine Schüler ihre Pferde selbst zu satteln …«, hob Klemme an, aber Jana ergriff bereits die Gelegenheit.

»Ich kann das machen!«, bot sie atemlos an und sprang auf. Jetzt endlich musste Frederic sie bemerken!

Karen seufzte theatralisch, als das Mädchen Richtung Stall hastete. »Muss Liebe schön sein! Wenn wir auf die nicht aufpassen, wird sie ihm nächste Woche die Stiefel sauber lecken.«

Während Jana Captain Kirk sattelte, ließ Klemme Frederic auf Negrito ein paar Bahnfiguren reiten. Jetzt fiel auch den Reitschülerinnen auf den Rängen auf, wie steif der Wallach war. Zudem ging er unwillig gegen die Hand, woraufhin Frederic die Zügel noch mehr anzog.

»Leichter in der Hand, Frederic! Leichter, nicht fester! Er soll sich nach vorwärts abwärts strecken, für die Aufrichtung ist er noch lange nicht genug gymnastiziert – so traurig das ist! Gib ihm ein bisschen mehr Zügel – nachgebende Hand …« Klemme entging keine Bewegung ihres Schülers und sie kommentierte jeden noch so kleinen Fehler oder Fortschritt. Häufiger erwähnte sie jedoch die Fehler. Frederic schaute dabei immer düsterer drein.

Schließlich erschien Jana mit dem ordentlich geputzten und gesattelten Captain Kirk. Der Fuchs schaute angeregt und unternehmungslustig um sich und hatte die Ohren freundlich gespitzt. Jana wurde fast so rot wie sein Fell, als sie Frederic die Zügel übergab. Als der Junge sie daraufhin halbherzig anlächelte und ein »Danke« zwischen den Zähnen hervorschob, strahlte sie wie eine Wunderkerze.

»Vielen Dank, Jana!«, bemerkte auch Klemme noch einmal. »So, da hätten wir ja dann Nummer zwei. So ein netter Kerl! Wie heißt er? Captain Kirk? Das scheint mir ein bisschen lang. Kann ich ihn ›James‹ nennen?«

Die Mädchen auf den Rängen lachten. Auch Frederic rang sich ein Grinsen ab.

»Ich nenne ihn Kirk«, erklärte er.

Klemme zuckte die Achseln. »Na ja, bei Mr Spock hat's auch etwas länger gedauert, bis er sich durchringen konnte, den Captain zu duzen … Reite ruhig schon los, ich halte Negrito so lange. Wir machen ja keine richtige Stunde mehr, das wird zu spät. Ich schaue ihn mir nur kurz an.«

Jana rutschte wieder neben Sophie.

»Er hat mich angelächelt …«, seufzte sie. »Oh, er ist so süß! Und das Pferd ist mal goldig. Als ich's geputzt hab, hat es ganz sanft seinen Kopf auf meine Schulter gelegt und mir was ins Ohr gebrummt.«

»So häufig wird es wahrscheinlich nicht geputzt«, bemerkte Michelle trocken.

»Und wie der Typ reitet …« Jana war inzwischen wieder vom Pferd zum Reiter übergewechselt. »Wie 'n Gott, echt! Habt ihr gesehen, wie er mit dem Rappen gesprungen ist?«

Karen fasste sich an die Stirn. »Klar. Wir sind doch nicht blind. Im Gegensatz zu dir. Wenn das da ›Reiten wie 'n Gott‹ ist, dann frag ich mich, warum du vor mir nicht täglich auf die Knie fällst! Wobei wir noch gar nicht von Klemme reden …«

Klemme hatte früher an Dressurturnieren der Klasse S teilgenommen und ritt sehr gut. Frederic auf Kirk war dagegen eine schlichte Katastrophe. Der hübsche Fuchs verlor seine gute Laune innerhalb von drei Minuten, nachdem Frederic die Zügel aufgenommen hatte. Während der Junge versuchte, ihn durch reine Kraft zu versammeln, kämpfte Kirk mit aller Entschlossenheit. Er pullte, schlug aus und bockte, als Frederic angaloppierte. Der Junge saß die Hopser mühelos aus, aber ein schönes Bild bot das nicht.

Dazu schimpfte Klemme pausenlos: »Zügel lockerer, Frederic, leichte Hand, sanfte Paraden! Das ist ein junges Pferd, darauf musst du dich einstellen. Weich in der Bewegung mitgehen, nicht dagegensitzen!«

Frederic sah jetzt richtig böse aus. Als Kirk wieder bockte, strafte er ihn mit der Gerte. Das Pferd sprang daraufhin noch höher.

»Tja, Springveranlagung hat er, aber hier soll er das ja eigentlich nicht zeigen!«, kommentierte Klemme.

»Nun spring doch mal!«, rief Herr Weinert vom Reitbahnrand.

Frederic ging gehorsam einen Steilsprung an.

»Mut hat er ja«, bemerkte Michelle. »Also mich brächten da keine zehn Pferde drüber mit dem unsicheren Hotty.«

Kirk schien auch nicht allzu viel von der Idee zu halten. Als Frederic ihm kurz vor dem Hindernis noch einmal eine kräftige halbe Parade gab, interpretierte er das als Stoppsignal und rammte die Beine in den Boden. Frederic brachte das nicht in Raumnot. An seinem sicheren Sitz war nichts auszusetzen. Unbeherrscht strafte er Kirk für die Verweigerung und ritt gleich noch einmal an. Klemme hatte die Angelegenheit scheinbar die Sprache verschlagen. Genauso schockiert wie die Mädchen beobachtete sie, wie das Pferd diesmal absprang, den Sprung aber absolut nicht taxieren konnte, weil Frederic ihm den Kopf nicht frei gab. Jedenfalls landeten die beiden in einem Gewirr von Stangen, und es war nur Kirks Geschick zu verdanken, dass er überhaupt auf den Beinen blieb.

»Da haben Sie's! Der Bock hat ein Vermögen gekostet, aber er springt nicht!« Herr Weinert wandte sich so aufgeregt an Klemme, als wäre sie an allem schuld.

Klemme schüttelte den Kopf. »Also erst mal sehe ich hier nirgendwo einen Bock«, sagte sie fest. »Die nächsten Rehböcke finden Sie im Wäldchen, fünfhundert Meter weiter, und die springen wie verrückt – zumindest, solange ihnen niemand so im Maul herumzieht wie diesem Pferd. Es tut mir

Leid, Herr Weinert, aber es liegt an Frederic. Kirk ist sein erstes junges Pferd, oder?«

Herr Weinert nickte, schaute allerdings ungläubig.

Klemme seufzte, erklärte dann aber geduldig: »Sehen Sie, bis jetzt hatte Ihr Sohn immer erwachsene, erfahrene Pferde, die nicht so schnell was übel nahmen. Negrito zum Beispiel, der wurde immer hart geritten. Aber Kirk hier ist ein Vollblut – und offensichtlich ganz sensibel angeritten. Der braucht eine weiche Hand, sanfte Führung und Hilfe beim Taxieren. Aber machen Sie sich keine Gedanken. Wenn Frederic zweimal oder dreimal die Woche in meinen Unterricht kommt, wird das besser. Der Junge ist ja ein begabter Reiter. Es fehlt halt nur am … Feeling …«

Herr Weinert grummelte. »Na ja, Sie werden den B … den, äh, Jöckel ja auch reiten. Versuchen Sie einfach, ihn so hinzubiegen, dass er genauso geht wie der andere …«

Auf der Tribüne verdrehten Michelle und Karen in seltener Eintracht die Augen. Jana dagegen lächelte triumphierend. »Seht ihr, Klemme sagt auch, er ist begabt!«

# Mehr Mut als Verstand

Am nächsten Nachmittag war für Sophie »Pensy-Tag«. Sie durfte ihr Pflegepferd zweimal wöchentlich im Gelände und einmal in der Reitstunde reiten und an diesem Donnerstag plante sie einen Ausritt mit Michelle. Es war ein eiskalter Novembertag und fast alle Wege waren hart gefroren. Ein schneller Ritt würde es also nicht werden. Aber die Sonne schien strahlend und die Mädchen hatten keine Lust auf Hallenreiten. Dann ließen sie die Pferde lieber schlendern und schwatzten dabei ein bisschen. Themen gab es schließlich genug. In erster Linie Frederic. Der war gleich am frühen Nachmittag erschienen und machte zunächst Kirk zum Longieren fertig. Sowohl Jana als auch Vanessa wuselten dabei um ihn herum – wobei Jana vor allem auf Nützlichkeit setzte und ihm Putzzeug und Bandagen nachtrug. Vanessa verlegte sich dagegen auf seine Unterhaltung. Wortreich schilderte sie ihre Anfangsprobleme mit Donja und übertrieb dabei maßlos. Schließlich war Donja schon ein erfolgreiches Turnierpony gewesen, als ihr Vater sie kaufte, und sie hatte gleich beim ersten Wettbewerb eine Schleife gewonnen.

»Und auf Klemme musst du sowieso nicht hören. Die meckert mit jedem nur rum. Echt, wenn du von der mal ein Lob kriegst, das kannst du rot im Kalender anstreichen.« Vanessa hatte Frederics gestrige Reitstunde offensichtlich auch gesehen und versuchte jetzt, den Jungen aufzubauen. Frederic hatte allerdings für keines der Mädchen mehr als ein flüchtiges »Jaja« oder »Danke« übrig. Er gab erst ganze Sätze von sich, als Michelle ihren Ares zum Putzen in den Stall brachte.

»Willst du ausreiten? Shit, ich habe nachher Reitstunde, ich soll bei den Fortgeschrittenen die Springgymnastik mitmachen. Sonst wäre ich mitgekommen.«

»Oh, dann sind wir ja in einer Abteilung!«, freute sich Jana. »Ich reite auch gleich in der Springstunde!«

Frederic beachtete sie gar nicht, sondern wartete auf eine Antwort von Michelle.

Die zuckte aber nur die Achseln. »Ich reite mit Sophie. Und dir wäre es heute sowieso zu langweilig«, antwortete sie schließlich. »Bei dem Wetter ist jede Springstrecke gesperrt, man kann nicht mal galoppieren. Wahrscheinlich würde dein Pferd vor Überraschung ohnmächtig.«

Frederic lachte, als ginge der Witz nicht auf seine Kosten. »Ich bin halt von der schnellen Truppe!«, grinste er. »Wart's mal ab, vielleicht lasse ich ja die Reitstunde sausen und mische euch im Gelände ein bisschen auf.«

»Wo ist denn Grisabell?« Ines betrat den Stall und ihre aufgeregte Frage unterbrach Frederics und Michelles Plänkelei. »Ich hab sie eben schon auf der Weide gesucht, aber …«

»Jonny reitet sie in der Anfängerstunde«, antwortete Sophie und legte Pensy die letzte Gamasche an. Die alte Stute hatte sehr empfindliche Beine.

Ines griff sich an die Stirn. »Klar! Es ist ja Freitag. Oh wie blöd, und ich wollte Klemme fragen, ob ich mit in die Springgymnastik darf. Täte Grisi sicher gut. Na ja, vielleicht klappt das ja trotzdem noch, ist schließlich eine Stunde Pause dazwischen. Kommt ihr nachher mit zur Besprechung mit Klemme? Es geht um die Weihnachtsfeier, nicht?«

Die anderen Mädchen nickten. Natürlich hatten sie Klemmes Notiz am schwarzen Brett gelesen und sich auch schon Gedanken darüber gemacht.

»Wir könnten ein Pferdemusical aufführen wie den ›Zauberwald‹!«, überlegte Jana.

»Und ich weiß auch schon, wer den Prinzen spielt«, raunte Michelle Sophie zu. »Bist du fertig? Dann lass uns reiten. Wenn die Sonne erst weg ist, frieren wir uns tot.«

Jonny kam mit Grisabell aus der Reithalle, als die Mädchen die Pferde herausführten.

»Reitet ihr aus? Oh, da hätte ich jetzt auch Lust zu!« Sehnsüchtig schaute Jonny Richtung Wald. Die Landschaft mit den raureifbedeckten Bäumen sah wirklich verlockend aus.

»Dann frag die beiden doch einfach mal, ob sie dich mitnehmen!«

Das war Klemme, die hinter ihr aus der Halle trat. Jonny schaute sie ungläubig an.

»Du meinst … ich kann … ich soll …«

»Warum denn nicht? Grisabell ist ruhig im Gelände und heute könnt ihr sowieso nur Schritt reiten. Meinen Segen hast du jedenfalls.«

Jonnys Strahlen war fast überirdisch, als sie sorgfältig Grisabells Sattelgurt kontrollierte und dann wieder aufsaß. Die graue Stute spitzte angeregt die Ohren.

»Mein erster Ausritt auf meinem eigenen Pony!«, sagte Jonny andächtig, als die Mädchen vom Hof ritten. »Das muss ich unbedingt Ines erzählen! Die wird mal staunen!«

Sophie bezweifelte das. Wahrscheinlich würde Ines eher ihre bekannte »Zitrone-verschluckt-Miene« aufsetzen, wenn sie mitbekam, dass sie die Springgymnastik für heute vergessen konnte. Aber das verschwieg sie Jonny besser, es würde ihr nur die Freude verderben. Und so viel Gelegenheit, sich zu freuen, fand Jonny im Allgemeinen nicht. Sie hatte eine extrem strenge Mutter, die sie neben der Schule zu endlosen Übungsstunden mit der Geige verdonnerte. Zunächst hatte sie ihr auch das Reiten verboten, und es hatte viel Ärger gegeben, als Jonny heimlich auf einen Ponyhof ging. Aber dann hatte Jonnys Vater eingegriffen und ihr kurzerhand ein eigenes Pferd gekauft. Nun konnte Frau Gabriel nichts mehr dagegen sagen, dass ihre Tochter Reiten ging. Aber gern sah sie es nach wie vor nicht und jeden Tag durfte Jonny auch nicht kommen. Daher hatte Ines Grisabell oft genug für sich.

»Guck mal, Eiszapfen!«, bemerkte Jonny, als die Mädchen auf einen versteckten Waldweg kamen, der nicht von der Sonne beschienen wurde.

Sophie und Michelle nickten. »Morgens ist hier alles noch weiß«, bestätigte Sophie. »Du müsstest auch mal die Pferde sehen! Grisabell hatte heute Morgen Raureif im Fell.«

»Echt?« Jonny lachte. »Dass ihr das nicht zu kalt wird! Aber sie kommt ja aus Dülmen, da sind die Pferde immer draußen.«

Grisabells Mutter war ein Dülmener Wildpferd, ihr Vater allerdings ein edles Welshpony. Die Stute war auch nicht in der Wildbahn geboren, sondern bei einem Züchter, aber sie war natürlich ein robustes Pony.

»Oder meint ihr, ich muss ihr eine Decke kaufen wie Pensy?«, fragte Jonny unsicher.

Michelle schüttelte entschieden den Kopf. »Nein, verhätschele sie bloß nicht! Pensy ist schon alt und obendrein ein Vollblut, die kann ihre Decke gut gebrauchen. Aber ein Pony anziehen! Bloß nicht!«

Die drei ritten einträchtig schwatzend über Seiten- und Hauptwege, wobei sie die großen, geschotterten Wege diesmal bevorzugten. Die engen Reitwege waren zwar romantischer, aber oft noch hart gefroren und uneben. Teilweise hatten vor dem Frost Pfützen darauf gestanden und die beschlagenen Pferde konnten wie auf Schlittschuhen ins Rutschen kommen. Umso mehr wunderten sich die Mädchen, als sie plötzlich Hufschläge hinter sich hörten. Der Reitweg verlief neben dem geschotterten Hauptweg und es standen sogar ein paar niedrige Sprünge darauf. Michelle ließ Ares oft hinübergehen, aber heute war nicht mal an Traben zu denken, geschweige denn an Springen. Der Reiter hinter ihnen schien das allerdings anders zu sehen. Sophie hielt vor Schreck den Atem an, als sie sah, wie Negrito vor einem Hindernis abhob und darüber flog.

»Der Typ ist wahnsinnig!«, erklärte Michelle.

»Er will vor uns eine Schau abziehen«, bemerkte Sophie.

Tatsächlich grüßte Frederic lässig, als Negrito an den Reiterinnen vorbeigaloppierte, und ging gleich den nächsten Sprung an. Leider tat sich dahinter eine riesige Pfütze auf. Jonny schrie entsetzt auf, als Negrito genau darauf landete. Zum Glück ließ das Gewicht des großen Warmblüters das Eis brechen. Erst beim nächsten Galoppsprung geriet Negrito ins Rutschen, fing sich aber gleich wieder.

»Wie eine Katze!«, meinte Michelle mit widerwilliger Bewunderung. »Was für ein Superpferd!«

Frederic verhielt den Wallach inzwischen, wendete und ritt auf die Mädchen zu.

»Na? Was sagt ihr?«, grinste er. »Meiner kommt ein bisschen flotter voran als eure Hoppies, nicht?«

»Dafür haben unsere Hoppies aber gute Chancen, ihren nächsten Geburtstag noch zu erleben«, gab Michelle zurück. »Du glaubst nicht im Ernst, wir fänden das cool, oder? Aber heißer Tipp: versuch's mal mit Vanessa. Die ist auch so gnadenlos blöde.«

»Die gefällt mir aber nicht...« Frederic lenkte sein Pferd neben Michelle und versuchte jetzt offensichtlich zu flirten. »Was müsste ich denn tun, damit du mich cool findest?«

Michelle verdrehte die Augen. »Wirf dich an die Wand, verwandele dich in einen Frosch und schenk mir ein Terrarium. Oder versuch es mal mit Klassischer Reitkunst. Ich finde Mathias Brahms cool.«

Frederics Miene war anzusehen, dass er mit dem Namen

nichts anzufangen wusste. Mathias Brahms war ein klassischer Reitausbilder, der im Sommer in der Reitschule Silberhuf Kurse gegeben hatte.

»Tja, dann werd ich mal wieder…«, sagte der Junge schließlich, nachdem die Mädchen ihn beharrlich fünf Minuten lang angeschwiegen hatten. »Ich muss ja noch zu meiner Springgymnastik.«

Frederic hob grüßend die Gerte, gab Negrito Galopphilfen und verschwand im selben halsbrecherischen Tempo wie eben in einem Seitenweg.

»Das Pferd ist dann ja wenigstens schon mal warm…«, kommentierte Michelle.

Als die Mädchen zurückkamen, wurden sie von Ines bereits erwartet. Offensichtlich hatte sie ihre Enttäuschung wegen der Springstunde inzwischen verschmerzt und schon mal Grisabells Box sauber gemacht. Außerdem hatte sie eben eine himmelblaue Fleecedecke neben dem Stall bereitgelegt.

»Guck mal, selbst genäht!« meinte sie stolz. »Damit können wir Grisi nachts eindecken wie die Turnierpferde.«

»Aber Bell geht doch gar keine Turniere…«, wandte Jonny ein. »Michelle meint…«

»Turniere nicht, aber wir reiten sie doch jeden Tag. Und dabei schwitzt sie, wenn sie ein dickes Winterfell entwickelt. Schau mal, heute hast du sie auch wieder ganz nass geritten. Wenn wir sie jetzt rausstellen, friert sie.«

»Ich weiß nicht…« Jonny schaute Hilfe suchend Richtung Michelle, aber die war anderweitig beschäftigt. Ines warf Grisabell sofort die Decke über. Sie passte recht gut und Sophie fand, die Stute sah äußerst schick damit aus.

Michelle zeigte sich weniger begeistert. »Die wollt ihr Grisabell doch wohl nicht über Nacht anlassen, oder? Das überlebt sie nicht, das garantier ich euch.«

Jonny schrak auf. »Meinst du, sie kann sich an den Bändern aufhängen?«, fragte sie entsetzt und konnte die Verschlüsse gar nicht schnell genug lösen.

Michelle lachte. »Nicht das Pferd! Die Decke geht kaputt!«, berichtigte sie. »Wenn Grisabell sich einmal damit wälzt, ist sie hin.«

Grisabell schien gleich den Beweis dafür antreten zu wollen. Sie scharrte schon ungeduldig.

»Meinst du?«, fragte Ines unsicher. »Na ja, vielleicht brauchen wir doch noch einen Deckengurt…«

»Nehmt das Ding als Abschwitzdecke und lasst das Pferd eine Stunde im Stall. Wenn's gar nicht anders geht, könnt ihr sie auch anbinden, damit sie sich nicht wälzt. Dann ist sie trocken und wird die Nacht auch ohne Schutz überstehen.« Das war Frau Tewe. Sie war vor einer Stunde geritten und nahm ihrem Tandri seine Abschwitzdecke gerade ab. Tatsächlich war der Isländer darunter trocken. Zufrieden machte er sich auf den Weg in den Außenpaddock und warf sich genüsslich in den Sand. »Nachts braucht ihr das Pony nicht einzudecken. Wäre jetzt auch zu spät, es hat ja schon Winterfell. Wenn es nächstes Jahr kurzhaarig bleiben soll, müsst ihr im September mit dem Eindecken anfangen.«

Jonny nickte erleichtert. Es hätte ihr gar nicht gefallen, zwischen Ines' und Michelles Ansichten entscheiden zu müssen. Jetzt machte sie rasch die Tür zum Paddock zu und gab Grisabell etwas Heu, damit ihr die Zeit im Stall nicht lang wurde. Aber Karen verteilte sowieso schon das Abendfutter. Sie wollte pünktlich zu Klemmes Versammlung fertig werden. Die anderen Mädchen halfen ihr und schließlich zogen alle gemeinsam in Klemmes Büro hinter der Sattelkammer. Frau Tewe schloss sich ebenfalls an. Letztlich waren es so viele Teilnehmer, dass gar nicht mehr alle hineinpassten. Von der Sattelkammer aus konnte man aber auch gut zuhören.

»Schön, dass ihr alle gekommen seid!«, begrüßte Klemme ihre Schüler und Einsteller. »Und ich hoffe, ihr habt auch schon ein paar Ideen. Dies ist das erste Weihnachtsfest in der Reitschule Silberhuf und ich möchte eine schöne Feier veranstalten, für euch und eure Freunde und Eltern. Dabei denke ich nicht an das gute alte ›Weihnachtsspringen‹. Wer das unbedingt braucht, kann in den Reiterverein gehen, die hüpfen am Samstag, zwei Wochen vor Heiligabend. Was uns angeht, dachte ich mehr an ein Schaureiten.«

»Ein Musical, wie Jana sagt!«, schlug Ines vor. »Jonny könnte Geige spielen …«

Jonny schaute entsetzt.

Klemme lächelte ihr zu. »Ich glaube, Jonny möchte lieber reiten. Die Musik kann auch vom Band kommen. Aber Michelle und Ares können ihren Tanz noch mal vorführen.«

Michelle hatte im Sommer eine kleine Schaunummer mit ihrem Pony eingeübt. Es hatte sehr lustig ausgesehen, wie sie mit Ares Walzer tanzte. Nun nickte sie eifrig.

»Also brauchen wir ein Märchen oder so was, in dem ein Tanz vorkommt …«, überlegte Karen.

»Den Tanz kann man überall einbauen«, meinte Frau Tewe. »Lasst uns erst mal entscheiden, welches Märchen. Am besten eins, für das es schon Musik gibt. Wie wär's mit ›Hänsel und Gretel‹?«

»Ach nein, lieber was mit einem Prinzen!« Das war Jana.

Michelle und Sophie prusteten los.

»Es muss vor allem viele Rollen darin geben«, erklärte Klemme. »Schließlich wollt ihr doch alle mitmachen, nicht wahr?«

Die Mädchen nickten.

»Also: Schneewittchen? Da gibt's sieben Zwerge.«

»Aber das machen doch alle!«, wandte Sophie ein. Als sie im letzten Jahr kurze Zeit bei ihrem Vater gewohnt hatte, war im dortigen Reitstall auch »Schneewittchen« aufgeführt worden.

»In ›Hänsel und Gretel‹ kann man alle möglichen Waldgeister und so was einbauen.« Das schien wirklich Frau Tewes Lieblingsmärchen zu sein. Oder sie mochte die Oper von Humperdinck. Aber ob man nach Opernmusik wirklich reiten konnte? Sophie bezweifelte das.

»Wir können uns doch einfach selbst was ausdenken«, meinte Jana schüchtern. »Ich meine … wenn jeder mal sagt, was er gern reiten möchte …«

»Ich möchte springen!«, erklärte Karen.

»Und ich könnte mit Frau Müller-Riel zusammen einen Pas de deux auf Grisi und Billy einüben. So als Rassenvorstellung ›Dülmener‹«, schlug Ines vor. Frau Müller-Riel ritt einen Halbbruder von Grisabell.

»Ich zeige gern etwas Garrocha-Arbeit.« Frau Tewe und ihr Pony ritten Doma Vaquera, die Reitweise der spanischen Rinderhirten. Sie verstanden sich auf die Handhabung der Garrocha, einer Stange, um die herum das Pferd einen regelrechten Tanz aufführen konnte. »Aber ich könnte auch einen spanischen Pas de deux mit Inge und Vivianne anbieten.«

»Es gibt so ein Märchen von einer Nebelfee …«, sagte Jonny träumerisch. »Da gehört auch ein Lied zu. Jedenfalls denke ich mir, das passt gut zu Bell.«

»Wir könnten eine Springquadrille einüben«, meinte ein Mädchen aus Janas Fortgeschrittenenabteilung. »Oder überhaupt eine Quadrille.«

»Und Pensy muss irgendwie dabei sein«, wünschte sich Sophie. Ihr fiel zwar nichts ein, was ihr Pflegepferd besonders gut konnte , aber bei der Weihnachtsfeier durfte Pensy auf keinen Fall fehlen.

Klemme wurde die Angelegenheit inzwischen zu langwierig.

»Schön. Dann wäre das ja geklärt. Jetzt müssen wir nur noch die Aufgaben verteilen. Du, Jana, denkst dir eine Geschichte aus. Das kannst du doch gut, mach es bloß nicht zu rührselig. Und Sophie, Jonny und Michelle sind für die Musik verantwortlich. Ihr braucht es nicht selbst einzuspielen, sucht nur irgendwas Nettes aus, nach dem man reiten kann.«

Sophie, Jonny und Michelle besuchten eine Schule für musikalisch hochbegabte Schüler. Michelle wollte Tänzerin werden und Sophie spielte Konzertgitarre und Klavier.

»Ich mache die Kostüme!«, meldete sich Berit. Das dunkelhaarige Mädchen war schon im Sommer beim Turnier als begabte »Pferdefriseuse« aufgefallen. Es machte ihr Riesenspaß, Reiter und Pferde showgerecht auszustaffieren.

Klemme nickte. »Die anderen helfen natürlich, wo sie können. Nur wer bei der Vorbereitung mitmacht, darf reiten. Das muss klar sein.«

Die Mädchen nickten eifrig. Sie kicherten aufgeregt miteinander, als sie schließlich Büro und Sattelkammer verließen.

Nur zwei waren auffällig schweigsam. Jonny und Ines schauten einander nicht an, aber man konnte leicht erraten, was ihnen im Kopf herumging. Nebelfee oder Dülmener Pas de deux? Wer würde Grisabell reiten?

# Wer reitet Grisabell?

Jonny schien in der nächsten Zeit fest entschlossen zu sein, ihre Reitkenntnisse zu verbessern. Sie wollte unbedingt beim Weihnachtsreiten dabei sein und übte wie verrückt. Wenn sie es ermöglichen konnte, kam sie mit Grisabell in Klemmes Anfängerstunden, und Ines zog manchmal einen ziemlichen Flunsch, wenn sie ihr Pflegepony beschäftigt vorfand. Dabei setzte sie inzwischen ihren ganzen Ehrgeiz aufs Springen und hätte am liebsten jeden zweiten Tag in einer Springstunde oder Springgymnastikstunde mitgemacht. Klemme kannte hier allerdings kein Pardon: Grisabell war erst vier Jahre alt und sollte auf keinen Fall überlastet werden. Erst Reitunterricht und dann Springstunde – das war zu viel! Die Reitlehrerin hätte Ines höchstens noch einen kleinen Ausritt erlaubt. Aber wenn Jonny schon reiten kam, wollte sie Grisabell hinterher natürlich auch ein bisschen betüdeln, sie abreiben, mit ihr schmusen und an ihrer Mähne herumflechten. Bis sie dann ging, war es dunkel.

Immerhin konnte Ines nicht mehr nölen, der Anfängerunterricht und ihre Fortgeschrittenenstunden würden Grisabell für die Dressur verderben. Jonny ritt zusehends besser, sie war recht talentiert, konnte sich gut konzentrieren und war vor allem mit Feuereifer bei der Sache. Wenn sie so weitermachte, stichelte die unverbesserliche Karen gegenüber Sophie, hatte sie Ines bald eingeholt.

Sophie und Michelle fragten sich dagegen, wie Jonny ihrer

Mutter die fast täglichen Reitstunden erklärte. Früher hatte Frau Gabriel schließlich ein Riesentheater veranstaltet, wenn ihre Tochter mehr als einen, höchstens zwei Nachmittage in der Woche in den Stall kam. Sophie und Michelle konnten sich nicht vorstellen, dass die Aussicht auf eine Teilnahme am Weihnachtsreiten eine Veränderung bewirkt hatte.

Die Lösung des Rätsels ließ dann nicht lange auf sich warten. Nachdem Jonny drei Tage hintereinander Klemmes Anfängerstunden besucht hatte, kam es zu einem hässlichen Auftritt mit ihrer Mutter. Dabei hatte Jonny gerade an diesem Tag ein besonderes Erfolgserlebnis. Klemme setzte sie erstmals mit ihrem Pony an die Tete, also die Spitze der Abteilung. Michelle und Sophie, die auf der Tribüne Hausaufgaben austauschten und dabei mit halbem Auge die Reitstunden verfolgten, sahen sie strahlend an den Anfang reiten.

»Anfang hier!«, rief sie stolz und mit ungewohnt kräftiger Stimme. Die anderen gruppierten sich nach Klemmes Angaben hinter ihr.

Sophie erinnerte sich noch sehr gut, wie glücklich, aber auch wie unsicher sie selbst sich beim ersten Mal an der Tete gefühlt hatte. Auch Jonny wirkte ein bisschen aufgeregt. Sie war rot im Gesicht, und man sah ihr die Anstrengung an, sich ja nicht zu verreiten und nicht zu schnell oder zu langsam für die Abteilung zu werden. Letztlich ging aber alles gut und das Mädchen heimste ein Lob nach dem anderen ein. Wahrscheinlich hätte sie hinterher wieder gesagt, dies sei der glücklichste Tag ihres Lebens. Aber dann kam es anders. In eine besonders gelungene Vorhandwendung platzte Jonnys Mutter.

»Geht das schon wieder los!«, donnerte sie, als sie atemlos in die Halle stürzte. Frau Gabriel war eine energische kleine Frau mit den gleichen roten Locken wie ihre Tochter. Allerdings versteckte sie sich nie dahinter, sondern trug die Haarpracht eher wie eine Löwenmähne zur Schau. »Ich denke, wir hatten uns darauf geeinigt, dass deine Musikstunden vorgehen.«

Sophie und Michelle sahen einander an. Da hatte Jonny also wieder mal eine Unterrichtsstunde geschwänzt!

Jonny wurde glühend rot. »Ich dachte … ich dachte, Klavier …«

»Du dachtest, Klavier fiele nicht unter Musikstunden?«, fauchte Frau Gabriel. »Oder es wäre nicht so wichtig wie Geige? Oh nein, Fräuleinchen. Du kommst jetzt sofort vom Pferd runter und erfüllst deine Verpflichtungen. Dieser Zusatzunterricht kostet viel Geld!«

»Ich kann doch jetzt nicht …« Jonny schaute Hilfe suchend zu Klemme hinüber. Sie wollte die Reitstunde auf keinen Fall abbrechen. Und überhaupt, was sollte mit Grisabell geschehen? Wie Jonny ihre Mutter kannte, würde sie das Mädchen gleich, sobald es festen Boden unter den Füßen hatte, zum Auto schleifen. Absatteln war in Frau Gabriels Plänen nicht vorgesehen.

»Ich kann die Stunde ja gerade zu Ende reiten und Grisi dann absatteln.« Das war Ines – mal wieder zur richtigen Zeit am richtigen Ort. Offensichtlich hatte sie Frau Gabriel ankommen sehen und schon geahnt, was da auf Jonny zukam.

Jonny schaute etwas traurig, aber erleichtert.

»Das ist nett«, sagte sie und stieg resigniert ab.

»Vielen Dank«, wandte sich auch Frau Gabriel noch kurz an Ines, bevor sie Jonny endgültig abschleppte. »Komm jetzt, Johanne! Eine halbe Stunde Zeit hast du noch. Aber ich sage dir gleich, Herr Hoffmann ist ziemlich verärgert …«

Jonny folgte ihrer Mutter geknickt aus der Halle. Und nur die Mädchen auf der Tribüne sahen das triumphierende Lächeln auf Ines' Gesicht.

»Ines wird sie doch nicht verpfiffen haben?« Später beim Füttern sprach Karen aus, was Michelle und Sophie kaum zu denken wagten. »Ich meine – woher wusste der Drachen, dass Jonny die Stunde schwänzte?«

»Vielleicht hat der Klavierlehrer angerufen«, mutmaßte Jana. »Wieso hat Jonny überhaupt noch nach der Schule Klavierstunden? Ich dachte, ihr habt das im ganz normalen Unterricht?«

Michelle und Sophie nickten.

»Aber da geht es Frau Gabriel nicht schnell genug. Sie meint, Jonny sei unterfordert«, berichtete Sophie. »In der Schule soll sie jetzt zusätzlich Cello lernen. Aber das wird wohl nichts, sie ist zu schlecht in den normalen Fächern.«

Michelle nickte. »Aber das ist Mama ja nicht so wichtig. Wenn's nach der ginge, brauchte Jonny überhaupt nur noch Geige zu spielen. Ob sie lesen und schreiben kann, ist ihr völlig schnurz.«

»Vom Reiten mal ganz abgesehen«, sagte Jana bedauernd. »Aber sie wird richtig gut. Wenn sie so weitermacht, schreibe ich ihr eine schöne, große Rolle in das Weihnachtsmärchen.«

»Und Ines?«, fragte Sophie besorgt. »Wenn die eine mitreiten darf und die andere nicht, gibt das totsicher Knatsch.«

Jana zuckte die Achseln. »Der baue ich auch einen Auftritt ein. Wenn bloß mal alle Probleme so leicht zu lösen wären ...« Das Mädchen seufzte und warf Heu in die Box von Captain Kirk. Das Pferd stupste sie dabei freundlich an. Jana gab ihm ein paar Streicheleinheiten und kam dabei wieder auf das für sie im Moment brennendste Thema.

»Was soll ich bloß machen, damit Frederic mich endlich bemerkt?«, brach es schließlich aus ihr heraus.

Karen verdrehte die Augen. »So wie du dauernd um ihn rumwuselst, kann er dich eigentlich gar nicht übersehen. Vielleicht interessiert er sich einfach nicht für dich.«

»Na ja, er scheint mich für einen Bestandteil der Stalleinrichtung zu halten, so eine Selbstverständlichkeit, über die man nicht nachdenkt. Wie eine Schubkarre oder ein Besen, versteht ihr. Er sieht mich, aber nicht so als … äh … Frau …« Jana hatte das Heu verteilt und hockte sich nun unglücklich auf einen Strohballen. Die anderen brachen in Gelächter aus.

»Also wenn du meinst, er sieht keinen Unterschied zwischen dir und einem Mistfix, dann wird es wirklich ernst«, kicherte Karen. »Aber ehrlich gesagt, benimmst du dich auch danach. Du stehst brauchbar in der Ecke rum und er kann dich mit jedem Dreck beladen. Das ist doch kein Ansporn für ihn!«

Michelle nickte und schaufelte Hafer in Ares' Krippe. »Genau! Zeig ihm wenigstens, dass du sprechen kannst. Dieses schweigende Anhimmeln ist ja nicht auszuhalten.«

Jana wurde rot und zupfte unschlüssig Stroh aus dem Ballen.

Sophie konnte sie gut verstehen. Ihr würde es wahrscheinlich genauso gehen, wenn sie sich in Frederic verliebt hätte. Im entscheidenden Moment bekäme sie garantiert kein Wort heraus.

»Vielleicht bittest du ihn mal wegen irgendwas um Hilfe«, regte sie vorsichtig an. »Tu so, als ob du den Sattel nicht allein auf Amigo kriegst, oder so was.«

»Auf Amigo?«, fragte Jana. »Nachdem ich ihm schon mal Kirk aufgesattelt habe?« Amigo war mindestens dreißig Zentimeter kleiner als Frederics Pferde.

»Du kannst dir ja irgendwie die Schulter verrenkt haben«, überlegte Sophie.

Jana schüttelte energisch den Kopf. »Nein, das mach ich nicht. Für solche Tricks bin ich zu emanzipiert!«

Diesmal kam das Gelächter nicht nur von den Mädchen, sondern auch von Klemme, die gerade Kirks Sattel herausbrachte. Anscheinend wollte sie den Wallach gleich noch arbeiten.

»Sonderbare Vorstellung von Emanzipation!« Die Reitlehrerin legte Kirk ein Halfter an und führte den Fuchs auf den Stallgang.

»Am besten wäre, er könnte sie irgendwie retten …«, fabulierte inzwischen Karen. »Im Film gehen den Frauen doch immer die Pferde durch und dann jagt der Prinz hinter ihnen her …«

»Nicht mit meinen Pferden!«, erklärte Klemme kategorisch.

»War ja nur ein Vorschlag …«, maulte Karen.

Jana grübelte derweil weiter, ohne auf Karens Ideen einzugehen.

»Nein, ich glaube … auf Dauer wird er mich nur sehen, wenn ich da bin …«, enthüllte sie schließlich das Ergebnis ihrer Überlegungen.

Die Mädchen brauchten einige Sekunden, um den Sinn dieses Satzes zu begreifen. Dann wieherten sie los.

»Es sei denn, du beherrschst das Reisen per Astralkörper. Dann könntest du bei ihm spuken«, kicherte Michelle.

»Oder ihm bei der Mathearbeit die Lösungen einsagen«, fügte Sophie hinzu. »Bestimmt wäre er dir ewig dankbar.«

»Ihr nehmt mich nicht ernst«, meinte Jana beleidigt. »Nein, was ich meine, ist … wenn ich immer für ihn da bin … also auch auf dem Turnier oder so …«

»Wie eine Schubkarre …« Karen kriegte sich nicht mehr ein.

»Also irgendwann muss er mich dann mal … na ja, zum Beispiel fragen, wie ich heiße oder so.« Jana war offenbar bereit, sich mit kleinen Dingen zufrieden zu geben.

Klemme schüttelte den Kopf und zog den Sattelgurt fest. »Jana, er weiß, wie du heißt! Ich habe dich in seiner Gegenwart fünfmal beim Namen genannt, das kann er nicht überhört haben. Aber ich fürchte, es ist ihm nicht wichtig. Die Leute verlieben sich nun mal nicht auf Kommando.«

»Aber man kann nachhelfen!«, meinte Jana trotzig. »Das muss man können, das steht in allen Büchern. Und im Film rennen sie auch endlos aneinander vorbei und dann haben sie doch irgendwie ein gemeinsames Lieblingsbuch oder so was…«

Michelle fasste sich an die Stirn. »Frederic kennt das Wort ›Buch‹ nur in Verbindung mit ›Scheck‹, bestenfalls mit ›Telefon‹. Der liest nicht, Jana, mach dir keine Hoffnungen.«

»Ihr versteht ihn einfach nicht«, erklärte Jana beleidigt. »Ich glaube, in echt ist er ganz sensibel. Aber wenn alle immer nur von ihm erwarten, dass er den Macho macht…«

»Ich geb's auf!«, seufzte Michelle. »Wenn du ihm partout hinterherlaufen willst, kannst du übernächsten Sonntag mit uns zum Turnier fahren. Mein Papa hat endlich mal wieder Zeit. Ich melde eine Dressur und ein Springen in Lahnstein. Frederic fährt garantiert auch hin.«

Jana strahlte. »Du würdest mich wirklich mitnehmen? Dabei dachte ich, du… Du interessierst dich selbst bestimmt überhaupt nicht für Frederic?«

Michelle schüttelte den Kopf. »Nicht das kleinste bisschen. Von mir aus kannst du mit ihm glücklich werden. Auch wenn ich dir da wenig Chancen einräume.«

Ich auch nicht, dachte Sophie. Denn wenn sich Michelle auch sicher nichts aus Frederic machte: Er war auf jeden Fall verrückt nach Michelle.

# Verrückt nach Frederic

Klemme führte Captain Kirk in die Halle, und die Mädchen folgten ihr, um sich ihre Übungsstunde mit dem jungen Springpferd anzusehen. Unter der Reitlehrerin ging der Wallach ganz anders als unter seinem Besitzer. Klemme gab ihm Zeit, sich mit der Halle vertraut zu machen, und ließ ihn länger am langen Zügel gehen, bevor sie das Pferd in aller Ruhe versammelte. Dann entfaltete Kirk aber auch sein volles Potenzial. Der große Rotfuchs hatte lange, schwebende Bewegungen und sah unter der ebenfalls rothaarigen, großen, aber sehr schlanken Klemme einfach gut aus. Bestimmt würde er sich auch zum Dressurpferd eignen, wenn jemand sich die Mühe machte, ihn richtig auszubilden.

»Springst du ihn gar nicht?«, wollte Michelle wissen, als Klemme das Pferd nach einer halben Stunde klopfte und abstieg.

Die Reitlehrerin schüttelte den Kopf. »Vorerst nicht. Er muss erst mal ins Gleichgewicht kommen. Auch seelisch. Wenn das so weitergeht, dass Frederic ihn praktisch in jeden Sprung hineinreitet, wird er sich bald gar nicht mehr trauen, ein Hindernis anzugehen. Er tut sich ja jedes Mal weh. Außerdem: Springen kann er. Was er lernen muss, sind korrektes Taxieren und Kontrolle zwischen den Sprüngen. Das kann leider dauern. Ich fürchte, beim Weihnachtsspringen wird Frederic noch nicht mit ihm glänzen.«

Vorerst stand sowieso nicht das Weihnachtsspringen, sondern das Schaureiten bei Klemme im Mittelpunkt des allgemeinen Interesses. Jana nahm ihre Aufgabe sehr ernst und hängte erst mal Listen aus, in die sich jeder Teilnehmer eintragen konnte. Für Reiter mit eigenem Pferd enthielten sie auch die Rubrik »Besonderheiten«. Hier konnte man aufschreiben, wodurch sich das Pferd besonders auszeichnete oder was man gern mit ihm zeigen wollte. Leider gab es nur wenige Pferde, die wirklich etwas Besonderes konnten, aber das gab natürlich niemand gern zu. Daher löste Sophie eine Lawine mehr oder weniger ernst gemeinter Bemerkungen aus, als sie zu ihrem Pflegepferd einfach »lieb« notierte. Frau Müller-Riel beschrieb ihren Dülmener daraufhin als »jagderfahren« – sie hatte auf der Herbstjagd im Reiterverein durch Zufall mit ihm den Fuchsschwanz gewonnen – und Karen charakterisierte Cracker als »Roter Blitz«. Frau Neuhaus und Frau Tewe kicherten und fügten für Vivianne »durchsetzungsfähig« und für Tandri »Naturlocken« hinzu. Für Grisabell gab es zwei Einträge. Jonny meldete sie als »Bell« an und notierte »süßestes Pony der Welt!«, Ines konterte mit »Grisi«, »A-Dressur, E-Springen«.

»Kann es sein, dass ihr die Sache alle nicht richtig ernst nehmt?«, fragte Jana mit gerunzelter Stirn, als sie nach einer Woche die Aushänge inspizierte. »Was heißt wohl ›durchsetzungsfähig‹? Will Frau Schultheiß mit dem Pony durch die Wand springen? Und dir soll ich wohl eine Knutschszene einbauen, Sophie, oder was?«

Michelle warf einen flüchtigen Blick auf die Liste. »Apropos Liebe: Frederic hat noch gar nichts geschrieben. Wäre das nicht deine Chance?«

»Meine Chance?«, fragte Jana verwirrt.

»Na ja, ihm zu beweisen, dass du sprechen kannst! Geh hin und frag ihn, was er machen will.«

Jana biss sich auf die Lippen.

»Ich weiß nicht…«

»Also bist du nun emanzipiert oder nicht?«, stichelte Karen und schaute auf die Uhr. »Seine Springgymnastik ist gleich zu Ende. Dann kommt er mit Negrito in den Stall. Du gehst hin und fragst.«

»Allein traue ich mich nicht«, gestand Jana und kaute sich die Lippen wund.

»Dann geh ich eben mit«, meinte Sophie tröstlich. Sie konnte sich gut in Jana hineinversetzen, hatte sie doch selbst gern Rückendeckung, wenn ein schwieriges Gespräch anstand. Allerdings fand sie es etwas übertrieben, dass Jana vorher noch ganze fünf Minuten auf der Toilette verschwand und anschließend ein wenig zu sehr nach Parfüm duftete – von den glitzernden Wimpern und den glossfeuchten Lippen ganz zu schweigen.

Frederic war bereits im Privatstall, als die Mädchen hereinkamen. Und natürlich hatte Vanessa ihn längst in Beschlag genommen. Die beiden tauschten sich über das Turnier am Wochenende aus. Vanessa ritt nicht mit. Ihr Vater wollte ihr ein neues Springpony kaufen und am Sonntag hatten sie einen Besichtigungstermin.

Sophie schob Jana energisch zu Frederic.

»Doch, du kannst ihn stören!«, nahm sie mögliche Einwände vorweg. Jana drückte sich nervös an der Boxenwandreihe entlang auf den Jungen zu.

»Äh… Frederic…?«

Frederic wandte sich zu ihr um und schenkte ihr ein flüchtiges Lächeln. Jana lief daraufhin rot an, und Sophie fürchtete schon, sie würde ohnmächtig werden, bevor sie ihr Anliegen überhaupt vorbringen konnte.

»Äh, Frederic… es… es geht um das Weihnachtsreiten. Also das Weihnachtsmärchen, das… das soll ich doch schreiben…«

»So?«, fragte der Junge. In seiner Stimme schwang Zweifel mit, ob ein Mädchen, das so offensichtliche Schwierigkeiten mit dem Reden hatte, überhaupt schreiben konnte.

Sophie stieß Jana noch einmal an, um ihr Mundwerk in Gang zu bringen.

»Ja… und… ich wollte fragen… du hast dich noch gar nicht in die Liste eingetragen… was… äh… Also… hast du dir überlegt, was du gern spielen würdest?« Jana schnappte nach Luft.

»Ich denke, das sollst du dir überlegen!«, meinte Frederic nicht ohne Logik. »Aber wenn du mich fragst: Also, ich stelle mir das so vor: Ich bin natürlich der Prinz. Und Michelle, also die Prinzessin, sitzt zum Beispiel in so einem Turm. Und ich sprenge auf Negrito herein, halte ihn an, stelle mich auf seinen Sattel – das muss ich natürlich noch üben – und hole sie da raus. Müsste doch ganz gut kommen, oder?«

Jana verschlug es die Sprache.

Vanessa offensichtlich nicht.

»Wieso spielt Michelle die Prinzessin? Ist da schon irgendwas entschieden?«, fragte sie scharf.

Jana lief, soweit das ging, noch röter an. »Natürlich nicht, äh…«

»Klar spielt Michelle die Prinzessin!«, erklärte dagegen Frederic im Brustton der Überzeugung. »Wer denn sonst? Sie ist süß, sie ist blond, sie ist schön…«

Sophie nahm allen Mut zusammen und warf sich für ihre Freundin in die Bresche. »Jana ist auch ziemlich blond!«, erklärte sie.

Vanessa und Frederic beachteten sie gar nicht.

»Wo steht denn geschrieben, dass die Prinzessin blond sein muss!«, erregte sich Vanessa. »Und überhaupt, Michelle hat nicht einmal einen Schimmel. Die Prinzessin braucht einen Schimmel. Oder zumindest einen Rappen – oder einen

Dunkelbraunen.« Vanessa warf einen vielsagenden Blick auf ihre Donja.

Sophie hatte den starken Verdacht, dass Vanessas künftiges Springpony ein Apfelschimmel sein würde.

Janas Gesichtsfarbe hatte inzwischen von Tomatenrot zu ziemlich blass gewechselt.

»Vielleicht … gibt es gar keine Prinzessin«, murmelte sie.

Frederic nahm auch diese Bemerkung nicht zur Kenntnis. Stattdessen beendete er Janas Audienz mit einem halben Grinsen.

»Also, ich muss jetzt mal weg. Und du schreibst mir eine schöne Prinzengeschichte. Auch gern was mit 'nem Drachen … obwohl, so ganz scheufrei ist Negrito ja nicht … Und Michelle muss hinterher natürlich bei ihm auf der Kruppe sitzen. Na ja, du machst das schon!«

Damit war Jana entlassen. Wie schlafwandelnd ging sie hinaus.

Sophie folgte ihr achselzuckend. »Karen hat Recht«, meinte sie. »Er macht sich nichts aus dir.«

Jana schniefte kurz, aber dann straffte sie sich. »Warte bis zum Turnier! Da ist Vanessa nicht dabei, da schnappe ich ihn mir!«

Nicht nur Vanessa, auch Karen sollte das Turnier in Lahnstein eigentlich nicht mitreiten. Herr Baumann hatte Klemme überredet, mit ihm und Vanessa zum Probereiten des neuen Springponys zu kommen. Er zahlte ihr dafür ein fürstliches Beratungshonorar, und Klemme hoffte, sich mit seiner Begleitung späteren Ärger zu ersparen. »Wer weiß, mit was für einem Tier sie sonst ankommen! Papa Baumann meint doch, je höher der Preis, desto höher würde das Pferd auch springen. Und dann habe ich womöglich den zweiten Captain Kirk am Hals – aber diesmal vierzig Zentimeter kleiner, sodass ich mich nicht mal zum Korrigieren draufsetzen kann.«

Karen wandte sich daraufhin an Michelle.

»Du, Michi, wir waren doch immer gute Freunde ...«, eröffnete sie die Verhandlungen.

Michelle schaute verwundert auf. Sie reinigte gerade Ares' Sattelzeug für das Turnier am Sonntag.

»Sag am besten gleich, was du willst«, forderte sie Karen auf. »Wenn es um deine Hausaufgaben in Englisch geht – die kann ich dir schnell diktieren. Aber wenn's ein Platz im Hänger sein soll – vergiss es!«

»Ach komm, Michi! Ihr habt doch ein Abteil frei. Oder kauft dein Papa dir auch gerade noch ein neues Springpony?« Karen griff in außergewöhnlicher Hilfsbereitschaft nach dem Putzschwamm und einem Stirnriemen.

Michelle verdrehte die Augen. »Eben nicht. Und deshalb werde ich den Teufel tun und mir die Konkurrenz beim Springen auch noch zuladen. Ich bin vielleicht nett, Karen, aber ich bin nicht blöd.«

Karen strahlte. »Schau, Michi, dann ist das doch gar kein Problem. Was hast du genannt? Das E-Springen, nicht wahr? Sie haben keine Ponyklassen und da startest du Ares doch nicht in A, oder?«

Wenn Groß- und Kleinpferde beim Springen nicht getrennt gerichtet wurden, kamen nur Spitzenponys wie Cracker, die sonst auch in Pony-L-Konkurrenzen gestartet wurden, über die hohen Hürden. Allrounder wie Ares waren meist überfordert.

Michelle nickte. »A-Dressur, E-Springen«, erklärte sie.

»Siehst du, und ich nenne Cracker in A. Keine Konkurrenz, kein, wie nennt man das, ›Interessenkonflikt‹. Und als kleiner Nebeneffekt darfst du zugucken, wie ich Frederic einheize. Der hat das A-Springen nämlich auch genannt.« Karen hatte schon wieder diesen erwartungsfrohen Ausdruck im Gesicht, den sie immer zeigte, wenn sie einen Rivalen im Visier hatte.

Michelle lachte. »Na schön. Überredet. Aber wehe, du lässt Frederic doch gewinnen – oder meldest auch nur die A-Dressur. Da würde Ares dich zwar schlagen …«

»Nie!«, behauptete Karen grinsend. »Aber wenn du dir so sicher bist, weiß ich nicht, warum ich sie nicht melden soll …«

Michelle knirschte theatralisch mit den Zähnen. »Ich bin zu gut für diese Welt!«, behauptete sie. »Also schön, die Wette gilt. Was ist mit dir, Sophie? Willst du nicht auch mit? Du hast doch sonst nichts zu tun am Wochenende.«

Sophie hätte das Wochenende eigentlich mit ihrem Vater verbringen sollen. Der hatte allerdings abgesagt. Er spielte seit ein paar Monaten Golf und hatte am Sonntag sein erstes Turnier. Sophie hätte dabei gern zugesehen, aber Herr Kessler behauptete, zu viel Publikum mache ihn nervös.

»Er will sich nur nicht blamieren«, bemerkte Sophies Mutter. Aber Sophie tat es schon ein bisschen weh, dass ein Golfspiel ihrem Vater wichtiger war als das Wochenende mit ihr. Wenn sie nun zu Hause blieb, würde sie sicher endlos darüber grübeln. Daher kam ihr Michelles Angebot gerade recht.

»Wenn's dir nichts ausmacht …«, meinte sie etwas besorgt. Eigentlich genoss Michelle die seltenen Turnierfahrten allein mit ihrem Papa. Ob es ihr wirklich recht war, jetzt ein Auto voller fremder Mädchen mitzuschleppen?

Michelle schüttelte den Kopf. »Ach was. Im Gegenteil, es wird äußerst beruhigend auf mich wirken, wenn jemand zwischen Karen und Jana sitzt. Nicht dass die eine plötzlich auf die Idee kommt, der anderen was anzutun, um ihren geliebten Frederic vor Cracker zu schützen …«

Am Sonntag stiegen die vier Mädchen ganz einträchtig ins Auto. Sophie war noch etwas verschlafen und auch Karen zeigte morgens um sechs nicht gerade beste Laune. Wenn sie mit Klemme zum Turnier fuhr, musste sie meist nicht ganz so früh los. Die A- und ersten L-Wettbewerbe, an denen sie teilnahm, fanden später statt. Das E-Springen begann dagegen bereits um acht.

Michelle machte das zum Glück nichts aus und auch Jana zeigte sich vergnügt und aufgedreht. Michelle hatte schon zu nachtschlafender Zeit mit ihrem Papa gefrühstückt, und so war auch Herr Lieven vollständig fit und guter Stimmung, als er den Mädchen galant die Türen seines Geländewagens öffnete. Michelles Papa war ein kräftiger Mann mit etwas kantigem Gesicht und schon grau meliertem Haar. Seine graziöse hellblonde Tochter hatte wenig mit ihm gemeinsam. Nur wenn Michelle sich anstrengte, waren Ähnlichkeiten der Gesichtszüge erkennbar. Sonst kam das Mädchen ganz nach ihrer Mutter.

»Wenn ich geahnt hätte, dass ich so viele Damen bei mir haben würde, hätte ich natürlich den Mercedes genommen«, sagte Herr Lieven augenzwinkernd. »Meine Güte, ich werde mir heute vorkommen wie der Hahn im Korb, ganz allein mit vier hübschen Mädchen.«

Karen und Sophie nahmen das Kompliment lachend hin, aber Jana wurde fast ein bisschen rot. Sie hatte wieder mal alles getan, um besser auszusehen. Anscheinend hatte sie auch Berits Rat eingeholt, denn ihr feines dunkelblondes Haar war heute kunstvoll geflochten und mit bunten Spangen versehen. Das war auch nötig, denn der Tag war feucht und neblig. Zwar regnete es nicht, aber Sophie wusste aus eigener, leidvoller Erfahrung, dass Fönfrisuren bei Spagettihaaren wie ihren und Janas bei diesem Wetter keine drei Minuten hielten. Außerdem hatte Jana es geschafft, sich irgendwo eine echte Barbour-Jacke zu leihen, und obendrein eine blaue, die ihre hellen Augen tiefer und dunkler wirken ließ. Auf das Glitzerzeug auf den Wimpern hatte sie heute verzichtet. Sicher auch auf Berits Anraten. Dafür betonte sie die Augen mit einem kaum sichtbaren Lidstrich. Es sah großartig aus, und Jana schien gleich ein paar Zentimeter zu wachsen, als Sophie es ihr sagte.

Michelle und Karen wirkten dagegen beide etwas unförmig. Um beim Verladen, Putzen und Satteln nicht schmutzig zu werden, hatten sie Trainingsanzüge und Parkas über ihre engen weißen Reithosen und Blusen gezogen. Das schützte auch vor der Kälte. Der Turnierdress war nicht gerade dafür gemacht, Reiter im November warm zu halten.

Die beiden Ponys, sowohl Cracker als auch Ares, waren Autofahren gewöhnt und stiegen ohne zu zögern in Lievens geräumigen Pferdeanhänger. Von Frederic und seinem Vater war noch nichts zu sehen, als sie losfuhren.

»Die kommen erst zum A-Springen«, beruhigte Michelle die besorgte Jana. »Und garantiert sowieso erst auf die letzte Minute. Du kennst doch Frederic. Warmreiten hält der für ungesundes Müdemachen des Pferdes vor dem Start.«

Auf dem Turnierplatz herrschte bereits reges Treiben, als Herr Lieven sein Gespann einparkte. In der Halle lief gerade die Jugendreiterprüfung, der Abreiteplatz davor war voller dampfender Pferde und Reiterinnen in abenteuerlichen Jacken und Mänteln, weit genug, um über die Reitjacketts zu passen und die Kinder beim Abreiten warm zu halten. Eifrige Mütter und ein paar Reitlehrer standen ähnlich vermummt am Rand und gaben letzte Anweisungen. Inzwischen war auch leichter Sprühregen aufgekommen. Nicht das ideale Turnierwetter. Selbst ein Hallenturnier wurde davon beeinträchtigt.

»Lasst die Ponys noch im Hänger«, meinte Herr Lieven

nach einem Blick auf den Zeitplan und seine Uhr. »Wir sind gut in der Zeit, wenn ihr mögt, können wir noch einen Tee trinken, bevor Michelle satteln muss.«

Im Reiterverein Lahnstein gab es eine kleine Gaststätte mit Blick in die Reithalle. Während Michelle und Karen zur Meldestelle gingen, besetzte Herr Lieven einen Tisch direkt am Fenster. Er hatte schon Tee und belegte Brötchen bestellt, als die Mädchen wiederkamen.

»Zweites Frühstück gefällig?« Karen und Sophie, die zu Hause nicht gefrühstückt hatten, griffen eifrig zu, Jana und Michelle schüttelten den Kopf.

»Nach dem Springen«, erklärte Michelle. »Sonst kriegt mich Ares nicht über die Sprünge!«

Karen fasste sich an den Kopf.

Jana schien ebenfalls auf ihre Linie bedacht zu sein. Oder sie war einfach zu aufgeregt zum Essen. Stattdessen schaute sie immer wieder zur Tür. Irgendwann musste Frederic hereinkommen, hier war schließlich die Meldestelle.

Nach der Jugendreiterprüfung startete die E-Dressur. Michelle sah sich die ersten Abteilungen noch an, ging dann aber satteln. Sie war die dritte Starterin beim E-Springen und wollte Ares vor der Parcoursbegehung noch abreiten.

»Geht ihr mal mit, ich halte den Tisch frei«, bestimmte Herr Lieven. »Wenn wir von den Tribünen aus zuschauen, frieren wir uns ja tot.«

»Ihr könntet mich aber anfeuern!«, erklärte Michelle vorwurfsvoll. »Sei nicht so bequem, Papi!«

Herr Lieven lachte. »Bei so einem kleinen Springen brauchst du keinen Zuspruch. Das schaffst du ganz allein, Prinzessin.«

Michelle zeigte ihm eine lange Nase und zog mit Karen und Sophie ab. Jana folgte ihnen etwas zögerlich. Sie schien unschlüssig, ob es klüger war, auf dem Parkplatz oder vor der

Meldestelle auf Frederic zu warten. Schließlich ging sie doch mit. Auf dem Parkplatz konnte sie schließlich gleich zur Stelle sein, falls Frederic Hilfe brauchte. Sorgsam lud sie den gut sortierten Putzkasten aus, den Berit ihr extra dafür geliehen hatte.

»Willst du Negrito Flittersteinchen auf die Hufe kleben?«, fragte Karen grinsend und zog ein geheimnisvolles Röhrchen aus der Putzbox. »Und hier, Mähnenglanz mit Twinkleeffekten. Wahrscheinlich das gleiche Zeug, das du dir sonst auf die Lider schmierst. Partnerlook für Pferd und Reiter.«

»Ich finde das ganz lustig«, meinte Michelle. »Hat Berit bestimmt schon fürs Weihnachtsreiten gekauft.«

Die Mädchen luden Ares schnell aus und Cracker wieherte ihm etwas beleidigt nach. Er wollte nicht allein im Hänger bleiben, aber Karen fand es überflüssig, das Pony vor dem Satteln nass regnen zu lassen. Sie staunte nicht schlecht, als Michelle ihm ein Fenster öffnete, aus dem Cracker wie aus einer Außenbox heraus dem Treiben auf dem Turnierplatz zusehen konnte.

»Boh, Mann, der totale Nobelhänger!«, begeisterte sich Karen.

Ares war schnell gesattelt, und Michelle ritt ihn warm, während in der Halle die Hindernisse aufgebaut wurden. Schließlich übergab sie Sophie das Pony und ging zur Parcoursbegehung in die Halle.

»Es ist elend schwer«, berichtete sie danach. »Gut, dass ich mir das A-Springen gespart habe, sie legen die Stangen hier so hoch sie eben dürfen! Und zwischendurch unmöglich enge Wendungen. Viele Nullfehlerritte gibt das nicht!«

»Reite bloß auf Sicherheit!« Das war Michelles Vater. Besorgt streichelte er Ares' flauschigen Hals. Der Wallach stand in vollem Winterfell. Michelle hielt nichts davon, ihn zu scheren.

»Du hier?«, neckte ihn Michelle. »Was ist denn mit dem kostbaren Tisch?«

Herr Lieven zwinkerte ihr zu. »Den hab ich der Kellnerin gerade vergoldet. Für das entsprechende Trinkgeld stellt sie ein Schild ›Reserviert‹ drauf.«

Sophie seufzte. Reichsein hatte schon seine Vorteile!

Die ersten beiden Starter im E-Springen saßen auf Großpferden und unterschätzten die knappen Kurven in der Reithalle vollkommen. Die Erste kam so ungünstig vor die Sprünge, dass ihr Pferd zwei riss und einen verweigerte. Der Zweite, ein Junge, ritt an einem Sprung einfach vorbei und musste umdrehen. Danach schlug er auch noch die falsche Richtung ein und wurde schließlich wegen Verreiten disqualifiziert. Michelle dagegen ritt routiniert und gelassen, kam ordentlich um die Kurven und sauber vor jeden Sprung und verließ den Parcours schließlich ohne Fehler. Der letzte Steilsprung war allerdings fast etwas zu viel für Ares. Es war reines Glück, dass er gerade noch hinüberkam. Michelle klopfte ihn strahlend.

»Siehst du, wenn ich jetzt um drei Brötchen schwerer gewesen wäre, hätte er das nicht geschafft«, behauptete sie gegenüber Karen im Brustton der Überzeugung.

Ihre Zeit war allerdings nicht berauschend.

»Für Platz eins reicht das nie«, meinte Karen skeptisch und zog los, um nun auch Cracker fertig zu machen. Nach dem E-Springen kam die A-Dressur und da starteten nun tatsächlich beide Mädchen. Jede fest entschlossen, die andere zu schlagen.

Die nächsten zehn Starter machten den Parcours durchwegs zu Kleinholz, aber dann gab es doch noch zwei Nullfehlerritte von Mädchen mit kleinen, viel Araberblut führenden Warmblütern. Zu Michelles Enttäuschung waren beide schneller als Ares, aber immerhin blieb ihr Platz drei.

Frederic war immer noch nicht eingetroffen, als Michelle und Karen für die A-Dressur abritten.

»Vielleicht kommt er gar nicht…«, sagte Jana enttäuscht. Sie wirkte inzwischen nicht mehr so frisch und hübsch wie am Morgen, sondern sah ein wenig aus wie eine nasse Katze. Sophie war überzeugt, dass sie selbst genauso aussah. Es war kalt und die Nässe schien alle Jacken und Pullover zu durchdringen. Sophie freute sich schon auf den »vergoldeten« Tisch im Reiterstübchen und einen heißen Tee. Die A-Dressur würden sie sich auf jeden Fall von drinnen anschauen. Es gab zehn Abteilungen, das heißt, es konnte Stunden dauern, bis das Ergebnis feststand. Karen und Michelle waren beide in Abteilung vier.

»Sei nicht albern, natürlich kommt Frederic«, tröstete Sophie die entnervte Jana. »Er steht doch im Programm. Und Negrito war gestern schon eingeflochten.«

»Er könnte eine Kolik haben. Oder sie hatten einen Unfall…« Bei dem Gedanken wurde Jana ganz blass.

Sophie verkniff sich ein Grinsen. Sie konnte sich gut vorstellen, was Karen dazu gesagt hätte.

»Das A-Springen fängt erst um halb elf an«, beruhigte sie Jana noch einmal. »Jetzt ist es zehn nach neun. Was um Himmels willen soll er schon hier?«

Karen hatte auf dem Abreiteplatz inzwischen eine Bekannte getroffen. Auch Sophie war sich sicher, das große braunhaarige Mädchen schon einmal gesehen zu haben, das da einen nicht minder hoch gewachsenen Braunen in die Reitbahn führte. Als Sophie hörte, wie sie sich bei Karen nach Donja erkundigte, fiel es ihr wieder ein: Das war Doreen Schiedler, die Tochter von Donjas und Dollys Züchterin. Sie hatte die Ponys damals verkaufen müssen, weil sie außergewöhnlich gewachsen war. Innerhalb eines halben Jahres war Doreen auf fast einen Meter achtzig Körpergröße hochgeschossen. Nun startete sie mit ihrem neuen Pferd – Fridericus. Sophie erinnerte sich, dass sie den riesigen Vierjährigen liebevoll »Freddy« nannte.

Doreen startete gleich in der ersten Abteilung, und Sophie war zu neugierig, um in die Halle zu sausen. Stattdessen sah sie gleich vom Abreiteplatz aus zu.

»Da haben wir die echte Konkurrenz«, seufzte Karen mit einem abschätzenden Blick auf Michelle und Ares neben sich. »Doreen reitet super. Und das Pferd ist auch eins a. Ein Riese, aber tolle Bewegungen und so was von geschmeidig und schön am Zügel. Tja, ich fürchte, die kommt vor uns auf die Olympiade. Ein Mist, dass ich nicht wenigstens Jodie dabeihabe!«

Mit ihrem Dressurpony Jodie hätte Karen sicher eine Chance gegen Fridericus gehabt, aber Cracker konnte da nicht mithalten. Auch die anderen Mädchen der ersten Abteilung fielen hoffnungslos gegen Doreen ab. Sie verließ die Halle mit einer geradezu Schwindel erregend hohen Wertnote.

Zu Sophies Überraschung war sie aber gar nicht eingebildet. Sie erkannte Sophie sogar wieder und erkundigte sich nach Dolly. Sophie, die inzwischen völlig durchgefroren war, lud sie an den »vergoldeten Tisch« ein. Doreen nahm gern an und schaffte es in Rekordzeit, Freddy einzudecken und wieder in seinen Hänger zu stellen. Auch Jana gab ihren Warteposten auf dem Parkplatz erst einmal auf und folgte den anderen ins Warme.

Herr Lieven nahm die drei strahlend in Empfang und bestellte das dritte Frühstück, diesmal mit Kuchen.

»Na, ist Frederic immer noch nicht da?«, fragte er Jana mitfühlend.

Das Mädchen schüttelte den Kopf.

»Weinert?«, fragte Doreen nebenbei und nahm sich ein

Stück Streuselkuchen. »Der kommt immer erst drei Minuten vor dem Springen. Aufwärmen von Pferden hält er irgendwie für verlorene Lebenszeit ...«

Sophie musste sich schon wieder zusammenreißen, um nicht zu kichern.

In der Halle absolvierte inzwischen die zweite A-Abteilung ihre Aufgabe ohne besondere Vorkommnisse. Die Wertnoten lagen alle im mittleren Bereich. Schließlich ritten Michelle und Karen mit der dritten Gruppe ein. Michelle kam an die zweite Stelle der Abteilung, Karen an die letzte. Später erwies sich Michelles Position allerdings als die eigentliche Tete, denn das erste Pferd, ein riesiger Schimmel, hatte es so eilig, dass es die Abteilung bald von hinten aufrollte.

»Ist richtig, dass sie sich davon nicht aus der Ruhe bringen lässt«, kommentierte Doreen und stopfte sich das zweite Stück Kuchen in den Mund. »Sonja Deppe, das Mädchen mit dem Schimmel, kommt jeden Sonntag, und die Richter setzen es immer wieder nach vorn, weil das Hotty so groß ist. Aber kaum fangen sie an, die Aufgabe zu verlesen, da rennt der Gaul um sein Leben. Ich weiß nicht, warum Sonja das nicht endlich mal zu Hause übt!«

Michelle und Karen saßen gerade und gelassen auf ihren ordentlich versammelten Ponys. Sophie erzählte Doreen von ihrer Wette. Doreen lachte.

»Oh Mann, das wird knapp. Reiten können sie beide, da gibt's nichts. Und ich würde sogar sagen, der Schecke geht eine Spur besser. Cracker ist einfach nicht so der Dressurcrack. Aber dafür kriegt Ares Abzüge wegen der Farbe. Diese ungleichmäßig hohen weißen Beine, das irritiert die Richter. Sie sehen dann immer irgendwelche Taktfehler.« Doreen nahm sich ein Stück Zuckerkuchen und wandte sich dann an Herrn Lieven. »Haben Sie schon mal dran gedacht, ihn einzufärben? Wenigstens die Beine?«

Michelles Vater lachte herzlich. »Und als Nächstes empfiehlst du uns Kontaklinsen für sein blaues Auge, ja? Nöö. Unser Ares bleibt, wie er ist. Wenn die Richter ihr Ding verstehen, sehen sie auch, dass er ordentlich läuft. Und wenn nicht, dann ist das doch ein Armutszeugnis für die Richter und nicht für das Pferd. Oder seh ich das falsch?«

Unten lenkten Michelle und Karen ihre Ponys eben durch eine gleichermaßen perfekte Vorhandwendung. Karen hatte allerdings alle Hände voll zu tun mit Cracker. Der kleine Fuchs wurde langsam nervös, da ihm der ursprünglich an die Tete gesetzte Schimmel ständig von hinten auflief. Cracker hasste das, benahm sich bislang aber tadellos.

Schließlich galoppierte Michelle weisungsgemäß sauber am Punkt X an und blieb im ruhigen Arbeitsgalopp auf dem Zirkel. Ares ging rund und gelassen, Michelle und ihr Schecke boten einfach ein hübsches Bild. Karen und Cracker wirkten inzwischen nicht mehr so perfekt. Cracker blieb zwar am Zügel, schlug aber ärgerlich mit dem Schweif, als der Schimmel ihm schon wieder zu nahe kam. Dessen Reiterin zog mit aller Kraft am Zügel, konnte aber wenig ausrichten.

»Kriegt Karen dafür Punktabzüge?«, fragte Sophie besorgt.

Doreen zuckte die Schultern. »Wer weiß? Eigentlich sollte sie nicht, bei dem Theater würden selbst Ponyengel mit den Ohren zucken. Aber man kann nie sagen, was in den Richtern vorgeht. Karen punkten sie aber sowieso hoch, weil sie sonst immer gewinnt. Wahrscheinlich denken sie, Jodie wäre krank, und jetzt kriegt sie Bonuspunkte für den Start mit dem Ersatzpferd.«

»Sagenhaft gerechte Wertung!«, bemerkte Herr Lieven.

Doreen zog einen Flunsch. »Wenn das hier alles gerecht wäre, hätte ich noch zwei Jahre mit meiner süßen Donja starten können, statt sie an diese doofe Vanessa zu geben. Vom

Gewicht her macht das keinen Unterschied, ich bin groß, aber dünn, Vanessa ist klein und fett. Aber nein: ›Die Proportionen stimmen nicht.‹ Die Richter haben mich so hoffnungslos runtergewertet, da war nichts zu machen.«

Michelle parierte gerade geschmeidig zum Trab durch. Sie bot heute wirklich eine fantastische Leistung. Karen schaffte es auch auf den Punkt, aber Cracker war jetzt deutlich verspannt. Beim nächsten Angaloppieren machte er einen kleinen Buckler, und dann keilte er auch noch kurz nach dem Schimmel aus, als der ihm wieder auflief. Karen atmete sichtlich auf, als die Prüfung endlich zu Ende war. Gespannt warteten die Zuschauer auf die Wertnoten.

»Michelle Lieven 8,3, Karen Winter 8,2«, meldete der Sprecher schließlich. Das waren bisher Platz zwei und drei hinter Doreen mit 8,5.

Herr Lieven bestellte vor Freude gleich das vierte Frühstück.

Michelle und Karen stürzten sich darauf wie Verhungernde, als sie kurz danach in die Gaststätte kamen.

»Alles wegen dem blöden Schimmel!«, erklärte Karen verbittert. »Sonst hätten wir mindestens gleichgezogen!«

Michelle grinste. »Ach, gib es doch einfach zu, Karen, Ares ist besser! Jetzt hoffe ich bloß, dass sie uns nicht noch jemanden vor die Nase setzen.«

Karen schüttelte den Kopf. »Höchstens dieses Blag mit dem Dressurpferd von Mama – wegen Babybonus.« Das Mädchen wies in die Halle, wo in Abteilung fünf gerade ein höchstens sechsjähriges Mädchen auf einem großen Rappen an die Tete ritt. »Sie setzen es schon nach vorn, ein schlechtes Zeichen!«

»Es sieht aber süß aus«, bemerkte Sophie.

Die anderen stöhnten.

»Eben!«, meinte Doreen. »Das finden die Richter auch

und halten es für wer weiß was für eine Leistung, dass die Kleine mit dem Riesenross durch die Prüfung kommt. Dabei kann der Gaul die ganze LPO auswendig. Mama flüstert ihm vorher die Aufgabe ein und dann geht er die durch. Macht er schließlich schon seit zehn Jahren. Töchterlein darf bloß nicht aus Versehen eine Hilfe geben, das bringt ihn aus dem Konzept …«

»Ihr seid gemein!«, lachte Sophie, konnte aber nicht leugnen, dass das Kind in der Halle ziemlich passiv auf dem großen Pferd saß. Höchstens zupfte es mal links oder rechts am Zügel. Aber dann ging doch etwas schief. Beim Angaloppieren verrutschte der Sitz der Kleinen, das Pferd interpretierte das als Zeichen für Kontergalopp und sprang auf der falschen Hand an.

»Gewonnen!«, johlte Karen und hob ihre Teetasse, um mit Michelle und Doreen anzustoßen.

Die restliche A verlief ohne besondere Höhepunkte. Doreen, Michelle und Karen blieben unangefochten auf Platz eins bis drei.

Als die letzte Abteilung einritt, standen die Mädchen auf, um die Pferde für die Siegerehrung »Dressur« vom Hänger zu holen. Die Schleifen fürs Springen wurden erst nach dem A-Springen verteilt.

»Ich glaub nicht, dass Frederic noch kommt.« Aus lauter Frust hatte Jana jetzt doch ein Stück Kuchen gegessen. Während sie überlegte, ob es sich dennoch lohnte, den Parkplatz noch einmal zu inspizieren, leckte sie sich die Zuckerreste von den Lippen. In dem Moment trat Frederic ein. Jana lief rot an wie eine Tomate. Schließlich fiel der erste Blick des Jungen direkt auf ihren Tisch.

Frederic winkte Lievens und ihrem Anhang grinsend zu.

»Tag, Herr Lieven, hallo, Michi! Ich komme gleich vorbei, muss bloß eben melden …«

»Ich sag's doch, auf den letzten Drücker«, meinte Doreen gelassen. »Kommt ihr jetzt mit oder wollt ihr auf den Kerl warten?«

Karen und Michelle schlossen sich natürlich an, aber Jana war unschlüssig. Sie starrte Frederic schon wieder an wie eine hungrige Katze die Kühlschranktür.

Karen stieß sie an. »Los, Jana, mach schon. Ich denke, du willst ihm den Steigbügel halten. Wenn du ihn nur anstarrst wie hypnotisiert, verliebt er sich nie in dich.«

Jana stand auf und folgte den anderen wie in Trance.

»Hat sie irgendwas?«, fragte Doreen.

# Ein schönes Paar

Der A-Parcours wurde schon während der Siegerehrung »Dressur« aufgebaut und Michelle blickte sorgenvoll auf die Sprünge.

»Das sind keine A-Hindernisse, das sind Hochhäuser!«, sagte sie, als die Mädchen herausritten und Sophie Cracker die Schleife abnahm. Karen blieb gleich für das Springen im Sattel.

»Die rechnen wirklich nur mit Großpferden.«

Karen zuckte die Achseln. »Cracker macht das schon!«, sagte sie selbstsicher. »Hat mal einer geguckt, wann ich ungefähr dran bin?«

»Als Sechste«, gab Sophie Auskunft. »Und Frederic ist Vorletzter. Hat Jana vorhin ausgetüftelt. Wo ist sie jetzt überhaupt?«

»Na, wo schon, am Hänger von Weinerts, Freddy betüdeln. Mir ein völliges Rätsel, was sie an ihm findet.« Michelle sattelte Ares ab und gab ihm eine Möhre. »Macht's dir was aus, Karen, wenn wir dich nicht anfeuern, sondern uns zum Zuschauen ins Warme begeben?« Es regnete jetzt richtig und Michelle fröstelte in ihrem dünnen Reitjackett.

Grinsend winkte Karen ab. »Ich seh euch dann nach der Siegerehrung!«

Bei Herrn Lieven am »vergoldeten Tisch« hatte sich inzwischen Herr Weinert eingefunden und schon mal im Vorfeld Sekt bestellt.

»Auf das fabelhafte Abschneiden Ihrer Tochter!«, erklärte er und prostete Herrn Lieven zu. »Das Mädchen ist so begabt, wenn Sie der nur mal ein anständiges Pferd kaufen würden…«

Michelles Vater nippte nur an seinem Glas und würdigte ihn keiner Antwort. Stattdessen bestellte er heiße Schokolade für die verfrorenen Mädchen.

Unten in der Halle startete inzwischen der erste Reiter, ein Junge auf einem Fuchs. Er hatte allerdings gleich zwei Abwürfe. Auch die A-Reiter verschätzten sich mit den kurzen Distanzen, engen Kurven und hohen Hindernissen dieses Parcours.

Als der zweite Reiter noch heftigeren Stangensalat verursachte, gesellte sich Jana wieder zu den anderen. Sie war triefend nass, aber glücklich.

»Ich durfte Negrito die Bandagen anlegen und nachgurten!«, erklärte sie, als ob das mindestens einem Ritterschlag gleichkäme. »Und hinterher hat er ›Danke‹ gesagt.«

»Frederic oder Negrito?«, erkundigte sich Michelle.

Als dritte Reiterin startete Doreen mit ihrem Fridericus. Sie ritt sehr schön, kam tadellos vor die Sprünge und schaffte den ersten Nullfehlerritt. Allerdings war sie langsam.

»Keine Konkurrenz«, meinte Herr Weinert leichthin, während die anderen applaudierten.

Bis zu Karens Ritt kamen noch zwei Mädchen mit jeweils vier Fehlern verhältnismäßig gut über den Parcours. Die meisten bauten hoffnungslos ab. Dann aber betrat der kleine Cracker die Halle. Im Verhältnis zur Größe des Ponys wirkten die Hindernisse wirklich gewaltig.

»Ich glaub, ich würde mich zu Tode fürchten«, gestand Sophie.

Michelle nickte. »Ich auch«, gab sie zu.

»Und ich erst«, lachte Herr Lieven. »Gut, dass du vernünftig bist, Prinzessin. Aber die kleine Winter reitet ja wie der Teufel. Meine Güte, da geht einem der Hut hoch!«

Herr Lieven war nicht der Einzige, der begeistert applaudierte, als Cracker wie ein Irrwisch über das erste Hindernis setzte und sich dann fast noch in der Luft um die Kurve warf. Alle nahmen an, dass Karen auf volles Risiko ritt, aber Sophie und die anderen Mädchen aus dem Stall wussten es besser. Was Karen da unten abzog, war für ihre Verhältnisse noch »vorsichtig«.

Die letzte, lange Seite mit einer Mauer und einem Steilsprung ging Cracker an wie ein Rennpferd. Er sauste in atemberaubendem Tempo auf die Sprünge zu, fand aber trotzdem noch Kraft, sich abzuschnellen.

»Null Fehler in 1 Minute, 3,5 Sekunden!«, vermeldete der Sprecher.

Karen grinste in Richtung Gastwirtschaft und machte das Siegzeichen.

»Donnerwetter! Da muss sich Frederic ja gleich ganz schön ins Zeug legen!«, meinte sogar Herr Weinert. »Schade, dass unser Fuchs noch nicht so richtig mitmacht. Das ist ein Pferd, sag ich Ihnen! Der wird mal Häuser springen!«

Zu seiner Enttäuschung hörte niemand richtig zu.

Unter den nächsten Startern gab es gelegentlich Vierfehlerritte. Ganz ohne Patzer schaffte es jedoch keiner mehr, bis Frederic an die Reihe kam.

»Hoffentlich macht er nichts Gefährliches …« Jana war ganz blass. »Wenn er versucht, schneller zu sein als Karen …«

Michelle kriegte langsam zu viel. »Natürlich versucht er, schneller zu sein als Karen!«, blaffte sie Jana an. »Das ist der Sinn der Übung. Und was Frederic angeht: Unkraut vergeht nicht.«

Jana warf ihr einen vernichtenden Blick zu.

Frederic grüßte inzwischen lässig die Richter und ließ

Negrito dann gleich angaloppieren. Er legte von Anfang an ein wahnsinniges Tempo vor und brachte sein Pferd in den unmöglichsten Winkeln vor die Sprünge. Der Rappe war dadurch jedoch nicht zu schrecken. Mit zum Teil abenteuerlichen Verrenkungen nahm er die Hindernisse.

»Wahnsinn!«, staunte Michelle. »Oh Mann, der kann Karen echt noch toppen!«

Zwischen den Sprüngen verlor Frederic allerdings nach wie vor Zeit durch zu weite Wendungen. Außerdem war Negrito einfach nicht so spritzig wie Cracker. Als Frederic schließlich im Renngalopp über die Ziellinie jagte, wartete alles gespannt auf das Ergebnis.

»1 Minute … und genau 3,5 Sekunden!«, rief der Sprecher. »Unglaublich, um hier den Sieger zu ermitteln, hätten wir Hundertstel messen müssen! Haben wir aber nicht. Also warten wir ab, was nachher die Richter entscheiden. Zwei erste Plätze oder ein Stechen.«

Der letzte Reiter machte inzwischen weitgehend unbeachtet Kleinholz aus dem Parcours. Also stand nun Platz drei für Doreen fest. Und Karen und Frederic?

»Wir machen jetzt eine kurze Pause zum Parcoursaufbau und sehen dann ein Stechen zwischen Karen Winter auf Cracker und Frederic Weinert auf Negrito«, verkündete der Sprecher die Entscheidung der Richter.

Sophie und Michelle liefen hinaus auf den Abreiteplatz, um Karen aufzumuntern, Jana erklärte derweil Frederic ihre rückhaltlose Bewunderung. Der hatte allerdings nur Augen für Michelle.

»Na, wer von den Damen schenkt mir denn jetzt ein Seidentüchlein?«, fragte er grinsend mit Blick auf das Samtband, mit dem Michelle ihr helles Haar zu einem Pferdeschwanz bändigte. »Vor dem Kampf stattet die Prinzessin ihren Ritter doch stets mit einem Glücksbringer aus.«

Michelle tippte sich an die Stirn. »Karen wird dich kaum mit einer Lanze erstechen. Aber ich kann verstehen, dass du Angst vor ihr hast.«

»Magst du mein Schultertuch haben?«, bot Jana an. »Du könntest es dir … na ja, vielleicht um die Gerte binden …«

Frederic sah sie an, als sei sie nicht recht bei Trost.

Sophie bemerkte Janas verzweifeltes Gesicht und versuchte, die Sache ins Lächerliche zu ziehen. »Ich hätte auch noch ein Tempotuch«, sagte sie ungewohnt schlagfertig.

»Oh, geil! ›Wegwerf-Rittertum‹!«, stichelte Karen im Vorbeireiten. »So, sie sind fertig. Kommt, Herr Ritter, gehen wir uns den Parcours ansehen.« Sie stieg vom Pony und gab Sophie die Zügel.

Frederic überreichte seine Zügel Jana, die glücklich strahlte.

»Woher weiß er so viel über Ritter?«, fragte Sophie verwundert.

»Er liest eben doch Bücher!«, triumphierte Jana.

Michelle verdrehte die Augen. »Playmobil!«, erwiderte sie dann. »Meine Mama hat ihm mal die Ritterburg zu Weihnachten geschenkt.«

Karen sah ein bisschen besorgt aus, als sie aus der Reithalle kam.

»Das ist selbst für Cracker hart an der Grenze«, vertraute sie ihren Freundinnen an. »Die Abmessungen schafft er, aber die Hindernisse … Irgendwo ist das nicht ganz fair, sie wissen doch, dass Cracker nur 1 Meter 35 hoch ist.«

»Die wollen ein Spektakel«, meinte Michelle. »Sie haben doch die ganze Zeit hart am Limit aufgebaut. Und jetzt setzen sie noch eins drauf. Macht nichts, wenn du nicht gewinnst. Cracker ist ein Superpony, aber er kann nicht fliegen!«

Karen warf den Kopf in den Nacken. »So weit, dass wir aufgeben, sind wir noch nicht!«, erwiderte sie. »Also, drückt die Daumen!«

Entschlossen lenkte sie ihr Pony in die Bahn. Cracker spitzte die Ohren. Noch mal springen? Dafür war er immer zu haben. Als Karen nur leicht die Zügel vorgab, schoss er los.

Für das Stechen hatte man ein paar Hindernisse entfernt, sodass nun nur noch fünf Sprünge zu bewältigen waren. Die hatten es aber in sich. Schon der erste, ein Steilsprung, forderte Cracker einiges ab, und danach ging es gleich um eine Kurve auf die zweifache Kombination zu. Karen nahm die Kurve ungewohnt langsam und gab dem Pony damit die Möglichkeit, Kraft zu sammeln und Anlauf zu nehmen. Cracker flog über eine Trippelbarre und einen Oxer. Jetzt nur noch die wirklich gewaltige Mauer. Karen ließ Cracker nicht wie sonst auf der Zielgerade die Zügel schießen, sondern versammelte ihn noch einmal vor dem kompakten Sprung. Das Pony ließ die Mauer im Abstand von höchstens einem Zentimeter unter sich.

»Null Fehler in 53 Sekunden!«, meldete der Sprecher.

»Das war Spitze. Aber ich fürchte, Frederic kann's schneller«, meinte Doreen, als Karen herausritt.

Karen zuckte die Schultern. »Wenn er nicht reißt«, sagte sie.

Frederic schien den Unterschied zwischen hohen und niedrigen Sprüngen gar nicht zu kennen. Er ging den schweren Parcours genauso unbekümmert und im vollen Vertrauen zu seinem Pferd an wie vorhin den kleineren. Negrito enttäuschte ihn nicht. Erneut wand er sich irgendwie über die Sprünge, egal wie Frederic ihn davor lenkte. Der Junge versuchte inzwischen auch, die Kurven noch enger zu nehmen. Vor der Mauer lag er zeitlich klar in Führung, aber nun wollte er wohl noch eins draufsetzen. Anstatt die lange Seite ganz auszunutzen, wendete er das Pferd nach dem Oxer so plötzlich, dass Negrito nur zwei Galoppsprünge Anlauf blieben. Zu allem Überfluss kam der Wallach auch noch in der Kurve ins Stolpern. Im Grunde war die Mauer nicht zu schaffen. Jedes normale Pferd hätte sicher verweigert. Aber Negrito versuchte es trotzdem. Fast aus dem Stand sprang er ab, kam mit der Vorhand tatsächlich über den Sprung – und stieß die Mauer dann doch mit einem Hinterhuf um.

»Gewonnen!«, schrie Karen.

»Vier Fehler in 42 Sekunden«, erklärte der Sprecher.

Die Zuschauer tobten vor Begeisterung, als Karen mit ihrem kleinen Pony vor Frederic auf dem riesigen Rappen und Doreen auf dem noch größeren Braunen zur Platzierung einritt.

Sophie und Michelle schrien sich heiser.

»Das war nur Glück«, tröstete Jana Frederic.

Den schien die Niederlage allerdings nicht allzu sehr anzufechten. Großmütig gratulierte er Karen und grinste Michelle zu.

»Mit einem Glücksbringer von der Prinzessin hätte ich gewonnen«, erklärte er im Brustton der Überzeugung, als sich schließlich alle wieder am »vergoldeten Tisch« trafen. »Aber du hast noch eine Chance, die Sache wieder gutzumachen, Michi. Ich weiß nicht, ob ihr's gelesen habt, aber sie haben ein Paarreiten zusätzlich ins Programm genommen. In einer Stunde, gleich nach dem L-Springen. Ich habe uns vorhin genannt. Also mach schon mal dein Pony fertig, dann überlegen wir uns ein paar Figuren.«

»Du hast was?«, fragte Michelle entsetzt. »Du hast allen Ernstes dich und mich für ein Paarreiten genannt? Ohne vorher zu fragen? Und jetzt stehen unsere Namen womöglich zusammen auf einer Nennungsliste? Ich krieg die Krise!«

»Aber Michi …«

»Frederic, ich starte nicht mit dir. Wir sind kein Paar. Und Dressurreiten ist ja nun auch nicht deine Stärke. Ich blamier mich doch hier nicht zu Tode!« Sophie hatte Michelle noch nie so wütend gesehen.

»Na, na, Michelle, nun sei mal kein Spielverderber!«, begütigte Herr Weinert. »Soo schwer wird die Aufgabe schon nicht sein. Und ihr wäret ein wunderschönes Paar. Dein Pferd ist ja auch fast schwarz, und...«

»Gleich schlagen Sie mir noch vor, Ares zu färben, ja?« Michelles Augen blitzten vor Wut. »Nein, keine Chance. Ich reite garantiert nicht mit Frederic. Willst du die Nennung selbst zurückziehen oder soll ich das machen? Möglichst bevor sie die Liste aushängen.«

»Willst du euch echt streichen? Wär doch schade ums Nenngeld«, wandte Karen ein. »Warum reiten wir nicht zusammen? Beim Paarreiten gibt's meistens nur drei oder vier Starter. Leicht verdiente Schleife.«

Michelle überlegte. »Die Ponys sind aber ganz verschieden. Und muss man sich nicht irgendwie verkleiden?«

»Die Ponys sind fast gleich groß«, meinte Sophie. »Und ihr habt beide blaue Reitjacketts. Na ja, und was Verkleiden angeht... was ist mit dem Glitzerzeug aus Janas Putzbox?«

Michelle und Karen sahen sich an.

»Himmelblauer Glitter?«, fragte Karen zweifelnd. Jana, die bis eben noch traurig in der Ecke gehockt hatte, raffte sich auf. Sie war ziemlich verträumt, aber wenn etwas rasch organisiert werden musste, war sie nicht zu schlagen. Und jetzt musste sie auf andere Gedanken kommen. Wenn sie weiter über Frederic und Michelle nachgrübelte, würde sie noch anfangen zu heulen...

»Wenn es roter wäre, ginge es nicht«, meinte sie. »Wegen Crackers rotbraunem Fell. Aber Himmelblau ist super, das passt zu beiden Ponys. Und wir sprühen auch etwas auf eure Kappen und Jacketts.«

»Braucht ihr Luftballons?«, erkundigte sich Herr Lieven eifrig. »Ich glaube, im Jeep steht noch eine Kiste vom Betriebsfest. Vorhin habe ich noch auf Peter geschimpft, weil er sie nicht ausgeladen hat.«

Peter war Herrn Lievens Chauffeur.

»Das wäre ein Gag! Wenn wir es schaffen, einen Luftballon an unsere Reitjacketts zu klemmen ... Oder ans Kopfstück der Pferde?«, überlegte Karen.

Jana nestelte schon zwei himmelblaue Klemmen aus dem Haar. »Hier, mir nützen sie doch nichts«, sagte sie etwas bitter.

»Also los«, meinte Michelle, »packen wir die Pferde halt noch mal aus und gucken, was sich machen lässt.«

Ares und Cracker standen schon eingedeckt und bereit zur Heimfahrt im Anhänger, schauten aber ganz vergnügt, als die Mädchen sie noch einmal ausluden. Jana und Sophie waren dafür, ihre Mähnenzöpfchen zu öffnen und den Glitter in das offene, lockige Haar zu sprühen, aber Michelle und Karen lehnten das ab.

»Mag ja sein, dass es hübscher aussieht«, erklärte Karen, »aber Dressurrichter fallen in Ohnmacht, wenn sie Pferde mit offener Mähne sehen. Die geben uns glatt Abzüge, wenn die Ponys zu natürlich aussehen.«

»Natürlich?«, fragte Sophie. »Mit Glitter im Haar, Luftballons am Halfter und himmelblau lackierten Hufen?«

»Lieber nichts riskieren!«, meinte auch Michelle. »Aber vielleicht kann mal einer versuchen, meine Haare zu flechten, damit Karen und ich auch möglichst gleich aussehen.«

Karen – von Kindesbeinen an mit dem Flechten von Pferdemähnen vertraut – verwandelte Michelles blonden Pferdeschwanz in Windeseile in einen straffen Zopf. Jana und Sophie studierten die Gebrauchsanweisung für Glanzspray und Huflack. Schließlich entschieden sie sich, die Hufe erst nach dem Abreiten zu verschönern, und stellten sich vor dem Halleneingang mit dem Lack in Positur. Die anderen Reiter lachten sich schlapp, als Michelle und Karen schließlich mit ihren warmgerittenen Pferden zur Pediküre aufliefen, aber das konnte die Mädchen nicht schrecken.

»Es sieht geil aus!«, bemerkte Jana schließlich bewundernd, als die Pferde fertig zum Start waren. Tatsächlich blinkten und blitzten ihre Hufe nun mit ihren Mähnen und den Reitjacketts der Mädchen um die Wette. Außerdem hatte Jana großzügig Mähnenglanz auf Karens und Michelles Zöpfe gesprüht.

»Hoffentlich geht das wieder raus!«, sorgte sich Karen um ihren fast hüftlangen Zopf.

»Wenn nicht, musst du die Haare eben abschneiden«, neckte sie Michelle. »Wie war das noch mit ›leicht verdienter Schleife‹? Los jetzt. Und nicht vergessen: Ich sage die Figuren an. Hoffen wir mal, dass sie anständige Musik spielen!«

Karen nickte. Musikreiten war nicht ihr Ding, sie schaffte es einfach nicht, sich passende Figuren auszudenken und zu entscheiden, ob eher Trab oder Galopp zum Takt des Stückes passten. Michelle, der Tänzerin, lag das umso besser.

»Und nun bitten wir die Teilnehmer am Paarreiten in die Bahn!«, klang die Stimme des Ansagers aus der Reithalle.

Sophie und Jana befestigten noch schnell die Luftballons an Michelles und Karens Reitjacken. Sie hatten tatsächlich himmelblaue Ballons gefunden, die genau zu Crackers und Ares' lackierten Hufen passten. Die Ponys zuckten dabei nicht mit der Wimper, aber die Pferde der anderen Teilnehmer schauten skeptisch, und ein Rappe scheute sogar.

Insgesamt bewarben sich vier Paare um die Schleifen in

diesem Wettbewerb, von dem offensichtlich nur zwei Reiter im Vorfeld gewusst hatten. Ein Paar hatte sich als Clowns verkleidet und bunte Bänder in die Pferdemähnen gewunden, die anderen Mädchen ritten mit langen Röcken über den Reithosen und Federhüten. Das letzte Paar war gar nicht verkleidet, sondern hatte sich offenbar erst auf dem Turnier gefunden und angemeldet.

»Letztlich kommt es sowieso darauf an, wie man reitet, nicht wie man verkleidet ist«, sagte Doreen. Sie traf Sophie und Karen auf dem Weg zu den Tribünen. Hier gab es reichlich freie Plätze, im Gegensatz zum Restaurant. Schließlich war es auf den Holzbänken kalt und ungemütlich. Dafür war man aber näher am Geschehen. Sophie konnte Michelle fast von den Lippen ablesen, was sie Karen zuflüsterte.

Der Sprecher verlas inzwischen die Namen der Teilnehmer, wobei er Karen und Michelle zuletzt aufrief. »Und hier noch ein Paar kurz vor dem Abheben, wie es aussieht!«, scherzte er beim Anblick der Luftballons. »Da wollen wir doch mal sehen, ob wir hier nicht auch die passende Musik finden!«

Gleich darauf erklang Nenas »Neunundneunzig Luftballons« in der Halle. Die Richter gaben keine Vorgaben und so konnten die Reiterinnen dazu improvisieren. Den Clowns gelang das nicht sehr gut. Ihre Pferde waren unterschiedlich groß und zumindest eines der Mädchen hatte ihres kaum unter Kontrolle. Auch die Pferde der nicht verkleideten Reiter spielten nicht hundertprozentig mit. Sie schienen einander nicht zu mögen und gifteten sich an, wenn sie nah nebeneinander gehen sollten. Ares und Cracker bewegten sich dagegen fast tänzerisch im Gleichklang. Karen konzentrierte sich angestrengt auf Michelles Vorgaben, und als es mit dem Nebeneinanderreiten gut klappte, versuchten die Mädchen es auch bald mit getrennten Figuren. So ritten sie auf die

Mittellinie und trennten sich dann zu einer Volte nach rechts und links oder sie ritten einen Handwechsel und beschrieben dabei eine Herzform. Schließlich galoppierten die Ponys auch harmonisch nebeneinanderher und zuletzt schafften die Mädchen sogar einen einfachen Galoppwechsel, perfekt aufeinander eingespielt. Michelle war allerdings noch nicht zufrieden. Sophie hörte, wie sie Karen das Wort »Lächeln!« zuzischte, als die zwei auf die Richter zuritten. »Es muss leicht aussehen!«

Doreen seufzte. »Es muss immer leicht aussehen. Wenn es dabei nur nicht so verdammt schwierig wäre!«

Schließlich ließen die Richter aufmarschieren und kamen nach kurzer Besprechung gleich zur Siegerehrung. Die Richterin nahm dazu selbst das Mikrofon.

»Auf dem vierten Platz haben wir zwei fröhliche Clowns, deren Pferde leider auch gern Unfug machen! Beim nächsten Mal möchten wir nicht nur so lustige Kostüme sehen, sondern auch ein etwas besser aufeinander abgestimmtes Reiten. Platz drei geht an Angelika Reister und Sandra Kubig – auch hier könnten die Pferde harmonischer zusammenarbeiten, auch wenn ihr euch unzweifelhaft bemüht habt. Vielleicht trainiert ihr einfach öfter gemeinsam. Auf Platz zwei haben wir dann unsere zwei edlen Damen und unangefochten auf Platz eins einen locker leichten Ritt von zwei Schülerinnen der Reitschule Silberhuf. Ihr macht dem Namen alle Ehre! Herzlichen Glückwunsch an Karen Winter und Michelle Lieven!«

Sophie und Jana hüpften auf ihren Sitzen herum und freuten sich fast so sehr über den Sieg wie die Reiterinnen unten in der Halle. Nach der Ehrenrunde umarmten alle vier abwechselnd die Ponys und stopften sie mit den Leckerli voll, die Michelle vorhin von ihrem Preisgeld beim Springen gekauft hatte.

Die übermütige Karen steckte sich ihre zweite goldene Schleife des Tages an die Reitjacke und Michelle sprühte auch Jana und Sophie noch etwas Glanzspray ins Haar. »Damit alle wissen, dass wir ein Team sind!«

Auf der Treppe zum Restaurant grölten sie vergnügt »We are the champions!«, und Michelle und Sophie machten keine Bemerkung darüber, dass Karen keinen einzigen Ton richtig traf. Dafür verstummte Jana erschrocken, als sie Frederic bei Herrn Lieven und Herrn Weinert sitzen sah. Sowohl der Junge als auch die beiden Väter überschütteten Michelle und Karen mit Glückwünschen.

»Ihr wart ein prächtiges Paar!«, freute sich Herr Lieven. »Überhaupt: So ein schöner Wettbewerb, da sieht man richtig gerne zu. Wenn ihr dagegen über diese Hindernisse setzt, habe ich immer ein bisschen Angst.«

»Dann freuen Sie sich ja bestimmt schon auf unser Weihnachtsreiten, nicht?«, fragte Sophie. »Es wird so eine Art Musical, Jana hier denkt sich die Geschichte aus.«

Die Bemerkung war gut gemeint, aber Jana wurde glühend rot, als sie sich plötzlich im Mittelpunkt der Aufmerksamkeit fand.

»Ja, ich hab schon gehört!«, dröhnte Herr Weinert. »Frederic spielt den Prinzen…« Dabei warf er Michelle augenzwinkernde Blicke zu. Auch für ihn schien es sicher zu sein, dass Michelle die Prinzessin sein würde.

Herr Lieven wirkte nicht ganz so begeistert von dieser Idee.

»Wollt ihr noch hier bleiben und weiter zusehen oder bringen wir die Pferde nach Hause?«, fragte er jetzt. Ihm war anzusehen, dass er von Herrn Weinerts Gesellschaft genug hatte. »Wir können ja gleich noch in irgendeiner Pizzeria weiterfeiern«, raunte er den Mädchen zu. »Aber jetzt erst mal raus hier!«

Die Mädchen nickten. Selbst Jana schien inzwischen genug davon zu haben, Frederic anzustarren.

Auf dem Parkplatz kontrollierten sie noch einmal, ob alles Sattelzeug und das teure Glanzspray im Auto verstaut waren. Karen befestigte die gesammelten Schleifen am Innenspiegel.

»Reitschule Silberhuf grüßt alle Verlierer!«, tönte sie hemmungslos.

»Du bist echt unmöglich!«, lachte Michelle. »Dabei sein ist alles!«

Karen grinste. »Das gilt aber erst, wenn man schon mal auf der Olympiade ist. Bis dahin dürfen wir noch so ein paar Knalltüten der Sorte Frederic aus dem Feld schlagen!«

»Apropos Frederic …«, mischte Herr Lieven sich ein und wurde dabei fast so rot wie vorhin Jana. »Also, äh, Michi … äh … Gibt es da was zwischen dir und dem Jungen, das ich … hm … wissen müsste?«

Michelle schüttete sich aus vor Lachen.

»Papi!«, kicherte sie. »Du bist ja eifersüchtig! Und das auf diesen Knallkopp! Nöö, Papi, für mich gibt's nur zwei Männer: der eine bist du …«

»Und der andere steht da hinten drin und hat vier Beine«, lachte Herr Lieven erleichtert. Den Spruch schien er zu kennen. »Na, hoffen wir mal, dass es noch ein paar Jahre so bleibt. Aber du weißt wohl, dass Frederic dir nachstellt, oder? Und wenn er erst als Märchenprinz daherkommt …«

Jana auf dem Rücksitz schniefte. »In meinem Weihnachtsmärchen«, verkündete sie dann, »gibt es gar keinen Prinzen!«

# Wunder geschehen …

»Also, ich habe mir das so gedacht …« Jana blätterte nervös in ihren Notizen. Schließlich saßen bestimmt dreißig Mädchen und etliche Erwachsene um sie herum und warteten gespannt auf ihre Pläne für das Weihnachtsreiten. Klemme hatte diesmal den Gruppenraum über der Reithalle geöffnet, den sie sonst nur im Sommer benutzte. Die Versammlung wurde einfach zu groß für ihr Büro. Leider hatte der Gruppenraum keine Heizung. Nur ein winziges Elektroöfchen hielt die Temperatur knapp über null.

Jana schien die Kälte allerdings nicht zu bemerken, die Aufregung hielt sie warm. »Na ja, also, die Hauptpersonen sind zwei Spielleute, ein Gitarrespieler und ein Geiger, Sophie und Jonny …«

Sophie und Jonny guckten gleichermaßen entsetzt.

»Ich wollte doch nicht …«, setzte Jonny an.

Jana blickte auf. »Du brauchst nicht unbedingt Geige zu spielen, Jonny, aber Sophie muss doch die Tanzgeschichte mit Michelle machen, das kann nicht vom Band kommen.«

Sophie nickte. Michelles Pony Ares war nicht sonderlich musikalisch. Er lernte zwar die Tanzbewegungen, schaffte es aber nicht, sie taktmäßig auszuführen. Damit es trotzdem harmonisch wirkte, musste die Gitarristin höllisch aufpassen und den Takt der Musik variieren.

»Und außerdem brauchen wir dazu ein besonders liebes Pferd, also Pensy …«, fügte Jana hinzu.

Frau Neuhaus, die hinter Sophie stand, strahlte vor Stolz. Die anderen drängten dagegen auf rascheres Vorwärtskommen.

»Also, die beiden Musiker ziehen mit ihren Pferden durch die Welt und spielen auf Jahrmärkten – das stellen wir mit den Schulpferden und den Voltigierkindern dar – und sie bringen alle zum Tanzen.«

»Michelle und Ares?«, fragte Karen.

Jana nickte. »Und Frau Tewe mit Tandri und der Garrocha. Und vielleicht auch eine Quadrille der Schulpferdereiter zwischen den Marktständen.«

»Lässt sich machen!«, bestätigte Klemme.

»Nun wird das Pferd des einen Spielmanns – Grisabell – in einer Nacht gestohlen«, führte Jana aus. »Es ist ein Zauberpferd, auch wenn das keiner weiß. Die Nebelfee braucht es, um die Winternebel vom Land abzuziehen. Also sendet sie einen Dieb aus, um es für sie zu holen, während der Spielmann schläft. Das machst du, Ines! Dabei kannst du auch eine kleine Dressur reiten, so zwischen Bäumen hindurch in dunkler Nacht. Geht auch wieder in Verbindung mit einer Quadrille. Die Schulpferdereiterinnen können den Wald spielen.«

Klemme nickte. »Das ist schön, Jana, dass du möglichst viele Mädchen mitmachen lässt!«, lobte sie.

»Am nächsten Morgen ist der Spielmann natürlich untröstlich, und die beiden machen sich auf, sein Pferd zu suchen. Dabei müssen sie zusammen auf Pensy reiten, wie gesagt wir brauchen ein liebes Pferd. Na ja, und auf der Suche treffen sie dann tausend Leute, die sie jeweils weiterschicken, aber erst, nachdem sie Musik gemacht und sie zum Tanzen gebracht haben. Zunächst einen Förster im Wald – ich hab da an Frau Müller-Riel mit Billy gedacht ...«

Sophie dachte an die Notiz »jagderfahren« und musste lachen. Jana hatte wirklich alle Wünsche berücksichtigt!

»Der Jäger führt die Musikanten zu einer Lichtung, wo die Elfen tanzen – das müssen Karen und Vanessa sein, weil Jodie und Donja so schwebende Gänge haben. Es wird toll aussehen!

Die Elfen schicken die Spielleute dann ins Nebelreich, dafür bauen wir so was auf wie Stonehenge, aber natürlich mit Papp-Hinkelsteinen …«

»Ach?«, bemerkte Karen. »Warum keine echten?«

Die Mädchen kicherten.

Jana war jetzt allerdings über das Rotwerden hinaus. »Zwischen denen reitet Frau Schultheiß mit Vivianne, auch so elfenhaft, und sie weist den beiden den Weg über einen See, auf die Insel der Nebelfee. Sie müssen zwei Kiesel über den See tanzen lassen, dann wird sich ein Weg auftun. Die zwei Kiesel sind Karen mit Cracker und Michelle mit Ares. Ich hab mir das so gedacht, dass wir die Halle mit Plastikfolie auslegen, das sieht dann wie ein See aus, und darauf stellen wir Hindernisse, über die ihr springt. So was mit Folie hab ich mal auf einer Pferdemesse gesehen, das hat total geil ausgesehen!«

»Ist aber mit viel Übung verbunden«, schränkte Klemme ein. »Und wo sollen wir die ganze Folie herkriegen?«

Karen war dafür Feuer und Flamme. »Aber die Idee ist cool, affengeil! Wir kriegen das hin, Jana, keine Sorge. Nicht, Michi?«

Michelle nickte ebenfalls. Sie vertraute Ares uneingeschränkt.

»Schließlich kommen die zwei dann auf die Insel«, erzählte Jana weiter. »Und beobachten aus ihrem Versteck, wie alle versuchen, Grisabell zum Tanzen zu bringen. Aber die Nebelfee kann machen, was sie will, das Pferd spielt einfach nicht mit.«

»Sollten wir da nicht eher Amigo nehmen?«, fragte ein kleines Mädchen zur allgemeinen Erheiterung.

Jana schüttelte den Kopf. »Nöö, dafür brauchen wir Grisabell. Tut mir Leid, Ines, du wirst ein bisschen wie ein Depp aussehen…«

Ines machte ihr »Zitronengesicht«.

»Aber dann machen die Spielleute Musik und Grisabell ist wie umgewandelt. Im wahrsten Sinne des Wortes, sie muss irgendwie durch einen Tunnel geführt werden und auf der anderen Seite kommt Klemme mit Arwen raus. Und die reitet dann als Nebelfee eine ganz tolle Dressur. Dann heben sich die Nebel und am Schluss gibt sie dem Spielmann Grisabell zum Dank zurück.«

Jana schaute beifallheischend in die Runde. Schließlich begann Klemme zu applaudieren und die Mädchen fielen ein.

»Eine ganz wunderschöne Idee, Jana!«, freute sich die Reitlehrerin. »Es gibt so viele Rollen in den verschiedensten Schwierigkeitsgraden, da kann wirklich jeder mitspielen, der möchte. Aber wie schon gesagt: Wer sich nicht am Kulissenbau beteiligt, kommt auch nicht aufs Pferd! Von nun an wird jeden Abend zwischen sechs und acht gewerkelt und geübt. Wer gerade nicht reitet, malt und baut und näht.«

»Aber wo bleibt der Prinz?« Vanessa hatte als Einzige einen Einwand. »Es sollte doch ein Märchen sein. Und Frederic…«

Jana biss sich auf die Lippen. »Es gibt viele Märchen ohne Prinzen«, antwortete sie.

»Und Frederic hat sich bisher auch nicht für die Teilnahme gemeldet«, kam ihr Klemme zu Hilfe. »Offensichtlich erwartet er, gefragt zu werden und dann ohne jegliche Mithilfe beim Aufbau glänzen zu können. So geht das nicht. Wenn er doch noch mitmachen möchte, kann er irgendeine Quadrille mitreiten oder beim Springen mitmachen – falls er sein Pferd über die Plastikfolie kriegt.«

»Dressurmäßig müsste er schon einen Baum spielen«, bemerkte Karen.

Klemme warf ihr einen strafenden Blick zu, konnte sich das Lachen aber kaum verkneifen.

»Wie sieht's mit der Musik aus?«, wechselte sie schließlich das Thema.

Da es ums Tanzen ging, hatten Michelle und Sophie hauptsächlich Ballettmusik für die Quadrillen ausgesucht. Aber Frau Tewe würde natürlich zu Flamencoklängen reiten und Frau Schultheiß wünschte sich »Scarborough Fair« für ihr Solo als Oberelfe.

Für Ines' »Raubzug« war »Stand by me« eingeplant und für Karens und Michelles Springquadrille als Kiesel »Moonlight Shadow«.

»Können wir aber alles noch ändern, wenn jemand bessere Ideen hat«, sagte Sophie. »Wir dachten, ihr probiert es erst mal diese Woche aus, und dann schneiden wir das Band am Wochenende zusammen.«

Sophie plante, dazu die Stereoanlage ihres Vaters zu benutzen, die viel besser war als ihre eigene. Sie würde ihn am Wochenende besuchen und hatte dann wenigstens etwas zu tun. Wer weiß, vielleicht half Papa ihr sogar. Es würde nett sein, mal was mit ihm zusammen zu machen, so wie Michelle mit Herrn Lieven.

Vorerst hatte niemand bessere Ideen. Dafür überschütteten alle Jana mit Lob. Vor allem Jonny war ganz aufgeregt. Sie würde Grisabell am Anfang reiten und dann auch noch am Ende, zusammen mit allen Elfen und Feen vor der Nebelfee. Und Ines kam zwischendurch auch zum Zuge, es brauchte also niemand eifersüchtig zu sein.

Nur Frederic wird toben, dachte Sophie. Wo er sich schon so auf seine Prinzenrolle gefreut hatte.

Jana erwartete einen Rüffel, als sie Frederic am Tag nach der Versammlung begegnete, aber sie konnte ihm kaum entkommen. Klemme hatte sie gebeten, die letzten Boxen im Privatstall während der Springstunde zu misten, und so traf sie unweigerlich mit dem Jungen zusammen. Sophie, die eben Pensys Stall für die Nacht vorbereitete, war bereit, ihr zu Hilfe zu kommen, aber Frederic sorgte wieder einmal für eine Überraschung. Anstatt Jana die kalte Schulter zu zeigen, schien er sie endlich einmal zu bemerken. Und war obendrein freundlich zu ihr!

»Na, da hast du mir ja einen Schlag versetzt mit dem Märchen ohne Prinzen!«, grinste er. »Aber macht nichts, ich hätte sowieso nicht viel Zeit zum Üben. Schließlich steht auch noch das Weihnachtsspringen in Heidbrock an. Aber sonst – coole Ideen in dem Stück, muss ich echt sagen. Du bist schon gut. Kannst du mir gerade mal helfen mit Kirk? Neuerdings steht er beim Hufeheben nicht mehr still.«

Janas abgekühlte Leidenschaft flammte sofort wieder auf. Mit strahlendem Lächeln ließ sie die Mistgabel fallen und machte sich daran, Kirk abzulenken, während Frederic an seinen Hufen arbeitete.

»Er ist so süß!«, erklärte sie, während der Wallach wieder brummelnd seinen Kopf auf ihrer Schulter platzierte.

»Magst du ihn mal reiten?«, fragte Frederic überraschend. »Wenn du Lust hast, kannst du ihn für mich warm machen, ich habe nach der Stunde mit Negrito noch eine mit ihm.«

Jana blieb vor Verwunderung die Spucke weg. Mit halb geöffnetem Mund starrte sie Frederic sprachlos an, bis sie endlich wieder zu sich kam.

»Klar hab ich Lust! Aber meinst du denn, ich kann das?«

Sophie in Pensys Box fasste sich an den Kopf. Jana war seit langem in der Fortgeschrittenenabteilung, hatte das Springen auf dem letzten Vereinsturnier mit Cracker gewonnen und ritt Sophies Ansicht nach etwa dreimal so gut wie Frederic.

»Aber klar schaffst du das!«, meinte der Junge gönnerhaft. »Mach ihn dir einfach fertig und geh auf den Außenplatz, wenn die Springstunde halb vorbei ist.«

Jana versank wieder in stumme Anbetung, während Frederic ganz selbstverständlich seinen Negrito aus der Box holte und aufsattelte. Schließlich erwachte sie aus der Starre und reichte ihm die Bandagen zu. Als er sie dabei anlächelte, schien sie vor Glück zu zerfließen.

»Hab ich das jetzt geträumt?«, fragte sie Sophie, als Frederic seinen Rappen hinausführte.

»Ein bisschen seltsam war's schon«, gab Sophie zu. »Warum macht er das? Will er das Pferd wirklich mal ordentlich abgeritten haben, bevor er mit ihm die Hindernisse abbaut, oder was?«

Frederic und Kirk waren immer noch ein Katastrophenpaar. Klemme kam gut mit dem Wallach zurecht und ritt ihn auch sehr harmonisch über mittelhohe Sprünge. Aber kaum fiel Frederic ihm auch nur ein bisschen ins Kreuz – und das passierte immer wieder, wenn die beiden sich über die Einschätzung eines Sprungs nicht einig waren –, wurde er jetzt regelrecht böse. Manchmal schien er ernsthaft zu versuchen, den Jungen abzubuckeln, aber bisher war ihm das nie gelungen. Frederic mochte nicht der größte Dressurreiter sein, aber er saß wie angeklebt.

»Ach was!«, meinte Jana glücklich. »Es ist einfach passiert, was ich die ganze Zeit gesagt habe. Er hat mich endlich bemerkt! Das klappt immer, in jedem Film und in jedem Buch. Es muss einfach so sein …«

Sophie hatte da ihre Zweifel. Frederics Wandel kam ihr zu plötzlich.

Jana striegelte Kirk jedenfalls wie ein Weltmeister. Der

Wallach glänzte wie eine Speckschwarte, als sie ihn schließlich hinausführte und sich auf dem Außenplatz auf seinen Rücken schwang. Natürlich versammelte sich sofort eine Traube von Mädchen rund um den Platz. Es war immer eine Sensation, wenn eine der Schulpferdereiterinnen auf einem Privatpferd reiten durfte. Und dann auch noch auf einem Pferd des Traumboys Frederic! Jana war heute sicher das meistbeneidete Mädchen im Stall.

Nur Michelle, die gerade auf den Hof geradelt kam, blickte genauso skeptisch drein wie Sophie.

»Bilde ich mir das jetzt nur ein oder flirtet Jana da gerade mit Captain Kirk?«, erkundigte sie sich. »Sieht aus wie der Beginn einer wunderbaren Freundschaft!«

Tatsächlich ging Kirk sehr schön unter Jana. Er machte gleich den Hals rund, als sie die Zügel aufnahm, und nahm verhaltende und treibende Hilfen gleichermaßen gut an.

Sophie nickte. »Du hättest sie eben erst mal mit Frederic sehen müssen. Der Typ war zuckersüß. Ob er meint, sie schreibt ihm doch noch einen Prinzen in das Märchen?«

Michelle zuckte die Achseln. »Möglich wär's. Aber seltsam ist es trotzdem.«

Es wurde noch viel seltsamer, als Frederic schließlich herauskam und Jana sein Pferd abnahm. Der Junge bedankte sich geradezu überschwänglich. Und dann half er Jana auch noch vom Pferd! Er fasste sie um die Hüfte, als sie sich heruntergleiten ließ.

Sophie schnappte nach Luft. Aber war das nun nur ein Gefühl, oder warf der Junge wirklich Seitenblicke in Richtung Michelle, während er Jana auf den Boden setzte?

Jana sah jedenfalls zum Bersten glücklich aus, als Frederic ihr Kirk abnahm und dafür Negrito in die Hand drückte.

»Sattelst du ihn eben ab?«

Jana nickte selig.

»Jedenfalls hat er damit ein tüchtiges Stallmädchen«, meinte Michelle. »Apropos Stallmädchen, hast du Ares wirklich für mich gesattelt? Das war ganz lieb, tausend Dank.«

Michelle war zurzeit in der Schule stark eingespannt. Sie tanzte in der Weihnachtsaufführung der »Puppenfee« und hatte fast jeden Tag Probe. Deshalb hatte Sophie Ares heute für sie vorbereitet. Michelle nahm an der gleichen Springstunde teil wie Frederic. Allerdings hatte sie noch etwas Zeit, da die Ponys erst im zweiten Teil an die Reihe kamen. So konnte sie ihr Pferd selbst aufwärmen.

Sophie ging solange in die Halle und schaute sich Frederic auf Kirk an – wieder einmal ein Trauerspiel, was heute besonders auffiel, nachdem Jana das Pferd so schön und harmonisch geritten hatte. Unter Frederic ging Kirk verspannt und unwillig, kam vor den Hindernissen aus dem Takt und wurde böse, wenn der Junge ihm ins Kreuz fiel.

»Weniger Zügel, Frederic, weniger Hand! Es macht ihn wahnsinnig, wenn du ständig in seinem Maul herumfuhrwerkst!« Klemme verlor langsam die Geduld. »Lass ihn doch einfach mal seinen eigenen Rhythmus finden. Der ist anders als Negrito, er hat größere Bewegungen. Aber du bist doch ein fortgeschrittener Reiter, du kannst dich da einfühlen. Du musst Kirk helfen, Frederic! Aber stattdessen behinderst du ihn nur.«

Frederic schaute immer verkniffener, je länger die Stunde dauerte. Das wurde noch schlimmer, als sich nun auch Michelle und Vanessa zu den Reitern gesellten und die Blamage mitbekamen.

Schließlich hielt Klemme es nicht mehr aus. Sie ließ alle Reiter in der Mitte aufmarschieren und warf einen prüfenden Blick über die verschiedenen Reiter-Pferde-Paare. Dabei kam sie anscheinend zu dem Ergebnis, etwas wagen zu können.

»Passt auf, wir machen jetzt eine neue Übung«, erklärte sie. »Es geht um zügelunabhängigen Sitz. Zunächst knotet ihr alle eure Zügel über dem Widerrist zusammen, damit die Pferde sich nicht darin verheddern können, wenn ihr sie loslasst. Dann stelle ich ein Hindernis an der langen Seite auf, ihr reitet es einzeln an, und wenn die Pferde darauf zugaloppieren, geht ihr in den leichten Sitz, lasst die Zügel los und breitet die Arme aus. Erst nach dem Sprung werden die Zügel wieder aufgenommen. Verstanden?«

»Aber dann wird Donja verweigern!«, gab Vanessa zu bedenken.

Klemme schüttelte den Kopf. »Nicht, wenn du sie ordentlich zwischen den Beinen hältst. Du brauchst keine Zügel, um sie zu lenken. Sie ist ein erstklassig ausgebildetes Pony. Vertrau ihr einfach! Los, Michelle, du fängst an!«

Für Michelle und Ares war die Übung kein Problem. Der kleine Schecke galoppierte ruhig an und Michelle saß perfekt im Gleichgewicht. In schönster Manier setzten Reiterin und Pferd über den kleinen Sprung.

»Genau so will ich das sehen!«, lobte Klemme. »Jetzt du, Vanessa!«

Mit Vanessas Gleichgewicht war es nicht so weit her. Sie schwankte im Sattel herum, sobald sie die Zügel losließ, und Donja schwankte natürlich mit. Schließlich verließ beide vor dem Hindernis der Mut, und Vanessa wäre fast heruntergefallen, als Donja vorbeilief.

»Ich hab's ja gesagt, sie verweigert!«, erklärte Vanessa anklagend.

Klemme seufzte. »Noch mal. Aber jetzt fasst du vor dem Sprung in die Mähne. Und denk an den Knieschluss!«

Der Griff in die Mähne half. Vanessa saß nicht perfekt, aber doch immerhin still, und Donja nahm den Sprung mühelos.

Die nächsten Reiterinnen ritten auf Schulpferden und wirkten etwas nervös, als sie das Hindernis ohne Zügel angingen. Sie kamen aber beide gut hinüber. Klemme war voll des Lobes.

»Jetzt du, Frederic. Einfach den Sprung anreiten und nicht stören!«

Frederic wirkte zwar etwas skeptisch, wagte aber nichts zu sagen. Schließlich wollte er vor den Mädchen nicht als feige gelten. Also ließ er nach der Ecke brav die Zügel los und ging in den Leichten Sitz, den er mindestens ebenso perfekt beherrschte wie Michelle. Kirk streckte sich zufrieden nach unten ab, taxierte den Sprung ohne Probleme und flog in bester Haltung hinüber.

»Verstehst du jetzt, was ich meine, Frederic?«, fragte Klemme.

Frederic sah sie an, als habe sie eben den Stein der Weisen gefunden.

»Du meinst, ich muss nur die Zügel loslassen? Mach den Sprung mal höher!«

Klemme legte die Stange gehorsam zehn Zentimeter höher und das Wunder wiederholte sich. Kirk sprang elegant und scheinbar mühelos.

Nachdem alle anderen die Übung ebenfalls wiederholt hatten, erhöhte Klemme noch einmal für Kirk und Frederic. Die Stange lag jetzt bei etwa einem Meter fünfzig, aber Kirk bemerkte das kaum. Sein Springvermögen war enorm, er überwand die Höhe mit traumhafter Sicherheit.

»Aber was mache ich, wenn ich zwischendurch lenken muss?«, fragte Frederic schließlich.

Klemme verdrehte seufzend die Augen …

# Enttäuschung für Jonny

Die Vorbereitungen fürs Weihnachtsreiten ließen sich hervorragend an. Klemme hatte verschiedene Quadrillen erarbeitet und übte nun jeden Tag mit einem Teil ihrer Schüler, während die anderen Kostüme nähten und Kulissen malten. Jonny war absolut glücklich mit ihrer Grisabell, die sie brav durch die ersten Szenen trug. Nur Sophie starb schon wieder vor Lampenfieber. Zwar würde die gesamte Musik für die Show vom Band kommen, aber sie musste live Gitarre spielen. Und das nicht nur für Michelle und Ares. Auch Frau Schultheiß wünschte sich einen richtigen Flamenco als Begleitung ihrer Garrocha-Vorführung.

»Oh bitte, Sophie, du musst das für mich machen!«, bettelte sie. »Ich habe so was schon tausendmal auf Pferdemessen gesehen, der Gitarrist sitzt in der Mitte und die Reiter galoppieren um ihn rum. Das sieht soo toll aus! Los, mach es, du wirst doch irgendeinen Flamenco können!«

Theoretisch konnte Sophie das durchaus. Aber allein in der Mitte der Reithalle Gitarre spielen… Bestimmt würden ihre Finger sich versteifen, sie würde sich verspielen und alle würden über sie lachen.

»Wenn das so ein Riesenproblem für dich ist, spiele ich doch mit«, bot Jonny schließlich großzügig an. Jonny war es egal, ob zwei oder zweitausend Leute ihrem Geigenspiel zuhörten. Sie war Solistin im Bundesjugendorchester und hatte schon in aller Welt gespielt.

»Das würdest du machen?«, fragte Sophie gerührt. »Für mich? Du bist echt lieb. Aber Flamenco auf der Geige…«

Jonny zuckte die Achseln. »Ich kann auch ein bisschen Gitarre«, bemerkte sie nebenbei. »Wir müssen ja nichts Schwieriges spielen.«

Sophie seufzte. Neben diesem musikalischen Wunderkind würde sie wahrscheinlich auch mit ihrem Lieblingsinstrument Gitarre alt aussehen. Aber ihr war's egal, Hauptsache nicht allein auf einem Stuhl in der Mitte der Reithalle!

Am Wochenende verzweifelte sie dann erst mal an ihrem technischen Verständnis. Die Stereoanlage ihres Vaters verweigerte sich ihr völlig; der CD-Spieler war einfach nicht dazu zu überreden, ein Musikstück sanft ausklingen und in das nächste übergehen zu lassen. Außerdem schaffte Sophie es nicht, die Lautstärke zwischen Pop und Ballettmusik auszugleichen. Ständig war eins zu laut oder das andere zu leise. Das Ganze hörte sich einfach grässlich und unprofessionell an. Nach drei Stunden war Sophie mit ihren Nerven am Ende. Damit schien sie allerdings nicht allein zu sein. Irgendwann öffnete sich die Tür zum Zimmer ihres »Stiefbruders« Jannes und drei ziemlich genervte Jungen kamen ins Wohnzimmer. Sophie kannte sie alle vom Sehen. Sie gehörten zu Jannes' »Rockband«, die am Samstagabend im Keller probte.

»Sag mal, hat das irgendeinen Grund, dass du jetzt zum zwanzigsten Mal diese Klimpermusik durchdudelst?«, erkundigte sich Jannes. Der schlaksige braunhaarige Junge war der Sohn von Herrn Kesslers Lebensgefährtin Corinna. Sophie hatte sich immer recht gut mit ihm verstanden, auch wenn sich ihr Musikgeschmack nicht gerade deckte. »Ich weiß, das ist bestimmt total hohe Kunst, aber wir mischen da drin gerade unsere letzten Sounds ab, und da stört es schon ein bisschen.«

»Was ist das überhaupt?« Alex, ein besonders gut aussehender blonder Junge, der sich in Jannes' Band als Sänger und Gitarrist versuchte, griff nach den CD-Hüllen. »Huch! ›Nachmittag eines Fauns‹ ... ›Schwanensee‹ ... Das ist für Ballett, nicht? Tanzt du neuerdings?«

Sophie lachte unglücklich auf und begann zu erzählen. Vor Jannes und Alex hatte sie nicht so große Hemmungen wie sonst vor Jungs. Zuerst hatte Alex' cooles Aussehen sie zwar eingeschüchtert, aber dann hatte sie ihm mit ihrem Gitarrenspiel mächtig imponiert. Seine offensichtliche Bewunderung machte ihr Mut, ihr heutiges Totalversagen einzugestehen.

Die Jungen schauten sie fast ungläubig an.

»Du willst Musik für eine Show zusammenstellen und du spielst sie auf... Tonbandkassetten?«, fragte Jannes entsetzt.

Sophie blickte verwirrt. »Worauf denn sonst? Klar, so richtig mehrspurige Bänder wären besser, aber...«

»Kind, in welchem Jahrhundert lebst du?«, fragte Alex theatralisch.

»Aber das ist wohl typisch für Leute, die nicht mal eine E-Gitarre besitzen! Hast du das Wort ›Computer‹ schon mal gehört?«

»MP3-Player?«, fragte Jannes hoffnungsvoll.

Sophie zuckte die Schultern. »Michelle hat einen. Sie lädt Musik aus dem Internet runter. Aber was hat das mit meiner Show zu tun?«

Jannes wollte es erklären, aber Alex winkte ab.

»Lass man gut sein, die bringst du heute nicht mehr ins 21. Jahrhundert«, fügte der dritte im Bunde hinzu, ein Junge mit lustigem Stachelhaarschnitt. »Bevor du ihr verklickert hast, wie's geht, haben wir die CD schnell selbst gebrannt. Komm, Mädchen, du erklärst uns jetzt, was du willst, und wir mischen dir das schnell ab.«

Sophie konnte ihr Glück kaum fassen. Ein paar Minuten

später hatten die Jungen ihre CDs und Tonbänder zusammengerafft und zogen damit in Jannes' Zimmer. Gleich darauf schwirrte ihr der Kopf von Ausdrücken wie MP3-Dateien, in die ihre Musik erst mal umgewandelt werden müsste, und gleich bleibende Tonqualität, die man eher kriegte, wenn man »Stand by me« doch noch »mal eben« aus dem Internet runterlud. Insgesamt brauchten die vier zwei Stunden unermüdlicher Arbeit, aber dann stand Sophies Soundtrack. Perfekt wie aus dem Tonstudio.

Als Dankeschön wollten die Jungen nur, dass Sophie ihnen noch die »Bourree« von Bach »einspielte«.

»Und vielleicht noch ein paar nette Klassikstücke. Das peppt unsere Demobänder enorm auf!«, meinte Alex hoffnungsvoll.

»Aber ihr könnt doch nicht einfach irgendwas mischen …«, wandte Sophie ein. »Wenn ihr mir wenigstens einen Anhaltspunkt geben könntet, wegen Tonart und so …«

»Ach, das passt der Computer hinterher alles an«, sagte Jannes unbesorgt. »Seit wir damit arbeiten, klingen wir viel besser, und Alex hat jetzt sogar so ein Übungsprogramm zum Singen. Bei falschen Tönen leuchtet ein rotes Lämpchen auf.«

»Und in der Aufnahme kann man's anschließend elektronisch korrigieren!«, freute sich Alex.

Sophie wusste nicht recht, ob sie darüber nun lachen oder weinen sollte, aber natürlich spielte sie den Jungen gern ein paar klassische Gitarrenstücke vor und war dabei nicht einmal nervös. Der Computer würde eventuelle Fehler ja korrigieren. Und schlimmer als Alex' Gesang und Jannes' Schlagzeug konnte es sowieso kaum klingen.

»Wenn ihr Lust habt, beim Weihnachtsreiten zuzuschauen, seid ihr natürlich eingeladen«, verabschiedete sie sich schließlich, während sich die Jungen wieder ihren eigenen Kompositionen zuwandten.

Alex und Roger zeigten sich nicht interessiert, aber Jannes nickte. »Mal sehen. Dein Paps und meine Mutter fahren ja bestimmt hin und ich muss sowieso mal wieder in Familie machen. Nur brave Kinder kriegen aufwändige Computerprogramme zu Weihnachten …«

Sophie lachte. »Ich würde mich jedenfalls freuen«, erklärte sie.

Am Montag im Reitstall staunten Klemme und die Mädchen Bauklötze über die perfekt gestaltete CD. Nur Jana wirkte ein bisschen abgelenkt, aber laut Ines und Franziska lief sie schon das ganze Wochenende völlig verklärt durch die Gegend. Frederic schien wirklich Interesse an ihr zu entwickeln. Er unterhielt sich mit ihr, nahm ihre tausend Hilfsangebote bezüglich seiner Pferde gern an und am Sonntagmorgen war er sogar mit ihr ausgeritten. Jana schwärmte seitdem abwechselnd von Frederic und seinem Pferd. Kirk war ein absoluter Traum, sie war auch im Gelände großartig mit ihm klargekommen.

»Und dann haben wir zufällig Michelle getroffen«, berichtete sie Sophie mit leuchtenden Augen. »Aber Frederic hat sie gar nicht groß beachtet, wir sind nur so vorbeigeritten. Natürlich haben wir Hallo gesagt. Aber sonst …«

Sophie dachte sich dabei ihr Teil. Ob es wirklich ein Zufall war, dass Frederic zur gleichen Zeit mit Jana ausritt, in der auch Michelle im Gelände war?

»Ich muss jetzt gehen, Kirk fertig machen«, erzählte Jana eifrig weiter und griff nach ihrem Putzkasten. »Frederic hat es jetzt wirklich raus, wie er ihn springen muss, es ist unglaublich. Gestern sind sie über einen Meter achtzig gegangen! Ich glaube, er will zum Weihnachtsspringen nach Heidbrock.«

Auch Sophie zog los, um ihre Pensy zu satteln. Frau Neuhaus freute sich wie ein Kind über die Hauptrolle ihrer Stute im Weihnachtsspiel und hatte Sophie großzügig erlaubt, Pensy jeden Tag zu reiten.

»Ich setze dann einfach bis Weihnachten aus und helfe stattdessen bei den Kostümen!«, erklärte Frau Neuhaus.

Im Privatstall sah Sophie sich suchend um. Eigentlich hätte auch Jonny schon da sein müssen. Heute stand das erste Bild auf dem Programm, der Jahrmarkt. Der Schulpferdestall war dazu voller aufgeregter Voltigierkinder. Amigo und Jacinta würden dekorativ vor einem »Marktstand« herumstehen und Äpfel fressen, während die Allerkleinsten unter der Aufsicht der Reittherapeutin Mareike auf ihnen herumturnten. Die Älteren durften an der Longe im Schritt und Galopp ihr Können zeigen. Sophies und Jonnys Part war eigentlich ganz einfach. Sie brauchten nur mit ihren Instrumenten zwischen den Ständen herumzureiten und so zu tun, als machten sie Musik. Jonny musste dafür allerdings noch ganz schön üben. Einhändig zu reiten, fiel ihr schwer, und Grisabell scheute auch noch gern vor den Kulissen.

Vorerst war von Jonny aber noch nichts zu sehen. Sophie nahm an, dass sie Ärger mit ihrer Mutter hatte. Die Mädchen hatten heute eine Mathearbeit zurückbekommen und Jonnys war wieder eine Fünf. Vielleicht stauchte Frau Gabriel sie dafür noch etwas zusammen. Kurz entschlossen nahm Sophie Grisabells Halfter mit in den Auslauf und brachte die graue Stute gemeinsam mit Pensy in den Stall. Da fand sich immer noch keine Spur von Jonny. Doch als Sophie Grisabell in ihre Box führte, wäre sie fast über das Mädchen gestolpert. Jonny hockte im Stroh und weinte lautlos.

»Was ist denn mit dir los?«, fragte Sophie und band Grisabell erst mal in der Stallgasse an. »Ist es wegen Mathe? Hier, ich habe dein Pferd mitgebracht. Wir müssen satteln, es geht gleich los.«

Jonny schaute mit verweinten Augen zu ihr auf. »Für mich geht überhaupt nichts los. Ich darf nicht mitmachen!«

Alarmiert wandte Sophie sich um. »Noch mal, Jonny! Du darfst beim Weihnachtsreiten nicht mitmachen? Doch nicht wegen der Fünf in Mathe? Oder hat Klemme ...«

»Mit Klemme und Mathe hat das gar nichts zu tun«, weinte Jonny. »Aber am Zwanzigsten ist nicht nur unser Musical, sondern auch das Weihnachtskonzert des Schulorchesters. Und ich soll ein Geigensolo spielen. Na ja, nun rate mal, was meine Mutter wichtiger findet!« Jonny schluchzte untröstlich. Erst hinter ihrem Haarvorhang und dann in Grisabells weiche Mähne.

Sophie wusste nicht, was sie da sagen oder tun sollte. Schließlich entschloss sie sich, das alles erst mal Klemme zu erzählen. Die Reitlehrerin war bereits in der Halle und dirigierte Ines und ein paar andere Mädchen beim Aufstellen der bunten Marktstände. Aufgeregt schilderte Sophie ihr das Problem. Ines lauschte interessiert.

»Ach, so schlimm ist das nicht! Dann spiele ich einfach beide Rollen!«, bemerkte sie fast vergnügt. »Ich kann bloß nicht Gitarre spielen. Das musst du dann allein machen, Sophie.«

»Darum geht es doch gar nicht!«, antwortete Klemme kurz. »Noch mal, Sophie. Das Schülerkonzert ist also am gleichen Tag wie unser Weihnachtsreiten. Aber ist die Teilnahme denn Pflicht?«

Sophie schüttelte den Kopf. »Ach was. Ich gehe doch auch nicht hin. Ich habe Herrn Bohner von unserem Musical erzählt, er hat mir viel Spaß gewünscht und das war's dann schon.« Herr Bohner war Sophies und Jonnys Musiklehrer und hatte ein sehr gutes Verhältnis zu den Mädchen.

»Aber du bist auch nicht so wichtig wie Jonny, oder?«, meinte Ines.

Sophie warf ihr einen gekränkten Blick zu.

»Danke!«, erwiderte sie böse.

»Jonny ist doch wohl nicht die Einzige in der ganzen Schule, die so ein Musikstück spielen kann, oder?«, fragte dagegen Klemme.

Sophie verneinte wieder. »Eine zweite Besetzung gibt es immer. Es kann ja auch jemand krank werden.«

»Dann rede ich jetzt mal mit dieser Frau Gabriel«, sagte Klemme entschlossen und griff nach ihrem Handy. »Das habe ich zwar schon zehnmal versucht, aber vielleicht erweist sie sich ja beim elften Mal als zugänglich. Ich sage ihr einfach, dass wir keine zweite Besetzung haben. Hier spielt Jonny die erste und einzige Geige!«

Klemme suchte sich eine ruhige Ecke zum Telefonieren, aber als sie nach ein paar Minuten wiederkam, ließ sie die Schultern hängen.

»Hoffnungslos, absolut hoffnungslos! Die Frau ist fest davon überzeugt, die Karriere ihrer Tochter hinge allein an diesem läppischen Schülerkonzert. Es tut mir wirklich so Leid, Sophie, ich sag's Jonny auch gleich noch selbst. Aber sonst wird uns wohl nichts anderes übrig bleiben, als Ines' Angebot anzunehmen. Geh Grisabell satteln, Ines, dann kannst du gleich mitüben.«

»Diesmal können wir Ines aber wenigstens nicht unterstellen, dass sie selbst die Hände mit drinhatte«, meinte Michelle später. Die Mädchen saßen nach dem Füttern auf Strohballen und diskutierten die Lage. Jonny war nach zwei Stunden unausgesetzten Weinens nach Hause gegangen und Ines zog triumphierend ab. Sie hatte Grisabell souverän durch die bunten Kulissen geritten und die einhändige Zügelführung bereitete ihr auch keine Probleme.

»Das war für Jonny natürlich das Tüpfelchen auf dem i«,

berichtete Karen. Sie hatte auf der Tribüne versucht, Jonny zu trösten, während Ines in der Halle ihre Show abzog. »Nicht nur dass sie nicht selbst reiten darf, das Pferd geht unter Ines auch noch besser. Jonnys Mutter ist schrecklich! Ich verstehe nicht, warum sie nicht zu ihrem Papa zieht.«

Sophie konnte das schon eher nachvollziehen. Jonnys Vater war sehr nett, aber er lebte in den Vereinigten Staaten, und Jonny hätte sich völlig umstellen müssen. Und ob man Grisabell wohl so ohne weiteres mit nach Boston nehmen konnte?

»Gibt es wirklich absolut nichts, was wir für Jonny tun können?«, fragte Jana mitleidig. Seit Frederic sie endlich »entdeckt« hatte, wollte sie am liebsten die ganze Welt glücklich machen.

»Eine Bombe in Frau Gabriels Auto legen!«, schlug Karen vor.

Michelle nahm die Sache ernster. »Die einzige Möglichkeit wäre, das Schülerkonzert zu verlegen. Oder das Weihnachtsreiten. Aber so kurzfristig ist das hoffnungslos. Arme Jonny.«

Jonnys Pech war Ines' Glück. Unversehens war sie damit in eine der wichtigsten Positionen des Weihnachtmärchens hineingerutscht. Niemand außer Karen durfte zweimal reiten und obendrein war Ines fast dauernd »auf der Bühne«. Sie machte ein großes Trara darum, wer Grisabell jeweils für sie vorbereiten sollte, wenn sie die Rollen wechselte, und übte wie eine Wilde.

Jonny kam dagegen immer seltener in den Reitstall. Ihr Solo beim Schülerkonzert war nicht einfach, und Frau Gabriel ließ es natürlich nicht damit bewenden, dass Jonny es in der Schule mit dem Musiklehrer einstudierte. Sie hatte fast täglich Extrastunden und kam kaum zu den Hausaufgaben, geschweige denn zum Reiten. Und wenn sie doch einmal Zeit für die Reitschule hatte, hing sie wie ein Schatten in der Ecke herum und sah zu, wie Ines mit Grisabell umging. Der Tiefpunkt war erreicht, als sie eines Sonntagmorgens mit Möhren in den Stall kam. Sie rief Grisabell vom Eingang aus beim Namen und die Stute spitzte schon beim Anblick der Plastiktüte freudig die Ohren. Dann erscholl vom Tor aus Ines' Stimme – und Grisabell antwortete mit lautem Wiehern!

Jonny wandte sich mit verzweifeltem Ausdruck zu Ines um.

»Das ist nicht richtig so!«, sagte sie mit erstickter Stimme. »Sie ist doch mein Pony. Sie sollte wiehern, wenn ich komme!«

Ines zuckte die Schultern. »Dann musst du öfter kommen. Das Pferd weiß nicht, wessen Name in seinen Papieren steht. Das interessiert sich nur dafür, wer es putzt und reitet. Na ja, und du bist ja nie da!«

»Aber das ist doch nicht meine Schuld!«, rief Jonny. »Ich würde jeden Tag kommen, ich …«

»Tja, von ›würde‹ hat sie nichts«, meinte Ines patzig. »Sei froh, dass sich überhaupt jemand um sie kümmert. Wenn ich nicht da wäre, käme sie gar nicht raus. Willst du sie jetzt in den Auslauf bringen oder soll ich? In einer Stunde ist Probe, bis dahin kann sie sich noch mit den anderen die Beine vertreten.«

Jonny schluckte. »Bring du sie raus«, sagte sie leise. »Das ist ihr ja sowieso lieber. Ich miste solange schon mal den Stall.«

Sophie, die Pensy gerade striegelte, ließ ihr Putzzeug sinken. Sie hätte sich gern um Jonny gekümmert, aber die winkte ab. Mit abwesendem Gesichtsausdruck schwang Jonny die Mistgabel und beherrschte sich auch noch eisern, als Ines Grisabell sattelte.

Auch Sophie holte Pensys Sattelzeug. Als sie damit zurückkehrte, war Ines gegangen. Nun hielt Jonny es nicht mehr aus. Hysterisch weinend kauerte sie sich in eine Stallecke.

»Es ist alles so schrecklich!«, schluchzte sie. »Bell mag mich gar nicht mehr. Die kennt nur noch Ines, sie glaubt, sie wäre Ines' Pferd. Es ist wie in dem Märchen. Sie hat mir Grisabell gestohlen.«

»Aber das meint sie doch nicht böse«, begütigte Sophie, obwohl sie persönlich vom Gegenteil überzeugt war. »Jeder würde die Chance nutzen. Und sie hat ja Recht. Grisabell braucht jemanden, der sich um sie kümmert.«

»Aber das sollte ich sein«, weinte Jonny, »Ich, ich, ich. Oh, ich wünschte, mein Papa hätte Bell nie gekauft. So ist es viel schlimmer, als gar kein Pony zu haben. Und ich hasse meine Mutter. Warte nur, bis ich achtzehn bin! Dann fasse ich nie mehr eine Geige an!«

Sophie seufzte. So ganz konnte sie das nicht glauben. Jonny war so außergewöhnlich musikalisch und eigentlich machte sie auch gern Musik. Wenn ihre Mutter das alles nur ein bisschen lockerer sehen könnte! Aber was Grisabell anging, musste etwas geschehen.

Vielleicht könnte man mit Klemme reden, das Weihnachtsreiten doch noch zu verschieben. Oder… Ein verrückter Plan keimte in Sophies Kopf. Eine absolut unmögliche Idee. Oder doch nicht? Sie musste herausfinden, was Michelle davon hielt…

# Ein verrückter Plan

Ich soll das Weihnachtskonzert in eine Reithalle verlegen?« Herr Bohner, Sophies Musiklehrer, war von seinen Schülern einiges gewohnt. Aber der Vorschlag, den Sophie ihm heute mit Michelles Unterstützung unterbreitete, schien ihm denn doch zu seltsam.

Sophie nickte eifrig. »Ja! Das wäre die allerbeste Lösung. Das Orchester könnte spielen und wir reiten dazu und zum Schluss spielt Jonny ihr Solo zum Ritt der Nebelfee. In dem Bild reitet Klemme, das ist unsere Reitlehrerin. Und die ist wirklich toll, sie wäre fast auf die Olympiade gekommen.«

»Aber die Akustik!« Klemmes Reitkunst schien Herrn Bohner nicht allzu sehr zu interessieren. »Und überhaupt, wir können doch jetzt nicht mehr das ganze Programm umändern.«

»Doch!«, erklärte Michelle mit Nachdruck. »Ich hab zuerst ja auch gedacht, es wäre ein blöder Einfall. Aber wenn man genauer überlegt, geht es ganz leicht! Die Musik haben doch Sophie und ich ausgesucht. Es ist fast nur Ballettmusik und das hat unser Orchester alles schon mal gespielt. Hier …« Michelle zückte die Liste mit den Musikstücken. »Der ›Nachmittag eines Fauns‹ – das hatten wir letztes Jahr bei der Weihnachtsaufführung der Ballettschüler. Das Orchester hat es also gespielt. Und ›Schwanensee‹, die ›Drei kleinen Schwäne‹ – das geigt das Orchester blind! Diesen Pas de deux aus ›Giselle‹ haben Ulrike Frenzen und Jo Lehmann letztes

Jahr beim Abschlussabend getanzt – auch mit Orchesterbegleitung, oder täusche ich mich da? Und die paar modernen Sachen … Also ›Stand by me‹, ›Moonlight Shadow‹ und so, das kann sogar ich auf dem Klavier!«

»Und im Notfall können wir es immer noch vom Tonband nehmen«, meinte Sophie.

Herr Bohner schüttelte angeregt den Kopf. »Nein, wenn wir es wirklich machen, singen das die Schüler aus dem Musicalkurs. Aber … die ganze Werbung …«

»Haben wir uns auch schon überlegt«, erklärte Sophie. »Wir brauchen die Infozettel nur zusammenzuklammern und mit Rotstift Ort und Zeit zu ändern. Klemme hat fünfzig Zettel fotokopiert – wie viele sind es bei Ihnen?«

»Eher weniger«, gab Herr Bohner zu.

»Na, sehen Sie! In zwei Stunden haben wir das beschriftet, das ist überhaupt kein Problem.«

»Und das mit der Zeitung übernehmen wir auch«, fügte Michelle eifrig hinzu. »Genauer gesagt macht das meine Mutti. Die sucht nämlich schon seit Wochen ganz hektisch nach einem guten Anlass, dem Bürgermeister einen Scheck von ihrer neuen Sportstiftung zu überreichen. Die heißt ›Sport hilft!‹ oder so was und soll Sport in Verbindung mit Physiotherapie fördern. Klemme macht da auch mit, ab Januar gibt es bei uns im Stall therapeutisches Reiten. Und diese ›Weihnachtsgala‹, wie Mutti das schon getauft hat …«

»Mit Verbindung von Sport und Kultur!«, zitierte auch Sophie.

»… ist angeblich der ›optimale Rahmen‹ für die Scheckübergabe. Und das wird garantiert mindestens dreimal in der Zeitung stehen. Meine Mutti kennt jeden Reporter im weiten Umkreis.« Michelle sah Herrn Bohner Beifall heischend an.

»Na, der Plan ist ja wasserdicht«, lachte Herr Bohner. Der Musiklehrer wirkte fast überzeugt. »Nur, allein kann ich das nicht entscheiden. Ich muss es mit der Rektorin und den anderen Lehrern besprechen … Aber es klingt verführerisch. Dreimal in der Zeitung stehen! Glaubt ihr, die würden mich auch einmal erwähnen?« Herr Bohner zeigte sein charakteristisches Augenzwinkern und Sophie und Michelle kicherten.

»Wir müssen nur bald wissen, ob es klappt«, drängte Sophie. »Jonny, also Johanne, hat jetzt schon zwei Wochen nicht mitgeübt. Sie müsste bald anfangen, wenn sie das aufholen will. Reiten ist für sie nämlich viel schwerer als Geigespielen.«

Herr Bohner nickte. »Spätestens Freitag habt ihr Bescheid. Und ich bin ganz optimistisch. Unsere Frau Direktorin steht nämlich auch gern in der Zeitung!«

Sophie und Michelle erzählten Jonny noch nichts von ihren Plänen. Nur Klemme machten sie schon einmal vorsichtig mit dem Gedanken vertraut, neben dreißig aufgeregten Reitschülern auch noch das ganze Schulorchester und die versammelte Presse am Hals zu haben. Frau Lieven nicht zu vergessen …

»Meine Mutti kann ein bisschen schwierig sein«, deutete Michelle vorsichtig an, nachdem Klemme das Schulorchester und das Reiten mit Livemusik verdaut hatte und jetzt nur noch über die Scheckübergabe informiert werden musste. »Sie schleppt garantiert massenhaft Blumen an und baut ein Podium auf und so was. Aber sie hat das gut im Griff, du musst bestimmt nichts anderes machen als Jasagen und nicht im Weg stehen.«

Klemme schnappte nach Luft. »Wir haben hier fast dreißig Pferde, Michi. Hier steht ständig jemand im Weg.«

»Na ja, ein Pferd wird Michis Mutter schon nicht platt trampeln«, bemerkte Karen, die natürlich mithörte. »Höchstens umgekehrt.«

»Du kennst meine Mutter nicht!«, kicherte Michelle. »Die würde auch einen Elefanten überrennen, wenn er zwischen ihr und der Kamera steht. Ich glaube aber nicht, dass sie für den Anlass ein Fernsehteam herkriegt. Nur die paar Fotografen von der Presse. Das ist halb so schlimm.«

»Ein Fernsehteam?«, quietschte Karen. »Mensch, Klemme, das wär cool! Cracker im Fernsehen! Los, sag Ja! Und schnell, vielleicht schafft Frau Lieven es dann noch! Wenigstens einen Regionalsender!«

Klemme schüttelte lachend den Kopf. »Du bist ganz schön mediensüchtig, junge Dame. Wie gut, dass du nicht singen kannst, sonst würdest du wahrscheinlich von einer Castingshow zur anderen ziehen. Aber schön, an mir soll's nicht liegen. Die Reitschule braucht die Werbung dringend, wobei mir die Regionalpresse schon genügen würde. Und Jonny würde ich's auch gönnen, dass sie doch noch aufs Pferd kommt. Also: Wo setzen wir das Orchester hin? Wie viele sind es überhaupt? Und wir müssen auf alle Fälle mindestens dreimal mit voller Besetzung üben. Sonst kriegen die Pferde einen Herzinfarkt, wenn sie plötzlich die Halle voller Musiker finden!«

Sophie weihte auch Jana ein, aber die schien die plötzliche Aufwertung ihrer Choreografie ziemlich kalt zu lassen. Für Jana gab es nur noch Kirk und Frederic – wobei sie selbst nicht so genau zu wissen schien, ob sie ihr Herz nun mehr an das Pferd oder seinen Besitzer verloren hatte. Kirks Zuneigung konnte sie sich jedenfalls sicher sein. Der Wallach brummelte schon glücklich, wenn sie nur in den Stall kam. Frederic dagegen gab ihr oft genug Rätsel auf.

»Manchmal scheint er mich gar nicht wahrzunehmen. Aber dann kann er auch wieder so lieb sein. Gestern Abend zum Beispiel. Da war er doch süß, nicht?« Jana blickte Sophie Zustimmung heischend an.

Sophie nickte unsicher. Tatsächlich hatte sich Frederic gestern Abend fast damit überschlagen, Jana Nettigkeiten zu sagen. Er lobte ihre Mithilfe in den höchsten Tönen, zeigte sich begeistert von ihrem Angebot, ihn zum Weihnachtsreiten nach Heidbrock zu begleiten, und hatte ihr schließlich sogar zärtlich das Haar aus dem Gesicht gestrichen. Wenn da bloß nicht die Seitenblicke gewesen wären, die er Michelle zwischendurch zuwarf. Und wenn seine Zuwendung für Jana nur nicht in genau dem Moment wie abgeschnitten gewesen wäre, als Michelle ihr Pony aus dem Stall führte.

»Ich würd nicht zu viel erwarten…«, murmelte Sophie schließlich vage. »Vielleicht braucht er wirklich nur einen ›Turniertrottel‹.« Mit diesem wenig schmeichelhaften Wort bezeichneten die Reiter all die fleißigen Helfer, die ihnen bei Wettbewerben Bandagen und Reitkappen hinterherschleppten.

»Jedenfalls darf ich mit ihm nach Heidbrock reiten. Sein Vater kommt erst später und es ist ja nicht so weit. Das wird sicher romantisch. Nur Frederic und ich im Wald und es wird schon dunkel…« Janas schmales Gesicht nahm einen sehnsuchtsvollen Ausdruck an.

Sophie tat es Leid, ihre Hoffnungen zerstören zu müssen. »Frederic und du und Michelle und Karen, und Vanessa wird wahrscheinlich auch beim Weihnachtsspringen starten. Eventuell noch Ines mit Grisabell«, wandte sie ein. »Soweit ich weiß, werden zumindest Karen, Michelle und Ines nach Heidbrock reiten. Klemme hat eine Probe angesetzt, die fährt also auf keinen Fall. Und Michi hat mich schon gefragt, ob ich nicht auf Pensy mitkommen will. Ich weiß bloß noch nicht, ob Frau Neuhaus es erlaubt.«

»Ich dachte, es wäre ein Hochsprungwettbewerb«, meinte Jana unglücklich. »Deshalb nimmt Frederic doch Kirk mit. Er sagt, er braucht nur in gerader Linie auf den Sprung zuzureiten, und das Pferd, das am höchsten springt, gewinnt.«

Sophie zuckte die Achseln. »Da weiß ich nichts von. Aber auf jeden Fall gibt es ein ganz normales E- und A-Springen für Ponys und Großpferde.«

Jana seufzte, fand dann aber schnell wieder zu ihrem alten Optimismus zurück. »Na ja, wir müssen ja nicht mit dem ganzen Pulk reiten!«, sagte sie hoffnungsvoll. »Frederic startet bestimmt auch später, die Ponyprüfungen sind meistens zuerst.« Jana lächelte. »Und du weißt doch, er kommt gern auf den letzten Drücker!«

Herr Bohner verkündete die veränderten Pläne für das Weihnachtskonzert am Donnerstag in der Orchesterprobe und Jonny brach diesmal zur Abwechslung vor Freude in Tränen aus.

»Oh, Sophie, das vergesse ich dir nie!«, schluchzte sie. »Ich werde so toll spielen, auch die Gitarrensache, bestimmt, ich fange heute noch an zu üben, damit Frau Tewe ihren Flamenco kriegt. Und ich reite Grisabell, ich reite Bell, ich reite Bell! Hoffentlich ist Ines nicht zu sauer!« Die letzte Bemerkung klang fast etwas ängstlich.

Sophie dagegen gönnte Ines den Reinfall. In der letzten Zeit trampelte die ganz schön auf Jonnys Gefühlen herum. Auch die Turniernennung für das Weihnachtsspringen in Heidbrock hatte Jonny ziemlich zu schlucken gegeben. Ines argumentierte damit, dass Grisi dringend ein bisschen Turniererfahrung brauchte. Dann würde sie auch ruhiger im Gelände und damit sicherer für Jonny.

Jonnys vorsichtigem Einwand – »Aber sie ist ganz brav, Ines! Und ich falle doch auch längst nicht mehr runter, wenn sie mal einen Seitensprung macht!« – begegnete Ines nur mit einem spöttischen Lachen.

»Aber was meinst du, was deine Mutter dir erzählt, wenn es doch mal passiert und du verstauchst dir den Arm? Die lässt dich doch nie wieder aufs Pferd. Nöö, lass mich mal machen. Die paar Male, die du reiten kommst, hast du dann ein richtig gutes Pferd.«

Jonny hätte jetzt natürlich ein Machtwort sprechen und Ines die Turnierteilnahme einfach verbieten können, aber das traute sie sich nicht. Was sollte sie schließlich machen, wenn Ines die Reitbeteiligung wirklich aufgab? Sollte sich Grisabell gleich wieder an ein neues Pflegemädchen gewöhnen?

Jetzt tanzte Jonny jedenfalls nach der Schule in den Reitstall und umarmte jeden Zwei- oder Vierbeiner, der gerade im Weg stand. Klemme und Michelle wurden mit Dankesbekundungen überschüttet, Grisabell und Pensy geknuddelt und mit Möhren verwöhnt.

»Macht es Pensy auch wirklich nichts aus, wenn sie jetzt wieder den zweiten Reiter wechselt?«, fragte Jonny und schob noch ein Stück Brot nach. Die alte Vollblutstute stupste sie freundlich an.

»Pensy freut sich«, lachte Sophie. »Du wiegst doch viel weniger als Ines.«

Klemme hatte schon am Tag zuvor vom Entschluss der Schule gehört und gleich für diesen Nachmittag eine Vorbesprechung mit Herrn Bohner anberaumt. Außerdem hatte sie die angepassten Probenpläne bereits ausgehängt. Damit erfuhr auch Ines von der veränderten Situation.

»Was heißt das, ›Samstagnachmittag: Alle Nebelreiter, Jonny und Grisabell‹? – Am Samstag ist doch das Weihnachtsspringen in Heidbrock!« Ines hatte den Probenplan auf dem Weg zu Grisabells Box überflogen und wandte sich jetzt Hilfe suchend an Klemme.

Die Reitlehrerin warf einen flüchtigen Blick aufs schwarze Brett.

»Ach ja, richtig, daran hatte ich gar nicht mehr gedacht. Aber das kann ich jetzt auch nicht mehr ändern, Ines, tut mir Leid. Jonny hat so lange ausgesetzt, das Training mit ihr geht einfach vor. Und am Samstag gegen Abend ist die Halle frei, dann kann ich dieses große Bild am Schluss in Ruhe mit ihr durchgehen.«

»Wieso denn Jonny? Ich denke… Jonny spielt doch auf diesem Schülerkonzert…« Ines schaute verständnislos.

Klemme nickte vergnügt. »Da hat sich ein bisschen was geändert. Am besten lässt du dir das in Ruhe von Sophie und den anderen erklären. Ich hab jetzt keine Zeit, ich treffe den Orchesterleiter…«

Es war schließlich Karen, die Ines aufklärte. Sie bemühte sich dabei, mitfühlend auszusehen, aber im Stillen genoss sie die Sache. In der letzten Zeit hatten alle bemerkt, wie Ines versuchte, Jonny auszubooten.

»Vielleicht kannst du das Weihnachtsspringen ja nächstes Jahr mitreiten«, sagte Karen schließlich zuckersüß. »Es sei denn, Jonny startet dann schon selbst. In einem Jahr kann sie eine Menge lernen und Grisabell wird ja auch immer besser. Jonny sagt es ja nicht jeden Tag, aber sie ist dir wirklich dankbar, dass du das Pferd für sie trainierst.«

Sophie und Michelle fielen vor Lachen fast um, als Karen ihnen später von dem Gespräch berichtete.

»Den letzten Satz hättest du dir wirklich sparen können!«, kicherte Michelle. »Aber andererseits: Sie hat's verdient!«

# Zersprungene Träume

Jana hatte die Enttäuschung nicht verdient, die am Samstagmittag auf sie wartete. Frederic hatte nämlich keineswegs vor, allein mit ihr nach Heidbrock zu reiten. Stattdessen plante er, sich den fröhlichen Reiterinnen anzuschließen, die um vierzehn Uhr zum Weihnachtsspringen aufbrachen. Zwischen der Reitschule Silberhuf und der Anlage des Reitervereins Heidbrock lag gewöhnlich eine gute halbe Stunde Ritt. Bei den aktuellen Wetterverhältnissen – es war eiskalt und die Wege hart gefroren – würde es wohl eine Stunde werden. Nun begann das Pony-E-Springen erst um halb vier und nur Vanessa würde dabei starten. Michelle und Karen hatten das Pony-A-Springen genannt, das danach stattfand, und Frederic kam garantiert nicht vor fünf Uhr an die Reihe. Er würde mit Negrito im A-Springen für Großpferde starten und anschließend mit Kirk im Hochsprungwettbewerb.

»Wir könnten doch später reiten …«, regte Jana schüchtern an, als Frederic sie beim Einflechten der Pferdemähnen zur Eile drängte. »Wir frieren uns tot, bis du dran bist. Was willst du zwei Stunden vor deinem Wettbewerb in Heidbrock?«

»Vielleicht möchte ich ein gewisses Girlie reiten sehen …« Frederic richtete diese Bemerkung nicht an Jana, sondern an Michelle in der Box gegenüber. Die tat, als höre sie ihn nicht.

Jana biss sich auf die Lippen. »Selbst wenn du Karen und Michi sehen willst, müssen wir erst in eineinhalb Stunden starten«, machte sie einen letzten Versuch.

Frederic schüttelte den Kopf. »Nein, heute will ich pünktlich da sein. Weihnachten, Fest des Friedens… keine Hektik…«

Michelle tippte sich mit dem Finger an die Stirn.

Sophie hatte sich in Skihosen und dicken Pullis warm eingepackt, bevor sie vergnügt auf ihre Pensy kletterte. Frau Neuhaus hatte den Ritt erlaubt, und eine Box, in der sie Pensy während der Wettbewerbe »parken« konnte, fand sich auch in Heidbrock. So waren es schließlich vier Mädchen und Frederic, die, dick vermummt, vom Hof ritten.

»Viel Glück!«, rief Klemme ihnen zu. »Und geht mir keine Risiken ein, nächste Woche kommt das Fernsehen, da kann ich keine lahmen Pferde brauchen!«

Frau Lieven hatte tatsächlich einen Regionalsender dazu überredet, die Scheckübergabe zu filmen. Karen war schon ganz aus dem Häuschen und plante, Charlie mit dem überdimensionalen Scheck zu dekorieren und in die Halle zu führen. Heimlich übte sie jeden Tag mit dem Fohlen, aber der Kleine war wenig begeistert von der Idee und zog meist bockend mit der Pappe von dannen.

»Vielleicht schreibst du mir ja doch noch eine Prinzenrolle in dein Märchen…«, sagte Frederic zu Jana. »Wenn das Fernsehen kommt… was sollen die denn filmen?«

»Du wirst es nicht glauben, aber an dieser Aufführung sind fast vierzig Reiter beteiligt«, pfiff Karen ihn an. »Warum sollten sie da gerade dich filmen?«

»Mich nicht, aber die Prinzessin!« Frederic zwinkerte Michelle zu.

Die versteckte sich daraufhin hinter Sophie. Pensy war viel größer als Ares und schaffte es, das Pony völlig zu verdecken.

»Wie wär's, Jana, wenn du meine Prinzessin würdest?«, wandte der Junge sich daraufhin an seine Begleiterin. »Wärst du nicht gern im Fernsehen?«

Jana wurde schon wieder abwechselnd rot und blass und wusste nicht, was sie sagen sollte. Was sollte das, was Frederic hier abzog? Sie erwiderte nichts, sondern streichelte nur zärtlich Kirks Hals.

»Ich hoffe, sie filmen unser Bild!«, mischte sich Vanessa ein. »Die Dressurponys sehen so hübsch aus und die Elfenkostüme sind Klasse. Findest du nicht, dass wir cool ausschauen, Frederic?«

Frederic hatte das Bild bisher noch gar nicht gesehen, beeilte sich aber zu versichern, wie toll Vanessa über den Schwanensee schwebte. Dabei hatte das Mädchen schon wieder zugenommen.

»Sie könnte die erste Elfe bei Weight Watchers werden«, raunte Sophie Michelle zu, was deren Laune wieder hob. In der nächsten Zeit kicherten die Mädchen gelegentlich miteinander und bemühten sich, Frederics Flirtversuche zu überhören. Sophie fand es peinlich, wie er abwechselnd Jana und Vanessa anbaggerte, aber sie wusste auch, dass Jana dabei tausend Tode starb. Verliebtsein war wirklich kein besonders erstrebenswerter Zustand!

Im Reiterverein wurden die vier mit heißem Tee und selbst gebackenen Weihnachtskeksen empfangen. Der Reitlehrer, Herr Friedrichs, hatte Boxen für die Pferde bereitgestellt, und es war noch genug Zeit, sich vor dem Springen aufzuwärmen. Vorerst zeigten die Voltigierkinder in der Halle ihr Können, die Reitschüler ritten eine kleine Quadrille und dann kam der Weihnachtsmann in einer Ponykutsche. Erst als alle möglichen Witze über den Vereinsvorstand gemacht und Geschenke an die vielen Helfer beim Sommerturnier und bei der Herbstjagd verteilt waren, wurde es ernst. Herr Friedrich ließ die Hindernisse für das E-Springen aufbauen. Es war allerdings längst nicht so schwer wie der Parcours in Borgholzhausen zwei Wochen zuvor. Herr Friedrich war

Klemmes Beispiel gefolgt und hatte auch Schulpferdereitern die Teilnahme am E- und A-Springen ermöglicht. Dazu gab es viele Turnieranfänger und Senioren im Reiterverein, die mitmachen wollten. Die Kleinpferdekonkurrenzen waren dabei verhältnismäßig schwach besetzt, denn Heidbrock war kein Ponyturnierstall. Vanessa und Donja traten gegen acht Konkurrenten an, Karen und Michelle nur gegen sechs.

Beim E-Springen gab es denn auch keine Überraschung. Von den neun Teilnehmern kamen sechs fehlerfrei ins Ziel, Vanessa lieferte den mit Abstand schnellsten Ritt. Im A-Springen sah es ähnlich aus. Schon die ersten beiden Teilnehmer ritten zwar langsam, aber ohne Abwürfe durch den Parcours. Als Nächste war Karen an der Reihe. Frederic kam auf den Abreiteplatz, um den Mädchen Glück zu wünschen, und brachte einen dampfenden und nach Gewürzen duftenden Becher für Michelle mit.

»Hier, zum Mutmachen vor dem Start!«, erklärte er.

Michelle schnupperte kurz. »Das ist ja Glühwein! Also, wenn ich den jetzt trinke, falle ich gleich besoffen vom Pferd. Nöö, du! Alkohol am Zügel ist nicht mein Ding!«

»Du solltest auch nicht…«, wandte Jana schüchtern ein, während Frederic nun selbst einen kräftigen Schluck aus dem Becher nahm.

Frederic sah aus, als wollte er sie wütend anfahren, aber dann beherrschte er sich. »Nöl nicht rum, trink lieber selbst was!«, forderte er Jana auf. Das Mädchen wagte nicht, abzulehnen, nippte aber nur kurz an dem ziemlich starken Getränk.

Karen kam inzwischen aufgekratzt zurück aus dem Parcours. »Null Fehler in vierzig Sekunden! Da kommst du nicht drunter, Michi, es sei denn, du gibst Ares was von dem Sprit!« Sie wies lachend auf Frederics Glühweinbecher. »Vielleicht macht ihn das ja schneller!«

»Ist aber Doping!«, grinste Michelle. »Und wie ich dich kenne, würdest du mich gleich melden, schleifensüchtig, wie du bist!«

Sophie sauste in die Halle, um Michelle reiten zu sehen, und verfolgte ihren flotten Nullfehlerritt. Tatsächlich gelang es Michelle aber nicht, Karens Zeit zu toppen. Sie setzte sich in 43 Sekunden auf Platz zwei.

»Siegerehrung für das Ponyspringen ist um 17 Uhr 30, nach den Großpferdekonkurrenzen!«, verkündete der Sprecher eine Viertelstunde später, als auch die letzte Ponyreiterin den Parcours absolviert hatte. Die Mädchen stöhnten. Das bedeutete, noch zwei Stunden warten. Aber die Platzierungen standen immerhin fest. Die Reiterinnen der Reitschule Silberhuf hatten unangefochten abgeräumt.

»War aber auch einfach«, bemerkte Karen und sattelte Cracker erst einmal ab. Sophie hielt seine Decke schon bereit. »Wenn selbst Vanessaschatz nicht runtergefallen ist! Na, die Chance hat dann ja gleich noch Frederic.«

»Frederic fällt doch nicht runter!«, erregte sich Jana. »Ich weiß gar nicht, was ihr alle gegen ihn habt!«

Karen verdrehte die Augen und Michelle fasste sich an den Kopf.

»Irgendwann«, predigte Karen salbungsvoll, »werden dir plötzlich die Augen aufgehen. Die Verliebtheit wird schwinden, und du wirst erkennen, was für eine Flasche er ist. Kann allerdings noch vier Jahre dauern, hab ich neulich gelesen. Das soll so ein Psychologe rausgefunden haben. Selbst die größte Liebe ist nach spätestens vier Jahren aus, sagt er.«

»Vier Jahre?«, fragte Sophie entsetzt. »Bis dahin ist Jana alt und grau!«

»Mit achtzehn?«, kicherte Michelle und schloss Ares' Deckenbegurtung. »Na ja, bei ständigem Umgang mit Frederic würde es mich nicht wundern, der nutzt einen zweifellos ab.«

»Ihr seid gemein!«, sagte Jana wieder einmal, aber diesmal zerdrückte sie dabei wenigstens keine Tränen.

Das E-Springen für Großpferde war inzwischen fast vorbei. Der Abreiteplatz füllte sich mit den Teilnehmern fürs A-Springen und Jana sattelte Negrito für Frederic. Dabei tat er wieder einmal so, als könnte er nicht von ihr lassen, zog sie spielerisch an den Haaren und wollte schließlich sogar einen Kuss als Glücksbringer.

Jana sah anbetend zu ihm auf, als er ihre Wange mit den Lippen streifte. Danach wirkte sie so selig, als hätte sie mindestens im Lotto gewonnen. Frederic blitzte Michelle triumphierend an. Die schaute eher mitleidig – auf Jana.

»Sag jetzt nicht, dass du dich nie wieder waschen willst!«, neckte sie dagegen Karen, die Frederics Seitenblicke nicht bemerkt hatte.

»Aber ganz schön frech heute, der Knabe.«

»Kein Wunder nach zwei Bechern Glühwein«, meinte Sophie und warf etwas Heu in Pensys Box. »Ob er das so gewohnt ist? Das Zeug ist ganz schön stark. Also ich könnte danach sicher nicht mehr reiten.«

»Frederic kann doch eh nicht reiten, da kommt's auf den Alkohol auch nicht mehr an!«, behauptete Karen. »Wollen wir trotzdem mal gucken gehen, wie er sich schlägt?«

Die Mädchen fütterten die Ponys und zogen dann in die Halle, wo Frederic eben das Gegenteil bewies. In halsbrecherischem Tempo, aber souveränem Stil lenkte er Negrito fast so schnell durch den Parcours wie vorhin Karen ihren Cracker. Das Publikum applaudierte eifrig und Jana konnte sich vor Begeisterung kaum halten.

»Das war einsame Spitze! Bestimmt gewinnt er! Drückt bloß die Daumen, dass nicht noch einer schneller ist.«

Sophie, Michelle und Karen verdrückten gemeinsam mindestens ein halbes Pfund Kekse, während die nächsten sechzehn Starter mehr oder weniger gut über die Sprünge kamen. Jana verfolgte die Starts so aufgeregt, dass sie nicht zum Essen kam. Es wurde noch schlimmer, als Frederic später zu ihnen stieß. Er hatte Negrito kurzerhand mit Sattel in die Box gepackt.

»Der kühlt schon nicht aus bis zur Siegerehrung!«, erklärte der Junge und sorgte für seine eigene innere Wärme, indem er sich noch einen Glühwein holte. Er bot auch den Mädchen wieder etwas an, aber die lehnten ab. Nur Vanessa nahm einen Schluck, ließ den Rest allerdings stehen.

»Ich will doch nicht bei der Siegerehrung vom Pferd fallen!«, sagte sie.

»Passt bloß auf, dass euch nicht alle d…d… der Heiligenschein drückt!«, lachte Frederic. Vielleicht saß er ja noch sicher zu Pferde, aber seine Zunge schien ihm langsam den Dienst zu versagen.

Dafür johlte er umso lauter, als der letzte Reiter des A-Springens zwar ein hohes Tempo vorlegte, aber das letzte Hindernis riss.

»Gewonnen! D… das m… muss gefeiert werden! Noch ein Kuss? Wer will noch mal, wer hat noch nicht?« Frederic strahlte Michelle an, aber küsste Jana. Diesmal schmatzend auf den Mund. Jana schwankte zwischen Glück und Verlegenheit.

»Dann lasst uns mal satteln«, sagte Karen in die anschließende peinliche Stille hinein. »Die Schleifen warten!«

Sophie half Karen und Michelle bei Cracker und Ares, Jana zäumte Negrito für Frederic auf. Dieser schien jetzt nämlich zusehends ungeschickter zu werden. Und dabei stand der Hochsprungwettbewerb noch bevor! Die Mädchen wechselten besorgte Blicke, als er zwei Anläufe brauchte, um in den Sattel zu kommen.

Die Siegerehrung war ein einziger Triumph für die Reiter von der Reitschule Silberhuf. Karen und Vanessa galoppierten bei der Ehrenrunde ordentlich nebeneinanderher, wie sie es täglich für die Märchenvorstellung übten. Michelle hielt sich hinter ihnen. Nur Frederic fiel aus der Rolle, indem er sein Pferd durchgehen ließ und das Feld von hinten aufrollte. Negrito war vor dem klatschenden Weihnachtsmann im Kostüm erschrocken und der Junge bekam ihn nicht schnell genug wieder unter Kontrolle.

Jedenfalls waren alle vergnügt und aufgekratzt, als sie anschließend zum Stall ritten. Frederic war als Erster aus dem Sattel, warf Negritos Zügel mit einer theatralischen Geste über einen Anbindebalken und wankte auf Michelle zu, um ihr vom Pferd zu helfen. Michelle wehrte ihn ärgerlich ab.

»Hör auf, mich anzugrapschen! Heb dir das für deine Freundin auf!«

Frederic grinste. »Ah, ich wusste es, du bist doch eifersüchtig! Und ich hab mich schon gefragt, wie lange ich das durchziehen muss.«

»Was durchziehen?«, fragte Michelle und brachte sich rasch hinter Ares in Sicherheit, als Frederic schon wieder nach ihr griff.

»Na, den Flirt mit diesem Stallhäschen. Jana-Maus. Du weißt doch genau, dass ich mir nichts aus ihr mache. Allein wie sie alle drei Minuten rot wird wie 'ne verliebte Tomate! Komm, Michi, sei ein bisschen nett zu mir!« Frederic versuchte, Michelle in eine Stallecke zu drängen. Sie suchte hektisch nach einem Ausweg, aber Sophie und Karen waren schon da und zerrten Frederic von ihr weg. Gerade im richtigen Moment. Michelle hatte ihre Gerte zu fassen bekommen und ließ sie durch die Luft pfeifen. Ohne das Eingreifen der anderen Mädchen hätte sie sicher Spuren auf Frederics Gesicht hinterlassen.

»Lass Michi augenblicklich in Ruhe oder wir holen Herrn Friedrichs!«, sagte Karen eisig. »Sollten wir sowieso machen, du bist ja betrunken. Unmöglich, dass du jetzt noch reiten willst. Aber wahrscheinlich kriegst du ja gar keinen Sattel mehr auf Kirk.«

»Gesattelt ist er schon«, kam eine erstickte Stimme aus Kirks Box. »Hat das Stallhäschen bereits erledigt. Du bist echt ein Mistkerl, Frederic!« Jana schlüpfte aus Kirks Box, warf Frederic seine Bandagen vor die Füße und lief aus dem Stall, bevor jemand etwas sagen konnte.

»Da hörst du, was du bist!«, schnaubte auch Michelle, führte Ares rasch in seine Box und verzog sich dann ebenfalls. Sophie und Karen gaben den Pferden noch Futter, während Frederic unwirsch »Weiber!« vor sich hin murmelte und dann nach Kirks Zügeln griff. Er dachte offensichtlich gar nicht daran, das Springen abzusagen.

Sophie und Karen folgten ihm ins Freie und suchten sich dann einen Platz auf den Zuschauertribünen. Da trafen sie auch die anderen wieder. Jana schluchzte in Michelles Taschentuch, aber sie klang mehr wütend als verzweifelt.

»Er hat mich nur benutzt!«, schimpfte sie schließlich und putzte sich abschließend die Nase. »Die ganzen Ausritte … und die Küsse … wieso können die Kerle einen küssen und dabei an eine andere denken? Das ist so … hinterhältig! Ich hasse ihn! Und ich verlieb mich nie wieder. Nie!«

»Schön wär's ja«, murmelte Karen, wandte ihre Aufmerksamkeit dann aber dem Geschehen in der Halle zu. »Mensch, nur fünf Starter. Vielleicht hätte ich doch melden sollen …«

»Bist du verrückt? Zu so einem blöden Wettbewerb? Geradeaus auf ein Hindernis zu und hoffen, dass das Pferd irgendwie drüberkommt? Das hat doch nichts mit Reiten zu tun!«, ereiferte sich Michelle.

»Bringt aber Schleifen«, grinste Karen. »Da, das Mädchen

mit der Schimmelstute, die wird's gewinnen. Das Pferd ist irre und Tina sitzt auch gut. Die hat sogar Cracker und mich schon mal geschlagen. Wenn sie ein bisschen mehr Dressurreiten würde, schaffte sie das öfter, aber sie juckelt alltags nur im Gelände rum. Sonntags geht sie dann Springen. Das Pferd ist ein Naturtalent.«

Offensichtlich hatte die Schimmelstute auch ein gutes Verhältnis zu ihrer Besitzerin. Sie bewegte sich ruhig und gelassen durch die Halle und ab und zu hielt das Mädchen sie an, flüsterte mit ihr und steckte ihr Leckerli zu. Zwischen all den anderen Pferden wirkte die elegante, unzweifelhaft viel Araberblut führende Stute allerdings wie ein Pony. Die meisten Teilnehmer ritten extrem große Warmblüter.

»Dabei sagt das gar nichts über das Springvermögen aus«, dozierte Karen. »Mein Vater hatte mal so ein Riesentier zum Ausprobieren. Ein Meter siebenundachtzig. Aber im Parcours machte es nur Kleinholz. Paps hat dankend abgelehnt.«

Karens Vater war Springreiter. Klemme behauptete, er habe ihrer Tochter eine gewisse Neigung zum Draufgängertum vererbt. Verglichen mit den Teilnehmern dieser Prüfung, konnte man das aber kaum von ihr behaupten. Fast alle waren Typen wie Frederic, und der Junge war nicht der Einzige, dessen Wangen schon vom reichlichen Glühweingenuss gerötet waren.

Herr Friedrichs, der Reitlehrer, erläuterte den Teilnehmern und Zuschauern noch kurz die Regeln. Sie waren nicht schwer zu begreifen: Die Reiter gingen nacheinander über einen Sprung, und wer drüberkam, war eine Runde weiter. Wer riss, schied aus. Nach jedem Durchgang wurde das Hindernis erhöht. Ende offen.

»Bis einen Meter fünfzig kommen die praktisch jedes Mal«, meinte Karen. »Aber ich hab das Mädchen mit der Stute auch schon eins achtzig springen sehen. Mal gucken, wie weit Frederic da mithalten kann.«

»Es ist jedenfalls Irrsinn!«, beharrte Michelle.

»Und Kirk ist auch noch so klein!«, kam es von Jana.

Die anderen lachten. Kirk war fast einen Meter achtzig groß. Aber im Grunde hatte Jana natürlich Recht. Mit vier Jahren sollte der Wallach solchen Belastungen noch nicht ausgesetzt werden.

»Kirk weiß sich schon zu helfen«, beruhigte sie Sophie. Die Buckeleien des jungen Pferdes waren ihr noch in lebhafter Erinnerung.

Inzwischen wurde das erste Hindernis aufgebaut. Einen Meter und einen Meter zehn schafften noch alle Reiter und Pferde. Kirk flog nur so hinüber. Frederic ritt ihn genau wie in der Übungsstunde bei Klemme: Nachdem er auf der Gerade war, gab er ihm die Zügel vollkommen frei. Das Pferd schien das zu genießen. Grundsätzlich machte ihm Springen wohl Spaß.

Beim dritten Durchgang, ein Meter zwanzig, flogen die ersten beiden Teilnehmer heraus. Eins der Pferde verweigerte, das zweite riss. Ein Meter dreißig schafften die restlichen drei Starter locker, bei einem Meter vierzig war der Nächste am Limit. Dabei hätte sein Pferd die Höhe sicher geschafft, aber der Reiter, ein älterer rotgesichtiger Herr, hatte offensichtlich zu viel Glühwein getankt. Er brachte das Pferd vor dem Sprung durch unsichere Zügelhilfen aus dem Konzept und der große Braune kam zu früh ab. Frederic grinste, als die Stange fiel, und winkte vergnügt in Richtung Tribünen. Die Mädchen erkannten seinen Vater auf der anderen Seite der Reithalle.

»Ladies first!«, lachte der Sprecher, nachdem die Stange jetzt auf einem Meter fünfzig lag. Das Mädchen mit der Schimmelstute ließ sich davon nicht beeindrucken. Sie checkte kurz ab, ob Frederic nicht doch vor ihr startete – anscheinend war auch ihr bewusst, dass er nicht mehr ganz nüchtern war –, und galoppierte ihr Pferd dann an. Die Stute ging locker über den Sprung.

Kirk folgte ebenso selbstverständlich.

Ein Meter sechzig. So langsam begann die Reiterin auf der Schimmelstute, die Sache ernst zu nehmen. Sie versammelte das Pferd vor der Ecke, ließ es dann aber doch seinen eigenen Rhythmus finden.

»Immer noch null Fehler für Tina Fuchs und Gloriana!«, meldete der Sprecher.

Auch Kirk musste sich nun erstmals anstrengen. Dabei machte Frederic es ihm nicht unbedingt leichter. Kirks Springbewegungen zu sitzen, war nicht einfach, und der Junge kam diesmal fast aus dem Gleichgewicht.

Herr Friedrichs erhöhte auf einen Meter siebzig.

»Ich kann da bald nicht mehr hinsehen!«, meinte Michelle, und auch Sophies Herz klopfte heftig. Wenn sie sich vorstellte, sie müsste mit Dolly oder Pensy über diese gewaltigen Hürden gehen! Nie, nie würde sie sich das trauen.

Gloriana machte ihrem Namen alle Ehre und überwand den Sprung bravourös. Kirk folgte ihr, schlug aber unwillig mit dem Kopf, als Frederic diesmal doch in die Zügel griff, um mehr Halt zu bekommen.

»Er müsste dem Pferd jetzt helfen«, bemerkte Karen. »Das schafft Kirk nicht allein, der Reiter muss das Pferd versammeln und den Absprung vorgeben. Nur mit ›Schwung holen‹ ist das nicht mehr getan. Aber da ist Freddyschatz ja leider völlig überfordert.«

Die Stute Gloriana war offensichtlich noch längst nicht am Ende ihrer Möglichkeiten, aber Tina wirkte langsam etwas blass. Dann nahm sie sich aber doch zusammen und ritt auch die Ein-Meter-achtzig-Hürde in erstklassigem Stil an. Gloriana schwebte hinüber, das Publikum raste.

Auch Frederic schien vor dem Sprung kurz zu zögern, aber wirklich nur Bruchteile von Sekunden. Dann trieb er Kirk an – und versuchte, die Zügel diesmal aufzunehmen. Kirk kam dadurch aus dem Takt, Frederic schwankte … Aber dann war das Pferd doch vor dem Hindernis, sprang ab und landete sauber auf der anderen Seite. Frederic blieb nur oben, indem er sich an den Zügeln festhielt. Kirk bockte, aber der Junge hatte ihn schnell wieder im Griff.

»Wir erhöhen auf ein Meter neunzig!«, rief der Sprecher.

Das Mädchen auf der Schimmelstute schüttelte jedoch den Kopf. Das Publikum buhte, als sie auf Herrn Friedrichs zuritt, aber der nickte ihr zu.

»Tina Fuchs gibt auf. Das heißt, wir haben nur noch einen Starter im Rennen: Frederic Weinert. Noch einen Sprung, Frederic, und der Sieg ist dein!«

Frederic fixierte den gewaltigen Sprung. Inzwischen dämmerte wohl auch ihm, dass er Kirk damit nicht allein lassen konnte. Wie bei Negrito nahm er kraftvoll die Zügel auf, setzte das Kreuz ein und trieb den großen Fuchs schwungvoll an. Kirk bockte unwillig, aber Frederic zwang ihn vor den Sprung.

»Das ist viel zu spät!«, rief Karen, aber Kirk war schon abgesprungen. Und dann verwandelten sich Sprung, Pferd und Reiter in ein Knäuel von Stangen und rudernden Beinen. Kirk landete mitten im Hindernis, überschlug sich, versuchte, auf die Beine zu kommen, knickte wieder ein und ruderte auf den Vorderfußwurzelgelenken vorwärts, bis er endlich hochkam. Auch Frederic blieb erst benommen liegen. Er war allerdings gleich aus dem Sattel geschleudert worden und nicht unter Pferd und Stangensalat begraben.

Sophie sah Jana neben sich und Herrn Weinert auf der anderen Seite der Halle aufspringen und in die Halle rennen.

»Oh nein, hoffentlich flammt jetzt die Liebe nicht wieder

auf!«, stöhnte Karen. Inzwischen war schon zu erkennen, dass Frederic nicht allzu viel passiert sein konnte. Der Junge stand schon wieder auf. »Los, lasst uns auch runtergehen, es muss ja einer nach dem Pferd sehen.«

Herr Weinert hatte seinen Sohn inzwischen erreicht und klopfte ungeschickt an dessen Reitzeug herum. Jana würdigte Frederic hingegen keines Blickes. Sie hatte nur Augen für das verwirrte Pferd, das wie orientierungslos durch die Halle hinkte. Kirk ging deutlich lahm.

»Kirk, Kirkie... komm her, was ist mit dir? Komm, hab keine Angst!« Jana suchte in ihrer Tasche nach einem Leckerli. Schließlich schien das Pferd sich an ihre Stimme zu erinnern. Kirk blieb stehen.

»Komm, Kirkie, komm, ich will dir doch nichts tun!« Unter lockenden Lauten ging Jana näher heran und griff schließlich nach Kirks Zügeln.

»Er lahmt«, sagte sie in Herrn Weinerts Richtung. »Und ganz schlimm, hoffentlich ist es nicht gebrochen!«

»Wäre auch egal, das Sautier kommt sowieso zum Schlachter!«, erwiderte Herr Weinert unwirsch. »Ist ja gefährlich, der Bock! Und dir tut wirklich nichts weh, Frederic? Es sah derart schlimm aus...«

Herr Friedrichs und die anderen Mädchen waren inzwischen zu Jana und Kirk gelaufen. Der Reitlehrer war ganz blass im Gesicht.

»Das war das letzte Mal, dass ich mich zu diesem Wahnsinn habe breitschlagen lassen! Das nächste Jahr gibt es ein ordentliches A-Springen und das war's dann«, lamentierte Herr Friedrichs.

»Ist es gebrochen?«, fragte Jana ängstlich, während Karen Kirks Bein abtastete. Inzwischen war auch der Turniertierarzt in die Halle gekommen.

»Dann könnte er das Bein nicht aufsetzen«, beruhigte er die

Mädchen und griff nun seinerseits nach Kirks Fuß. »Wahrscheinlich ist es halb so schlimm. Jetzt bandagieren wir es erst mal und ihr bringt das Pferd nach Hause. Und wenn es morgen schlimmer sein sollte, fahrt ihr am besten in die Klinik und lasst es röntgen.«

»Unser Pferd ist es nicht!«, beeilte sich Karen zu versichern und zeigte auf Herrn Weinert und Frederic.

»Von mir aus können Sie es auch gleich einen Kopf kürzer machen!«, wiederholte Herr Weinert. »Oder, Frederic?«

»Solange ich mich nur nicht mehr draufsetzen muss!« Frederic rieb sich die Schulter. »Mit dem Gaul war von Anfang an was faul, der hat sie nicht alle. Auch diese Buckelei …«

»Wenn Sie sowieso mit ihm in die Klinik fahren, würde ich auch mal den Rücken röntgen lassen«, überlegte Herr Friedrichs. »Da habe ich schon mal mit Klemme drüber gesprochen. Kann sein, dass er …«

»Sie meinen, der Vorbesitzer hat uns da einen Krüppel angedreht?«, fragte Herr Weinert aufgeregt. »Also wenn das stimmt …«

Die Mädchen hörten seinem Geschimpfe nicht mehr länger zu, sondern führten Kirk in den Stall.

»Von mir aus kann er gern über Nacht hier bleiben, bis die Besitzer sich beruhigt haben«, meinte Herr Friedrichs. »Der Vater will den Jungen ja doch noch zum Röntgen ins Krankenhaus fahren. Bis die wiederkommen, ist es Nacht. Schade um das Pferd. Klemme sagte, es sei erste Sahne, und das haben wir ja heute gesehen. Wäre gut für dich, Karen, wenn du etwas älter und größer wärst.«

Karen schüttelte energisch den Kopf. »Nöö. Ich spezialisier mich auf Dressur, hab ich eben beschlossen. Und wenn mein Zauberkelch ’ne zweite Halla wird – über solche Sprünge muss er nicht! Dafür hab ich ihn einfach zu lieb.«

Herr Friedrichs verzog das Gesicht. »Tja, ums Liebhaben

geht's im Sport wohl nicht so. Wisst ihr, ob der hier versichert ist? Wenn mein Verdacht sich erhärtet, und er hat wirklich was am Rücken, dann kriegen Weinerts eine Stange Geld für ihn.«

»Und Kirk?«, fragte Jana atemlos.

Herr Friedrichs wandte sich ab.

# Keine rechte Weihnachtsstimmung

»Da haben wir's, der Gaul hat Kissing Spines!« Herr Weinert war kaum aus dem Auto gestiegen, da verkündete er auch schon lauthals das Untersuchungsergebnis. Jana und die anderen Mädchen traten neugierig näher. Sie hatten um Kirk gezittert und die Daumen gedrückt, seit Frederic und sein Vater mittags in die Pferdeklinik aufgebrochen waren. »Der Verkäufer hat uns gelinkt! Aber den verklag ich, das sag ich Ihnen! Frederic könnte tot sein!«

Eigentlich wäre es nicht dringend nötig gewesen, Kirk nach dem Unfall beim Weihnachtsspringen röntgen zu lassen. Die Lahmheit war am nächsten Tag schon erheblich besser gewesen und der junge Wallach hatte ganz vergnügt aus der Box geschaut. Als Jana und Sophie ihn in Heidbrock besuchen kamen, wieherte er ihnen sogar zu. Aber der Verdacht des Reitlehrers auf ein Rückenproblem ließ Herrn Weinert denn doch nicht los. Kirk war tatsächlich hoch versichert. Bei dauernder Unbrauchbarkeit würde ein kleines Vermögen ausgezahlt werden. Also hatte Herr Weinert gleich für Mittwoch einen Termin in der Tierklinik anberaumt. Obwohl Frederic sich dafür noch gar nicht fit genug fühlte. Dem tat am Tag nach dem Sturz nämlich alles weh – auch der Kopf, obwohl das eher glühwein- als unfallbedingt war. Auch jetzt hinkte er noch ziemlich, als er aus dem Auto stieg.

Klemme schüttelte den Kopf. »Die Vorbesitzer haben das wahrscheinlich gar nicht gewusst. Jetzt laden Sie erst mal aus, beruhigen Sie sich und schlafen Sie eine Nacht darüber, bevor Sie die Leute vor Gericht zerren.«

»Und die Versicherung! Die zahlen dafür doch, Frau Winter, nicht? Die Klinik schreibt einen Bericht …«

»Soll ich Kirk ausladen?«, fragte Jana, ohne Frederic dabei anzusehen.

Der Junge winkte ab. »Von mir aus … Ist bald sowieso Hundefutter. Wenn die Versicherung den übernimmt, geht er sofort zum Schlachter.«

»Ist das wahr?« Jana hatte Kirk zunächst wortlos ausgeladen und in seine Box gebracht. Aber dann wandte sie sich ängstlich an die erste Erwachsene, derer sie habhaft werden konnte. Zu ihrem Glück war es ausgerechnet die Tierärztin, Frau Schultheiß. »Was ist überhaupt ›Kiss and Spice‹? Kann man das nicht heilen?«

»Kissing Spines«, berichtigte Frau Tewe und legte den Sattel auf ihre Vivianne. »Das heißt ›sich küssende Wirbel‹. Und es ist nicht im eigentlichen Sinne eine Krankheit, mehr eine kleine Missbildung. Man kann es nicht wegzaubern, aber es gibt schon Dinge, die man dagegen tun kann. Vor allem anständig reiten!«

»Eine Missbildung, die von gutem Reiten weggeht?«, fragte Sophie. Sie war Jana in den Privatstall gefolgt.

»Puh … das wäre jetzt eigentlich Stoff für eine ganze Theoriestunde bei Klemme«, meinte Frau Tewe und zäumte ihr Pferd auf. »Bittet sie mal, euch das ausführlich zu erklären. Vereinfacht gesagt stehen bei einem Kissing-Spines-Pferd die Rückenwirbel ein bisschen zu dicht nebeneinander. Wenn man das Pferd nun mit hocherhobenem Kopf und verspannter Muskulatur reitet, berühren die Wirbel einander. Das tut weh und das Pferd wehrt sich gegen den Reiter. Reitet man es dagegen mit aufgewölbtem Rücken, also in dressurmäßig schöner Traghaltung, merkt man gar nichts von dem Wirbelproblem. Kirks Vorbesitzer haben ihn wahrscheinlich in bestem Glauben verkauft. Erst durch Frederics Reitstil wurde das Problem erkennbar.«

»Und es ginge sofort wieder weg, wenn man Kirk besser ritte?«, überlegte Jana.

Frau Schultheiß nickte. »Man kann auch medikamentös ein bisschen was machen«, fuhr sie dann fort. »Bestimmte Mittel – in leichten Fällen auch nur Vitamingaben – verbessern die Durchblutung der Bandscheiben. Das verstärkt die Pufferwirkung und die Wirbel bleiben etwas weiter auseinander. Wie gesagt ein Todesurteil ist Kissing Spines eigentlich nicht – aber ich möchte nicht wissen, wie viele Pferde trotzdem deswegen zum Schlachter gehen.«

»Und die Versicherung macht das so mit?«, erkundigte sich Frau Neuhaus aus Pensys Box. Sie wollte gemeinsam mit Frau Schultheiß ausreiten. Endlich mal wieder. Sophie hatte schon ein ganz schlechtes Gewissen, weil Frau Neuhaus wegen des Weihnachtsmärchens seit Wochen auf ihr Pferd verzichtet hatte.

Frau Schultheiß zuckte die Schultern. »Keine Ahnung. Wahrscheinlich ist es Ermessenssache. Und wir wissen ja auch nicht, was in Weinerts Vertrag steht. Ach, Pferde haben es auch nicht leicht!« Die Tierärztin streichelte sanft über Kirks Nase, bevor sie Vivianne herausführte.

In den nächsten Tagen stand Kirk weitgehend unbeachtet in seiner Box. Weinerts warteten auf die Stellungnahme der Versicherung, und Frederic würdigte den großen Fuchs keines Blickes – auch dann nicht, als er eine Woche nach dem Unfall endlich wieder zum Reiten kam.

Dafür kümmerte sich Jana nach wie vor um das Pferd. Jeden Morgen, wenn Sophie zum Füttern in den Stall kam, war das Mädchen schon da und kauerte in Kirks Box, um den Verband um sein Bein zu erneuern oder nur mit ihm zu schmusen. Sophie wunderte das ein bisschen, denn eigentlich lag der Reitstall nicht auf Janas Schulweg. Meistens kam sie erst nach dem Unterricht zum Helfen. Aber zurzeit musste auch irgendetwas Geheimnisvolles zwischen Jana und Klemme vorgehen. Das Mädchen trug morgens schon Reithosen und wirkte manchmal ganz schön verschwitzt. Auf Sophies, Michelles und Ines' neugierige Fragen gab es jedoch keine Antwort, und auch Karen, die eigentlich etwas wissen musste, hielt dicht.

»Hat was mit dem Märchen zu tun…«, brummte sie nur, als die Mädchen sie allzu sehr drängten.

Inzwischen war es nur noch eine Woche bis zur Aufführung und die Show nahm Formen an. Besonders mit dem Schulorchester wurde es einfach fantastisch. Klemme hatte die Musiker im Vorraum der Reithalle platziert, sodass in der Halle selbst kein Raum wegfiel und auch kaum ein Pferd die Anwesenheit des Orchesters als Anlass zum Scheuen nahm. Tatsächlich klappte das Zusammenspiel von Anfang an sehr gut. Herr Bohner als Dirigent bewies ein ausgesprochenes Feeling für den Takt der Gangarten und stimmte sein Orchester perfekt auf die Darbietungen der Reiter ab. Der Clou waren jedoch die Sänger aus dem Musicalkurs. Ein Mädchen und ein Junge sangen »Scarborough Fair« so wunderschön, dass Sophie sich absolut nicht mehr auf ihre Reiterei konzentrieren konnte. Am Anfang verritt sie sich dreimal bei ihrem kleinen Pas de deux mit Frau Schultheiß und erst Klemmes Donnerwetter und schließlich Jonnys Einflüstern der richtigen Figuren holten sie in die Wirklichkeit zurück.

Nach wie vor zitterte Sophie allerdings vor ihrem Gitarrensolo. Vor dem versammelten Reitstall zu spielen, hatte sie schon schrecklich gefunden, aber nun würden auch noch das Schulorchester und all die Eltern und Verwandten der Musikschüler zuhören! Nun, wenigstens der Flamenco lastete nicht allein auf ihren Schultern. Jonny hatte ihr Versprechen gehalten und spielte mit. Die Musicaldarsteller waren hin und weg von ihrem Duett und hätten am liebsten noch eine Tänzerin mit auf die Bühne gebracht.

»Das machen wir dann nächstes Jahr!«, sagte Herr Bohner und zwinkerte Klemme zu. Beide hatten Spaß an der ungewöhnlichen Zusammenarbeit und dachten schon an eine Wiederholung.

Klemme verging die gute Laune allerdings ein bisschen, als Frau Lieven zwei Tage vor der Aufführung mit dem Fernsehteam anrückte. Michelles Mutter nahm so selbstverständlich das Heft in die Hand, wünschte sich dies und forderte jenes, dass die Reitlehrerin bald ihren eigenen Hof nicht wiedererkannte.

»Hier müssen unbedingt noch Blumen hin – Christsterne am besten, notieren Sie das mal, Peter, große rote Christsterne für den Orchesterbereich. Und dieser mickrige Weihnachtsbaum hier ist doch wohl nicht Ihr Ernst, Frau Winter! Eine Zwei-Meter-Edeltanne, Peter, bitte mit Pferdchen und Notenblättern geschmückt, das ist sehr stimmungsvoll, da können die mit der Kamera zwischendurch drüberschwenken ... Wie sieht das überhaupt mit dem Licht aus? Und eine Bühne ... es ist absolut unmöglich, dass ich hier mit dem Bürgermeister durch den Hallenstaub stampfe. Wir brauchen mindestens eine Art Steg, auf dem ich die Scheckübergabe machen kann.« Frau Lieven, eine zierliche, bildschöne und perfekt geschminkte Blondine, wirbelte durch die Halle.

Michelle zog den Kopf ein. »Sagt bloß niemandem, dass sie meine Mutter ist!«, beschwor sie Sophie und Karen.

Karen war allerdings schon auf dem Weg, Frau Lieven ihre eigenen Pläne zu unterbreiten.

»Ein Pony mit dem Scheck auf dem Rücken? Großartige Idee, Kind! Sehr stilvoll! Aber sieh bitte zu, dass du ein ruhiges Tier findest. Nicht dass es uns bekleckert oder gar nach uns tritt oder so. Lass dich mal ansehen, ja, das geht, du kannst es selbst führen, vielleicht lässt du dein Haar offen hängen, dann siehst du ein bisschen wie ein Weihnachtsengel aus. Oh, es wird wirklich nett werden, eine fantastische Idee, die Scheckübergabe hier zu machen!« Frau Lieven tätschelte Karen kurz übers Haar, als wäre sie ein Pony, und zog dann geschäftig weiter.

»Findet ihr, ich hab was von einem Engel?«, fragte Karen leicht angeschlagen, als sie wieder zu den anderen stieß. »Und was meint sie wohl damit, Charlie sollte sie nicht ›bekleckern‹?«

Michelle und Sophie kicherten.

»Ein Engel mit Charlie!«, witzelte Sophie. »Am Ende wird Frau Lieven noch zu schätzen wissen, dass du durchaus zuschlagen kannst! Aber im Ernst, Karen, es ist eine absolut blödsinnige Idee, das Fohlen mit auf die Bühne zu schleppen. Nimm doch Jodie, die ist an Rampenlicht gewöhnt!«

»Aber sie ist nicht so süß!«, beharrte Karen. »Charly ist genau richtig. Weihnachten ist doch ein Kinderfest!«

»Ich fürchte, Charly weiß sein Solo ebenso wenig zu schätzen wie ich meins«, seufzte Sophie zwei Tage später und zog ihr Kostüm zurecht. Sie trug einen bunten Anzug aus Flicken, der mit Glöckchen und Bändern besetzt war, und einen verwegenen Federhut über der Reitkappe. »Oh Mann, hoffentlich verspiele ich mich nicht! Das wäre so peinlich!«

»Unmöglich!«, bemerkte Michelles Vater. Er war zur heutigen Generalprobe im Reitstall erschienen – als einziger erlaubter Besucher. Am Samstag musste er auf ein Firmenfest und konnte der Aufführung deshalb nicht beiwohnen. Aber natürlich wollte er Michelle tanzen und reiten sehen. »Ihr zwei seid ein so gutes Team – da tanzt höchstens Ares mal aus der Reihe.«

Ares war zu Michelles Bedauern ein ziemlich unmusikalisches Pony. Während Donja und Jodie sich der Musik ganz selbstverständlich anpassten, tappte Ares dauernd daneben, wenn Michelle nicht genau aufpasste.

Michelle wollte gerade zu einem erneuten Sermon über dieses Problem ansetzen, als Herr Weinert in den Stall kam. Ihm folgte ein rotgesichtiger, bierbäuchiger Mann, an den Sophie und Michelle nicht die besten Erinnerungen hatten: Fritz Schlepp, ein Pferdehändler aus Billburg. Herr Weinert platzierte sich mit ihm vor Kirks Box.

»Also, Schlepp, was bieten Sie für den Gaul? Ich sag's Ihnen gleich, ich hab fast sechzigtausend Euro hingelegt, bekloppt, wie ich war. Aber das geht vor Gericht mit den Vorbesitzern, das sag ich Ihnen! Und diese Versicherung verklag ich auch!«

Herr Schlepp warf einen fachmännischen Blick auf Kirk. »Auf'n ersten Blick ja ein schicker Kerl. Aber wenn der den Rücken kaputt hat, isser auch nur Hundefutter.«

»Ach kommen Sie, Schlepp, den lassen Sie doch nicht schlachten! Den drehen Sie gleich dem nächsten Dummen an, erzählen Sie mir nichts!«, dröhnte Herr Weinert.

»Nu tun Sie mal nicht so, als würd ich meine Kunden betrügen …«

Sophie und Michelle verfolgten, starr vor Entsetzen, das Verkaufsgespräch mit dem Händler. Vor allem war jedoch Jana betroffen. Sie hatte Jonny geholfen, Grisabell fertig zu machen, und war schon blass geworden, als Herr Weinert nur hereinkam. Mit einem Bescheid von der Versicherung hatte sie gerechnet. Aber der Pferdehändler …

»Nee, für den Preis lass ich ihn gleich selbst schlachten«,

wehrte Herr Weinert das erste Angebot des Händlers ab. »Da brauch ich ihn nicht erst zu Ihnen rüberzufahren.«

»Dann hat die Versicherung also nicht gezahlt?«, wandte sich Sophie leise an Michelle.

Michelles Vater hatte die Frage gehört und schüttelte den Kopf. »Natürlich nicht. Wenn ich das richtig verstanden habe – Herr Weinert hat's mir gestern bei der Afrika-Weihnachtsgala ausführlich erklärt, aber so genau habe ich nicht hingehört –, hat diese Rückengeschichte schon vor Vertragsabschluss bestanden. Das ist wohl angeboren. Deshalb fühlt sich die Versicherung nicht zuständig. Weinert will natürlich klagen. Aber da sehe ich schwarz.«

»Und Kirk geht solange zum Händler?«, erregte sich Michelle. »Mensch, Papi, das können wir doch nicht zulassen!« Das Mädchen fasste Herrn Lieven am Arm und auch Sophie sah hoffnungsvoll zu ihm auf.

Weinert und Schlepp hatten den Stall inzwischen verlassen, um die Verhandlungen anderswo fortzuführen. Jana drückte sich zu Kirk in die Box und schluchzte verhalten.

Herr Lieven blickte jedoch ungerührt. »Michi, wir können nicht jedes Pferd kaufen, das dir aus irgendwelchen Gründen Leid tut. Dann müsste ich gleich den ganzen Reitstall dazu kaufen, so viel Platz würden wir brauchen. Und reiten willst du dieses Riesenross doch wohl nicht, oder?«

Michelle machte eine Bewegung zwischen Schulterzucken und Kopfschütteln.

»Siehst du. Mal ganz abgesehen davon, dass wir zwei das Pferd kaum zum Schlachtpreis bekämen. Was meinst du, wie der Preis hochgeht, wenn ich anfange mitzubieten«, fügte Herr Lieven hinzu.

»Aber er ist so ein nettes Pferd!« Jana wagte einen flehenden Vorstoß. »Und er hat es bestimmt nicht verdient, bei diesem grässlichen Herrn Schlepp zu landen.«

»Welches Pferd verdient das schon?«, fragte Herr Lieven ernst. »Nein, tut mir Leid, Kinder. Aber ich denke da auch immer an die Kosten-Nutzen-Rechnung. Und was das angeht, kommt das Pferd für uns nicht infrage. Wenn's um Wohltätigkeit geht – da ist meine Frau zuständig. Ich fürchte allerdings, sie macht sich nichts aus Pferden …«

Noch während Herr Lieven sprach, rief Klemme die ersten Reiter der Generalprobe auf. Sophie musste Jana mit ihrem Schmerz allein lassen. Jetzt war erst mal an die Aufführung zu denken. Gleich danach ritt sie neben der strahlenden Jonny in die noch dunkle Halle.

Die Generalprobe klappte ohne Zwischenfälle, und Herr Bohner versicherte allen Beteiligten zehnmal, dies sei ganz bestimmt kein schlechtes Omen für die Aufführung. Am Schluss ließ es sich Frau Lieven nicht nehmen, auch die Scheckübergabe einmal zu proben – mit ihrem widerstrebenden Ehemann in der Rolle des Bürgermeisters. Auch Charly ließ sich doubeln. Die unschuldig lächelnde Karen zog Jodie als Scheckträgerin hinter sich her. Schließlich wusste sie genau, dass Klemme ihr nie erlauben würde, Charly mit in die Halle zu schleppen. Diese Überraschung bewahrte sie sich für Samstag auf.

Beim Anblick von Frau Lieven fiel Sophie Kirk wieder ein. Was konnte man bloß tun, um das Pferd zu retten?

»Macht deine Mutter wirklich nichts mit Tierschutz?«, fragte sie Michelle beim Absatteln noch einmal.

Das Mädchen schüttelte den Kopf. »Keine Chance. Meine Mami hat's nicht mit Tieren. Höchstens mit Nerzmänteln.«

»Aber sie hat doch tausend Stiftungen laufen. In eine davon muss ein Pferd passen!« Sophie dachte angestrengt nach.

Michelle zuckte die Achseln und zählte dann die Aktivitäten ihrer Mutter auf. »Zurzeit hat sie ein Projekt zur Krebsfrüherkennung laufen – da braucht man Röntgenapparate, keine Hoppys. Zur Afrika-Hungerhilfe passen sie nur, wenn man sie in Dosen verpackt, und zur Frauenbildung in Afghanistan kann Kirk auch kaum was beitragen. Dann gibt's noch eine Initiative zur Förderung junger Maler …«

Sophie seufzte. »Klingt ziemlich hoffnungslos …«

Karen, die gerade die Zöpfchen aus Crackers Mähne löste, schüttelte den Kopf. »Na, na, nun seht das mal nicht alles so negativ!«, lachte sie. »Stellt euch vor, Frederic hätte jetzt einen Tumor gehabt! Den hätten sie beim Röntgen erkannt, nachdem er von Kirk runtergefallen ist. Bingo: lebensverlängernde Maßnahmen! Und in Afrika könnte Kirk um die Runde laufen und Brunnen betreiben oder zum Beispiel Felder pflügen. In Afghanistan würde er Mädchen zur Schule tragen … na ja, und die Maler … die müssten ihn eben zeichnen …«

Michelle kicherte. »Das solltest du unbedingt meiner Mutter vorschlagen. Du hättest gleich einen Platz in ihrem Projekt für Sport mit geistig behinderten Kindern.«

Sophie hatte zuerst mitgelacht, aber dann kam ihr die Erleuchtung. »So unrecht hat sie gar nicht! Wir haben bisher einfach die Frage falsch gestellt. Der Knackpunkt ist die Kosten-Nutzen-Rechnung! Ist deine Mama wohl noch da, Michi? Ich glaube, ich habe eine Idee!«

# Kosten-Nutzen-Rechnung

Bis zum Samstag hatten die Mädchen nichts weiter von Weinerts und dem Pferdehändler gehört, aber Jana rechnete täglich damit, dass ihr Liebling abgeholt wurde. Sie lief nur noch mit verweinten Augen herum und steckte ihr ganzes Taschengeld in Möhren und Äpfel für Kirk. Seine leicht gezerrte Sehne war inzwischen wieder heil, das Pferd lahmte nicht mehr und wirkte glücklich, wenn Klemme und Jana es abends oder ganz früh morgens in der Reithalle toben ließen. Eigentlich sah Klemme frei laufende Pferde nicht gern in ihrer Bahn. Sie sah aber ein, dass Kirk irgendwo Auslauf brauchte, und wollte keine Verletzung in einem der hart gefrorenen Außenausläufe riskieren.

»Darauf wartet der alte Weinert doch nur«, bemerkte sie. »Dann könnte er versuchen, das Geld von mir zu kriegen.«

Schließlich war der Samstagnachmittag gekommen und in Stall und Reithalle summte es wie im Bienenhaus. Ställe, Sattelkammer und Klemmes Büro waren voller aufgedrehter Reitkinder in Kostümen; die Musiker drängten sich vor den Elektroöfchen im Aufenthaltsraum. Die Kälte in der Reithalle war das einzige echte Problem bei der Produktion. Nach spätestens einer halben Stunde war das Orchester steif gefroren. Es gab deshalb eine längere Pause in der Mitte des Stücks, in der sich die Musiker aufwärmen konnten.

Jonny konnte vor Aufregung kaum still halten, während Berit ihre Haare feststeckte und Frau Neuhaus letzte Hand an ihr Kostüm legte. Sophie flocht an Ares herum, während Michelle sich an der Boxwand als Ballettstange warmtanzte. Und dann ging es wirklich los.

Die Halle verdunkelte sich, das Orchester spielte ein Vorspiel, und Sophie und Jonny ritten ein, während Jana begann, ihre Geschichte zu erzählen: »Es waren einmal zwei Musikanten. Die zogen von Stadt zu Stadt, von Jahrmarkt zu Jahrmarkt, und überall, wohin sie kamen, brachten sie die Leute zum Singen und Tanzen …«

Die Zuschauer riefen erwartungsgemäß »Oh« und »Ah«, als sich dann die Jahrmarktszenerie auftat. Die Schulpferdereiter zeigten eine kleine Quadrille zwischen den Ständen, dann turnten die Voltigierkinder und Sophie brachte ihr Gitarrensolo für Michelle und Ares fehlerfrei hinter sich. Als das Mädchen und das Pony dann gleichermaßen in einem tiefen Knicks versanken, klatschten alle. Sogar die Musiker ließen ihre Instrumente sinken, um zu applaudieren. Sophie strahlte, als Herr Bohner ihr anerkennend zunickte, und ging ganz optimistisch in die Flamenco-Szene mit Frau Tewe und Tandri. Der kleine Isländer sah lustig aus mit seinem spanischen Zopf und seiner Reiterin im Hirtenoutfit, aber er zog seine Show mit der Garrocha-Stange so professionell ab wie ein original spanisches Vaquero-Pferd.

Ines lief bei Grisabells »Raub« zu voller Form auf. Sie hatte unzweifelhaft komödiantisches Talent, und man glaubte ihr fast die Angst vor dem Diebstahl und ihre Furcht bei der Flucht durch den dunklen Wald. Ein besonders schaurig kostümierter Baum brachte dann auch noch Grisabell zum Scheuen. Ines geriet in Raumnot, und alles dachte, dass dies so geplant sei. Das Mädchen lachte, als es für den Patzer auch noch einen Extraapplaus bekam.

Auch für Sophie und Jonny wurde geklatscht, als sie dann zusammen auf Pensy weiterritten. Vanessa, Karen und Michelle waren traumhaft schöne Elfen und Frau Müller-Riel ein gestandener Jäger, der die Musikanten sicher durch den beweglichen Zauberwald führte. Frau Schultheiß' Solo mit Vivianne zur Musik der Musicaltruppe war zum Weinen schön. Die junge Frau trug ein Feenkostüm mit vielen Schleiern, Vivianne war ausführlich mit Silberglitter versehen und tanzte elegant durch ihre Show. Jonny musste Sophie wieder anstoßen, damit sie ihren Einsatz nicht verpasste, aber dann brachten die beiden auch den Ritt mit Vivianne gut hinter sich.

Ein weiterer Höhepunkt der Show war das Springen mit Karen und Cracker. Berit und ihre Helfer hatten keine Mühen gescheut, wirklich die halbe Halle mit Plastikfolie auszulegen. Zunächst war die Suche mühsam gewesen, aber dann fragten sie in einem Möbelhaus, das große Paletten, in Plastik verpackt, angeliefert bekam. Die dabei anfallenden großen Folien klebten die Mädchen zu einer Fläche zusammen und entrollten sie als »See« in der Halle. Auf einen Tipp der Musicaldarsteller kam dann noch ein blauer Filter über ein Deckenlicht und schon war die Märchenatmosphäre vollkommen. Bei den ersten Proben war Cracker natürlich dem Herzinfarkt nahe, wenn er nicht nur über die Plastikfolie steigen, sondern auch noch angaloppieren und springen musste, aber bei der Aufführung war das längst überwunden. Wie ein Gummiball oder wie ein Kiesel übers Wasser hüpfte das Pony über die Hindernisse und Karen fühlte sich als bunter Flusskiesel deutlich wohler als vorhin als Fee …

Und dann kam es zu einer echten Überraschung für alle Teilnehmer. Als Jonny Grisabell schließlich wieder gefunden hatte und die Nebelfee das verzauberte Pony zu ihrem Geigensolo reiten sollte, verschwand zwar, wie geplant, Grisabell hinter einem Vorhang. Heraus kam auch Arwen, wie in den Proben, aber diesmal saß nicht Klemme, sondern Jana auf dem Dressurpferd! Vorsichtig fasste das Mädchen im Feenkostüm in die ungewohnten Kandarenzügel, aber dann ritt sie tatsächlich die ganze Dressurkür – einschließlich Piaffe, Passage und Traversalen. Sophie war sich sicher, dass im Publikum kaum einer bemerkte, dass Klemme dabei etwas mithalf. Die Reitlehrerin stand, als Zauberer verkleidet, in der Mitte der Reitbahn und touchierte ein bisschen mit der langen Dressurgerte, wenn Arwen unter Jana nicht recht piaffieren wollte und die Seitengänge abzuflachen drohten. Insgesamt sah es einfach perfekt aus und Jana strahlte endlich mal wieder. Heute musste sie sich auch schön fühlen in ihrem langen silbrig weißen Rock über den Reithosen und den Nebelschleiern über ihrem zu Locken gedrehten und mit Goldflitter versehenen Haar.

Jonny spielte ihr Geigensolo natürlich virtuos, aber das Publikum applaudierte viel mehr, als das Mädchen anschließend wieder zu Sophie auf Pensy kletterte. Für die Schlussparade überließ sie Grisabell der strahlenden Ines. Klemme stellte dabei alle Teilnehmer noch einmal vor und hob besonders Jana als Autorin des Märchens hervor. Das Mädchen war so glücklich und so aufgedreht, dass sie Arwen daraufhin ganz ohne Hilfe zum Piaffieren brachte.

»Cool!«, wisperte Jonny. »Ach, es war einfach nur schön!«

Es war lange diskutiert worden, ob die Reiter in der Halle bleiben sollten, während Frau Lieven ihren Scheck überreichte. Schließlich hatte man sich dagegen entschieden.

»Das lenkt nur ab!«, erklärte Michelles Mutter kategorisch.

»Sie will die Aufmerksamkeit für sich allein«, kommentierte Michelle – gemein, aber nicht ganz unzutreffend.

Nun bekam niemand die Aufmerksamkeit für sich allein, solange Charly anwesend war. Der kleine Hengst fand es äußerst aufregend, Karen in die Halle zu folgen. Sie hatte in der letzten Zeit viele Spaziergänge mit ihm gemacht und war dabei Klemmes Rat gefolgt, erstrebenswerte Ziele anzusteuern. Charly hoffte also auch diesmal, letztlich in der Futterkammer oder auf einer grasbewachsenen Hofecke zu landen, und zog zielstrebig in Richtung Christsterne. Ihr Grün wirkte schließlich essbar! Im Publikum wurden die ersten Lacher laut, als Karen, mit rauschgoldengelhaft offenen Locken wie gewünscht, ihn lauthals schimpfend Richtung Bühne zog. Dort konzentrierte er sich auf den Blumenstrauß, den Herr Bohner gerade Klemme überreichte. Die Reitlehrerin unterdrückte den Reflex, ihm damit eins auf die Nase zu geben, als er hungrig zuschnappte. Dafür bedachte sie Karen mit einem Blick, als sei später bei ihr der Nasenstüber fällig.

»Bring Karen bloß schnell eine Futterschüssel rüber, sonst geschieht noch ein Unglück!«, unkte Jana. Die Mädchen hatten die Pferde rasch in den Stall gestellt und waren in die Halle gestürmt, um sich Charlys Auftritt anzuschauen. Sophie hatte Jana zudem auf einen guten Platz buxiert und ihr befohlen, sich nicht von der Stelle zu rühren.

»Wir haben nämlich auch noch eine Überraschung für dich!«, sagte sie geheimnisvoll. »Obwohl du's nicht verdient hast! Du hättest uns von Arwen erzählen können. Mir blieb ja fast das Herz stehen, als sie unter dir hinter diesem Vorhang vortanzte.«

Sophie setzte sich gehorsam in Bewegung Richtung Stall. Auch sie sah ein, dass Charly Ablenkung brauchte. Aber eine schlichte Futterschüssel in die Halle schleppen? Nach kurzem Herumsuchen fand sie eine Keksdose und nahm sie mit. Das sparte den Weg zur Futterkammer.

Karen sah sie dankbar an, als sie ihr die Dose in die Hand drückte. Charly hatte inzwischen den Weihnachtsbaum entdeckt und zergelte ernstlich in seine Richtung. Frau Lieven hielt derweil ihre Rede über die Sportstiftung, aber das Publikum hörte kaum zu. Die Leute konzentrierten sich eher auf den Anblick von Charly, der zunächst einen Keks nach dem anderen verdrückte und sein mit brauner Keksmasse verschmiertes Mäulchen schließlich an Frau Lievens weißem Kunstpelzmantel abwischte. Karen bemühte sich, unbeteiligt zu gucken, Frau Lieven rang sich ein gequältes Lächeln ab.

»Und zuletzt haben wir noch eine Sachspende zugunsten der ›Sport hilft!‹-Initiative!«, verkündete Frau Lieven schließlich strahlend. »Wie viele von Ihnen sicher wissen, wird in diesem Reitstall ab Januar nicht nur wettkampforientierter Reitsport, sondern auch Reittherapie für behinderte Kinder und Jugendliche angeboten. Um dieser schönen Idee noch mehr Ausdruck zu verleihen, hat sich Familie Weinert entschlossen, der Reitschule ein zusätzliches, besonders geeignetes Schulpferd zu stiften. Applaus für Carola Weinert mit dem Westfalenwallach Captain Kirk! Mareike Volmers, Reittherapeutin und ab Januar hier in der Reitschule tätig, wird das Pferd in Empfang nehmen.«

Frederics Mutter führte Kirk mit einer Miene in die Halle, als jongliere sie hier mindestens mit drei Handgranaten. Kirk war allerdings ganz friedlich und versuchte sofort, mit Charly Freundschaft zu schließen. Der Haflinger schlug daraufhin schwungvoll nach ihm aus und Frau Weinert machte einen entsetzten Seitensprung.

»Nun geh schon hin und nimm der Tante dein Pferd ab!«, stieß Sophie Jana an.

»Mein … Pferd? Unser … Pferd?«, stotterte Jana.

»Na klar, du hörst es doch!«, fügte Michelle hinzu. »Los, ab mit dir, bevor sie es sich anders überlegen!«

Jana schoss los, reduzierte ihre Gangart aber auf ruhiges Gehen, als sie sich dem Podium näherte. »Darf … äh … darf ich Ihnen das Pferd abnehmen?«, fragte sie höflich.

Frau Weinert ließ die Zügel dankbar los und überreichte

den Wallach nur symbolisch der ziemlich verwirrten Mareike. Die junge Frau schaute respektvoll zu dem Riesentier auf. Was um Himmels willen sollte sie mit diesem Elefanten in der Reittherapie anstellen? Trotzdem bedankte sie sich artig.

»Kirk als Therapiepferd?«, fragte auch Jonny skeptisch in die Runde der strahlenden Mädchen. »Nimmt man da nicht eher kleine Pferde mit weichen Bewegungen, wie Grisabell oder Tandri?«

»Man muss das mal so sehen«, erklärte Sophie. »Kirk ist vielleicht nicht so geeignet, um Reittherapie zu geben. Aber brauchen kann er sie doch, oder? Frau Schultheiß sagt, die beste Therapie gegen Kissing Spines sei gutes Reiten.«

»Genial!« Die Mädchen lachten.

»Und wie hast du Weinerts dazu gekriegt, das Pferd zu spenden?«, erkundigte sich Jonny.

»Die Idee ist von meinem Papa«, erklärte Michelle stolz. »Dann kann Herr Weinert es nämlich von der Steuer absetzen. Das ist viel profitabler für ihn als der Verkauf an den Händler.«

»Kosten-Nutzen-Rechnung!«, vollendete Sophie mit ernstem Gesicht.

Im Stall liefen und redeten immer noch alle durcheinander.

Jonny und Ines standen auf der Stallgasse und lösten einträchtig die »Nebelschleier« aus Grisabells grauer Mähne. Jonnys Geigenkasten lag daneben auf einem Strohballen.

»Du hast total schön gespielt«, sagte Ines bewundernd mit Blick auf das Instrument. »Seh ich schon ein, dass man dafür viel üben muss.«

»Und du bist so cool geritten«, erklärte Jonny nicht minder beeindruckt. »Als Bell gescheut hat – also ich wäre da garantiert runtergefallen.«

»Ich ja auch beinahe«, gab Ines zu und legte einen Schleier zusammen.

»Tut mir Leid, dass ich dir das Weihnachtsspringen vermurkst hab«, meinte Jonny schüchtern. »Aber ich wollte doch irrsinnig gern mitreiten.«

»Ach, macht nichts.« Ines zuckte die Schultern. »Im Sommer ist ja wieder Turnier.«

»Dann machen wir beide mit, ja?«, fragte Jonny und knuddelte Grisabell von links. »Du beim Springen und ich bei der Jugendreiterprüfung. Und dann tapezieren wir Bells ganze Boxwand mit Schleifen!«

Ines lachte und knuddelte das Pony von rechts. »Grisi ist jedenfalls die beste!«, meinte sie dann.

Und darüber waren sich die beiden Mädchen auf jeden Fall einig.

»Ist mir egal, ob mich Klemme in kleine Stücke zerlegt. Jedenfalls war ich zum ersten Mal mit meinem Pferd im Fernsehen!«, sagte Karen mit strahlenden Augen zu Michelle. Das Fernsehteam hatte Charly mehrfach aufgenommen.

Michelle schüttelte lachend den Kopf. »Du bist schon ein bisschen verrückt. Ich dachte, du willst mit Feuerkelch auf die Olympiade!«

Karen nickte. »Das auch. Aber sieh's mal so: Mit 'nem Bruder von Arwen auf die Olympiade zu kommen, ist kein großes Ding. Aber ein Haflingerfohlen vom Schlachter zu retten, und dann der erste Fernsehauftritt, bevor es überhaupt geritten ist. Das ist Kunst!«

Michelle kicherte. »Gut, überzeugt. Du kannst wählen, ob du bei den geistig behinderten Jugendlichen oder bei ›Chance für junge Künstler‹ mitmachen willst. Ist sowieso kein großer Unterschied.«

Sophies Vater hatte Mühe, seine Tochter aufzufinden. Schließlich fand er sie in Pensys Box, beim Aufflechten von Zöpfchen. Dabei summte sie »Scarborough Fair« vor sich hin.

»Tadellos!«, erklärte er Sophie zur Begrüßung. »Also, was ihr da geboten habt, Respekt, Respekt. Musikalisch und reiterlich!«

Sophie strahlte daraufhin noch mehr, als sie es sowieso schon tat. Ein Lob von ihrem Vater war äußerst selten. Sie freute sich allerdings auch, Jannes zu sehen. Er war wirklich mitgekommen, aber Sophie erkannte ihn kaum wieder. In Jannes' Augen stand jener verklärte Ausdruck, den die Mädchen in den letzten Wochen viel zu häufig bei Jana gesehen hatten. Dann nutzte der Junge die erste Gelegenheit, Sophie etwas von den anderen abzudrängen und eine anscheinend brennende Frage zu stellen.

»Kennst du das Mädchen? Die am Schluss als Fee das weiße Pferd geritten hat? Dieses Mädchen mit dem Gold im Haar? Die ist doch wohl nur cool! Augen wie Leuchtstrahler! Und dann ist sie so süß rot geworden, als sie das gestiftete Pferd abgeholt hat … Hm … ich … Also falls du die kennst – kannst du mich … äh … vielleicht mal vorstellen?«

Sophie lächelte. »Klar kenn ich die. Komm einfach mal mit.«

Sie trafen Jana vor Kirks neuer Box im Schulpferdestall. Sie unterhielt sich mit Klemme und Mareike und konnte gar nicht aufhören, glücklich zu lachen.

»Klar eignet er sich nicht für die Reittherapie«, erklärte Klemme gerade. »Aber sollte ich deshalb Nein sagen, wenn Weinerts mal ihren spendablen Tag haben? Im Unterricht kann ich ihn gut einsetzen. Da brauche ich noch ein Großpferd und Kirk ist gerade richtig. Zumal er jedem Reiter gleich selbst sagt, ob er anständig sitzt.«

Die Mädchen lachten.

»Aber was den Namen angeht… ich glaube, jetzt können wir ihn ›Jim‹ nennen!« Mit einer theatralischen Geste enthüllte Klemme ein schon gezeichnetes Namenschild. Aufschrift: James T. (Captain) Kirk.

»James passt auch besser zu Jana«, flüsterte Jana dem Pferd ins Ohr.

Inzwischen hatten sich auch Sophie und ihr Anhang sowie ein paar andere Reitschülerinnen zu der Gruppe gesellt. Alle klatschten wie bei einer Schiffstaufe.

»James ist Captain Kirks Vorname in ›Star Trek‹, nicht?«, fragte Berit. »Aber wofür steht das T?«

»Für ›Tiberius‹!«, sagten zwei wie aus einem Mund. Jana und Jannes. Die beiden sahen einander an und lachten verlegen.

»Das ist Captain Kirks zweiter Vorname«, erklärte Jannes, und Jana nickte.

Klemme lachte. »Falls ihr nächsten Montag noch nichts vorhabt: Werdet ihr mein Telefonjoker bei ›Wer wird Millionär?‹?«

Die Mädchen kicherten wieder, aber Jannes antwortete nicht, er hatte nur Augen für Jana.

»Das ist ein schönes Pferd«, sagte er schließlich und streichelte ungeschickt über Kirks weiche Nase. »Und Jimmy ist ein netter Name.«

Jana nickte.

»Und wie heißt du?«, fragte Jannes vorsichtig.

Jana strahlte und nannte ihren Namen.

Passt auch gut zu Jannes, dachte Sophie.

# Nachgefragt …

In diesem Buch werden viele, auch schwierige Themen rund ums Pferd angesprochen, die sicher oft noch Fragen aufwerfen. Deshalb hier ein paar Zusatzinformationen zu den wichtigsten Themenbereichen.

## Warum haben Pferde manchmal so seltsame Namen?

Besonders bei Rassepferden im Turniersport fällt auf, dass sie mitunter die merkwürdigsten Namen tragen. Da gibt es nicht nur »Captain Kirk« wie Frederics Springpferd in diesem Buch, sondern auch »Dialog« und »Dialekt«, »Jägermeister« und sogar völlig abgedrehte Schöpfungen wie etwa »Hirnschale«. Das liegt daran, dass viele Pferdenamen aufgrund von Zuchtbuchbestimmungen mit bestimmten Buchstaben anfangen müssen. Und bevor man dann einen »Zorro 128« oder eine »Piroschka 215« benennt, schaut man lieber ins Lexikon und findet dann so seltsame Namen wie »Zinnober« oder »Plantage«. Hinzu kommt, dass Turnierreiter oft Sponsoren haben, die ihren Namen in dem des Pferdes wieder finden wollen. Er wird dann oft angehängt, wie in »Rembrandt Borbet«.

Namensregelungen für Rassepferde sind von Zuchtverband zu Zuchtverband verschieden. Die Namen der meisten deutschen Reitpferde müssen mit dem gleichen Buchstaben beginnen wie der Vater des Pferdes, nur die Trakehner machen eine Ausnahme und benennen nach der Mutter. Lipizzanerhengste bekommen grundsätzlich Doppelnamen: erst den des Vaters, dann den der Mutter. Das ergibt dann Kombinationen wie bei dem berühmten »Maestoso Austria«. Bei Welshponys weist das »Präfix«, ein dem Pferdenamen vorangesetztes Wort, auf den Züchter hin. So heißen die Pferde zum Beispiel »Menai Vivianne« oder »Rotenberg Rusty«. Am klügsten machen es die Isländer. Hier weist der Name traditionell auf die Eigenschaften des Pferdes hin. Ein »Hrimfaxí« hat zum Beispiel eine raureiffarbene Mähne und eine »Raudka« ist ein Rotfuchs. Frau Tewes »Tandri« fällt hier ein bisschen aus dem Rahmen. »Tandri« ist ein Spielmann oder Dichter.

## Wie hoch springen Pferde?

Der Weltrekord im Hochsprung für Pferde wird seit 1949 von dem Südamerikaner Alberto Larraguibel Morales und dem Pferd Huaso gehalten. Auf dem CSIO-Springturnier in Santiago de Chile übersprangen die beiden 2,47 Meter!

Im normalen Turniersport bemüht man sich allerdings nicht um diese extremen Höhen, hier kommt es eher auf kontinuierliche Leistung an und darauf, dass die Reiter auch zwischen den Sprüngen gut mit ihrem Pferd zurechtkommen. In der Turnierklasse E (Einsteiger) sind die Hindernisse maximal einen Meter hoch und 1,30 Meter weit, in Klasse A (Anfänger) 1,10 Meter beziehungsweise 1,40 Meter. In Klasse L (Leicht) muss man dann schon Höhen und Weiten von 1,20 und 1,50 Meter überwinden, in Klasse M (mittelschwer) 1,30 beziehungsweise 1,80 Meter. Beim Mächtigkeitsspringen der Klasse S messen die Hindernisse dann bis maximal 1,70 m, und so mancher Tierfreund fragt sich, ob das wirklich sein muss. Hochsprungrekorde sind für Pferdebeine schließlich alles andere als gesund. Nur wenige Springpferde erreichen ein hohes Alter.

## Wie »hilft« der Reiter dem Pferd beim Springen?

Im Grunde zielt jedes Reiten darauf, das Pferd zum verstärkten Untersetzen der Hinterhand zu bewegen. Es soll das Gewicht des Reiters und sein eigenes mit den stärkeren Hinterbeinen, nicht mit den schwächeren Vorderbeinen aufnehmen. Richtig geritten wird ein Pferd leichter in der Vorhand, es »setzt sich«. Beim Dressurreiten und beim Gangpferdereiten führt das zu schwebenden Gängen mit mehr Vorhandaktion und ein ordentlich versammeltes Springpferd kann sich mit der Hinterhand kräftiger abstoßen und dadurch höher springen. Ein guter Reiter kann auch den »Anlauf« des Pferdes vor dem Hindernis kontrollieren, es also zu kurzen, hohen Galoppsprüngen im Vorfeld bewegen, mit denen es Kraft sammelt, oder zu langen, flachen, um Tempo zu machen. Außerdem hilft er dem Pferd natürlich, indem er den Pferderücken beim Springen so weit wie möglich entlastet, also rechtzeitig in den Leichten Sitz geht. Beim Wiederaufkommen nach dem Sprung darf der Reiter dem Pferd nicht in den Rücken fallen, sonst hat es verständlicherweise wenig Lust, auch noch das nächste Hindernis anzugehen. Außerdem ist es wichtig, die Zügel rechtzeitig vorzugeben, damit das Pferd den Sprung taxieren kann. Unterlässt man das, läuft es blind hinein. Das alles ist ziemlich schwierig, braucht viel Übung und sollte durch Dressurreiten zwischendurch unterstützt werden. Ein gelenkiges, durchgymnastiziertes Pferd hat es auch beim Springen leichter.

Leider gibt es recht viele Reiter wie Frederic, die glauben, sich vor dieser Arbeit drücken zu können, indem sie nur möglichst teure und begabte Pferde kaufen. Oft genug geht das auch gut – man gewinnt eine Zeit lang, und wenn das Pferd nicht mehr mitspielen will oder kann, wird es ausgetauscht. Es landet dann oft beim Schlachter, denn jedes Springen belastet die Pferdebeine stark, und je weniger der Reiter das Pferd unterstützt, desto eher kommt es zu Verschleißerscheinungen wie etwa Hufrollenentzündung. Insofern ist ein solches Verhalten unentschuldbar, und Karen hat Recht, wenn sie Frederic einen schlechten Reiter nennt – auch wenn er »sitzt wie angeklebt«.

## Was genau ist »Kissing Spines«?

Wie Frau Schultheiß im Text schon erklärt, bedeutet »Kissing Spines« sich »küssende« bzw. sich berührende Rückenwirbel. Vielleicht habt ihr in der Schule schon gelernt, wie sich die Wirbelsäule bei Mensch und Tier zusammensetzt. Vereinfacht gesagt ist sie schichtweise aufgebaut wie ein Hamburger: Zwischen jedem Wirbel sitzt eine Bandscheibe, die Erschütterungen abfedert und die Wirbel voneinander getrennt hält. Bandscheiben sehen ein bisschen aus wie Gummischeiben, Wirbel wie Knochenplatten mit nach oben herausstehenden »Hörnern«, den so genannten »Dornfortsätzen«. Letztere sind beim Pferd recht lang. Wenn nun die Wirbel bei einem Pferd etwas näher zusammenstehen als normal, können sie aneinander stoßen, wenn das Pferd ein »Hohlkreuz« macht, also den Kopf hochreißt und den Rücken nach unten durchdrückt. In der freien Natur tut es das selten, aber beim Reiten nehmen Pferde diese Haltung oft ein, wenn ein Reiter schlecht sitzt und an den Zügeln reißt. Das ist für jedes Pferd ungesund und führt zu verspannten

Muskeln und Widersetzlichkeiten. Einem Kissing-Spines-Pferd tut es aber richtig empfindlich weh. Das Tier wehrt sich dann unter Umständen sehr heftig, was der Reiter als Aufsässigkeit deutet und oft hart bestraft. So kommt es schnell zu einem Teufelskreis: Reiten tut dem Pferd weh, es kämpft gegen den Reiter an. Der Reiter straft, das Pferd wehrt sich noch heftiger. Irgendwann geht dann nichts mehr und das Tier wandert als »bösartig« zum Schlachter. Dabei sind selbst schwere Fälle von Kissing Spines problemlos reitbar, wenn man es nur richtig kann. Ein guter Reiter bringt das Pferd schließlich durch geschicktes Zusammenspiel von treibenden und verhaltenden Hilfen in »Dehnungshaltung« oder »Aufrichtung«. Beides führt dazu, dass es den Rücken aufwölbt, statt durchzudrücken, die Dornfortsätze der Wirbel driften dabei auseinander und berühren sich garantiert nie. Tatsächlich gibt es sogar im Spitzendressursport Kissing-Spines-Pferde, von deren »Behinderung« niemand etwas weiß.

Tommy Wallach

# We all looked up

ca. 384 Seiten, ISBN 978-3-570-40342-6

Was wäre, wenn ein riesiger Asteroid durchs All Richtung Erde trudeln würde und man eventuell nur noch zehn Wochen Zeit hätte, um all seine Wünsche und Hoffnungen in die Tat umzusetzen? Peter, Eliza, Anita und Andy müssen sich kurz vor dem Schulabschluss genau dieser Frage stellen. Ihnen bleiben zehn Wochen, um all ihre Hoffnungen und ihre Herzen in die Waagschale zu werfen, denn vielleicht, vielleicht, ist es die einzige Zukunft, die sie haben.

40309

cbj

www.cbj-verlag.de

Jan Andersen

# Dusty – Freunde fürs Leben

ca. 160 Seiten, ISBN 978-3-570-22641-4

Als Paul eines Tages allein unterwegs ist, lauert ihm eine Bande auf. Sie wollen sein Geld, und Paul weiß: Gegen die hat er keine Chance. Doch da taucht plötzlich dieser völlig verwilderte Hund auf – und schlägt die fünf Typen in die Flucht. Von dieser Minute an weicht der Hund dem Jungen nicht mehr von der Seite. Paul spürt genau, dass Dusty auf der Suche ist. Aber wonach? Und warum nennen ihn die Leute den „Killerhund“? Schritt für Schritt kommt Paul einem schrecklichen Geheimnis auf die Spur. Er ist sicher, dass Dusty unschuldig ist. Aber kann er es beweisen?

cbj

40345

www.cbj-verlag.de

Kristina Magdalena Henn / Lea Schmidbauer

# Ostwind – Rückkehr nach Kaltenbach

ca.160 Seiten, ISBN 978-3-570-22525-7

Mit ihrer besten Freundin Fanny fährt Mika in den Sommerferien zum Gestüt ihrer Großmutter Maria Kaltenbach. Sie ist überglücklich, endlich wieder bei Ostwind zu sein. Doch dann stellt sich heraus, dass Gut Kaltenbach kurz vor der Pleite steht! Zudem entdeckt Mika unerklärliche Wunden an Ostwinds Bauch. Was haben der benachbarte Pferdehof und der Junge Milan damit zu tun?

40296

cbj

www.cbj-verlag.de

## Patricia Schröder

# Lilly – Total verrückt und auch ganz anders

ca. 224 Seiten, ISBN 978-3-570-22583-7

Die 11-jährige Lilly hat ein großes Herz und sprüht vor verrückten Einfällen. In ihrer Wundersprüchebox sammelt sie Zettel mit allerlei lustigen Sprüchen. Wenn sie mal nicht weiter weiß, schüttelt sie die Box gut durch und zieht einen Zettel. Auf den ersten Blick scheint er zwar nie zu ihrem Problem zu passen, aber auf wundersame Weise verhilft er Lilly doch immer zu einer einzigartigen genialen Lösung. Zum Beispiel wenn ihre beste Freundin Blümchen und sie mal wieder von den nervigen Nachbarjungs geärgert werden. Doch als die neue Mitschülerin Yassi in ihre Klasse kommt wird aus Spaß Ernst. Weil Yassi von allen gehänselt wird und ihr jemand böse Streiche spielt, nimmt Lilly sie unter ihre Fittiche, was Blümchen zunächst gar nicht gefällt. Aber es wäre doch gelacht, wenn nicht auch hier die Wundersprüchebox helfen könnte.

cbj

www.cbj-verlag.de

40303